dtv galleria

premium

Katrin Dorn

Milonga

Roman

Deutscher Taschenbuch Verlag

Für *Milonga* wurde der Autorin der
Hamburger Förderpreis für Literatur zuerkannt.

Originalausgabe
März 2005

www.dtv.de
Umschlagkonzept: Balk & Brumshagen
Umschlaggestaltung: Marion Sauer, Büro VOR-ZEICHEN, München
Umschlagfoto: © mauritius-images/SST
Satz: Fotosatz Reinhard Amann, Aichstetten
Gesetzt aus der Sabon 10,5/13,25·
Druck und Bindung: Kösel, Krugzell
Gedruckt auf säurefreiem, chlorfrei gebleichtem Papier
Printed in Germany · ISBN 3-423-24438-0

1

Einen Tag vor ihrem Abflug nach Argentinien nahm Klara zum letzten Mal Spanischunterricht. Die Stunde näherte sich bereits ihrem Ende. Horacio ließ seine beiden Schülerinnen Gegensatzpaare bilden.

»Welches Wort passt zu *encontrar?*« fragte er.

Heike, mit der Klara sich den Privatunterricht teilte, tippte auf die Tasten ihres neuen Minitranslators. Komisch, dass sie dieses Ding überhaupt benutzen durfte, dachte Klara. Außerdem lag die Antwort auf der Hand.

»*Buscar* – suchen, aufsuchen, jemanden abholen«, las Heike von ihrem Display ab.

Wer sucht, der findet. War doch ganz einfach. Aber dann fiel Klara ein, dass man sich gut finden kann oder schlecht. Sie zum Beispiel fand sich jeden Morgen schlecht. Hatte sie sich dann schlecht gesucht? Aber wie sucht man sich gut? Die Bedeutungen lösten sich von den Worten und drehten sich in Klaras Kopf, als wollten sie völlig neue Zusammenhänge bilden. Wenn sie wirklich auf der Suche nach sich selbst wäre, dann könnte sie also versuchen, sich irgendwo abzuholen. Übermorgen auf dem Flughafen von Buenos Aires zum Beispiel. Da würde sie sich in aller Wahrscheinlichkeit treffen. Man trifft, worauf man zielt. Aber man sucht sich doch nicht, um sich zu erschießen …

»Klara!« Horacio sah sie abwartend an.

»Ja?«

»Pass doch ein bisschen auf.«

»Entschuldigung.«

»Sie ist schon unterwegs«, sagte Heike und lächelte.

Bis vor zwei Wochen hatte Klara nicht einmal geahnt, dass sie nach Buenos Aires fliegen würde. Zwar tanzte sie Tango, und mit dem Spanischunterricht hatte sie angefangen, weil sie die Texte verstehen wollte. Dennoch, eine Reise zum Mekka aller Tangotänzer war für sie bisher nur ein Traum gewesen. Aber nun hatte sich ihr Leben in eine andere Richtung gedreht.

»Also Klara. *Quien va a buscarte en el aeropuerto.*«

»*Nadie*«, antwortete sie. Warum fragte er das? Er wusste doch, dass sein Onkel sie nicht abholen würde. Er sei ein bisschen schwierig, dieser Onkel, hatte Horacio erklärt, aber Klara würde sich mit ihm gut verstehen, da sei er ganz sicher.

Sie standen auf. Horacio umarmte Klara. »Ich wünsche dir eine glückliche Reise.« Seine Arme besänftigten für einen Moment die Aufregung in ihr. Als hätten Arme einen eigenen Instinkt, dachte sie.

Beim Hinuntergehen knallten Heikes Absätze auf die Treppenstufen. Auf der Straße sagte sie: »Ich hätte ja gern noch einen Kaffee mit dir getrunken, Klara, aber ich muss wirklich weg.«

»Kein Problem.«

»Wenn du zurück bist, dann nehmen wir uns mal so richtig Zeit füreinander.«

»Ja, fein.«

Sie hätten sich jetzt verabschieden müssen, aber manchmal konnte Klara so was nicht. Einfach tschüss sagen und losgehen. Und Heike war immer so aufmerksam, die sah ihr das an.

»Hast du eigentlich eine E-Mail-Adresse?« fragte sie.

»Nein.«

»Warum richtest du dir keine ein? Ist doch ganz einfach. Und wenn du es nicht selbst machen willst, kannst du dir helfen lassen. In der Teppich-Domäne zum Beispiel.«

»Aha.«

»Ja! Kein Mensch weiß, dass im obersten Stock eine Computerabteilung ist. Deshalb hat der Typ, der dort arbeitet, auch immer Zeit. Der ist total nett.«

Heike wusste immer, wo man die besten Sachen am billigsten bekam, und Klara hatte jedes Mal das Gefühl, dass es nur ein Ausdruck von Faulheit war, wenn sie nicht tat, wozu Heike ihr riet.

»Hier; schreib mir mal.« Heike holte eine Visitenkarte aus ihrer Handtasche. Dann umarmte sie Klara, aber das war, als würde sie sich schon während der Umarmung von Klara wegdrücken. »Gute Reise.«

Klara fuhr auf einer Rolltreppe nach oben. Vorbei an Rasenmähern, Keramik-Enten und einer Menge anderer Dinge, deren Beziehung zum Teppich Klara ein Rätsel war. Die Computerabteilung war schon von weitem zu hören. Aus mehreren Lautsprecherboxen heulte und krachte es, und auf den Bildschirmen tobten virtuelle Kämpfe. Am Ladentisch standen zwei Männer. Der eine war blond, Klara schätzte ihn auf Anfang dreißig. Der andere hatte dunkle Haare und sah ein bißchen jünger aus.

»Ich möchte mir eine Adresse im Internet einrichten«, sagte Klara zu ihm.

»Ich arbeite nicht hier.«

»Du kannst ihr trotzdem helfen«, sagte der Blonde und beugte sich über eine Liste.

»Na, dann kommen Sie mal.«

Die Computer standen auf einer hohen Theke. Der Mann warf irgendwo einen Chip ein und schob Klara einen Barhocker hin. Er selbst zog sich einen zweiten daneben. Er tippte auf die Tastatur ein und Klara wartete darauf, dass er etwas erklärte.

»Wie heißen Sie?« fragte er.

»Klara.«

Er musterte sie. »Das passt zu Ihnen.«

»Wieso?«

»Sie sehen so ... nostalgisch aus.«

»Wie heißen Sie denn?«

»Bruno.«

Sie lachte. Er lachte auch. Sie sahen sich in die Augen. Nur einen Moment lang. Ein Moment, der sehr kurz war. Sie konnten beide so tun, als hätte es ihn gar nicht gegeben.

Er schob ihr die Tastatur hin und sie beantwortete eine Liste von Fragen.

Währenddessen blieb er neben ihr sitzen.

»Ist das alles?« fragte sie.

Seine Schulter berührte ihre, nach einem kurzen Blick auf den Bildschirm sagte er: »Sie müssen Ihr Passwort eingeben.«

»Ich hab kein Passwort.«

Er verkniff sich ein Lächeln. »Sie müssen sich eins ausdenken.«

Sie schrieb »Milonga«. In einem Fenster erschienen sieben Sternchen. Zur Bestätigung sollte sie es noch ein zweites Mal eintippen. Obwohl sie mit zehn Fingern schreiben konnte, führte sie nur den rechten Zeigefinger von einer Taste zur nächsten. Es störte sie nicht, dass dieser Bruno ihr dabei zusah. Es war schön, dass er neben ihr saß und dass sie tun konnte, was er sagte. Das war, als wäre sie schon auf dem Flughafen, wo man als Passagier nichts mehr tun muss, außer das, was einem gesagt wird.

»Ist alles in Ordnung?« fragte er.

»Ja, wieso?«

»Ihre Hand zittert.«

»Ich fliege morgen nach Argentinien. Allein. Ich bin noch nie allein geflogen. Und noch nie so weit weg. Ich weiß nicht einmal genau, warum ich das mache. Es musste einfach sein. Sind wir jetzt fertig?«

Er nickte und rutschte vom Barhocker. Klara wartete ein paar Sekunden, dann drückte sie sich mit dem Stiefelabsatz vom Fußring ab. Es sollte elegant aussehen, und das tat es auch. Und Bruno sah ihr zu.

»Vielen Dank«, sagte sie laut und hob ihre Hand. Es war seit zehn Jahren nicht mehr üblich, sich zum Abschied die Hand zu geben. Manchmal vergaß sie das immer noch. Verlegen zog sie den Arm zurück.

»Ich wünsche dir eine gute Reise, Klara«, sagte Bruno und blieb vor ihr stehen.

»Danke.« Sie musste jetzt gehen. Auf dem Weg nach draußen fiel ihr die Tasche herunter. Es sah bestimmt ungeschickt aus, wie sie sich bückte. Eigentlich hatte sie sich noch einmal umdrehen wollen, aber jetzt ging sie einfach geradeaus weiter.

Als sie auf der Rolltreppe stand, schob sie sich mit dem Mittelfinger eine Strähne hinters Ohr.

»Ich hätte schwören können, dass sie sich noch mal umdreht«, sagte Bruno.

»Hat sie den Chip bezahlt?« fragte Norbert.

»Hab ich ganz vergessen.«

»Macht nichts. Kannst ihn trotzdem voll machen. Zwanzig Minuten hast du noch.«

Bruno setzte sich auf den Barhocker, auf dem Klara gesessen hatte. Er öffnete ein Online-Lexikon. »Milonga – schnellste Form des Tango Argentino. Wird auch als Bezeichnung für Tangobälle benutzt.«

2

Allmählich ließen die Kopfschmerzen nach. In Heathrow hatte Klara über eine Stunde auf der Toilette verbracht. Ihr Körper schien alles abstoßen zu wollen, was nicht notwendigerweise zu ihm gehörte. Später, als der schwere Flieger abhob, hatte sie die Vision, ihr Kopf würde, auf endgültiger Flughöhe angekommen, explodieren. Seit der Steward die Rotwein-Piccolos gebracht hatte, ging es ihr besser. Die junge Frau neben ihr beobachtete sie.

»*You need Aspirin?*« fragte sie mit spanischem Akzent.

»*No. Thank you.*« Von Aspirin wurde Klara übel.

Sie begannen eine Unterhaltung. Sie stellten fest, dass sie beide dreißig Jahre alt waren. Die Argentinierin kehrte von ihrer Hochzeitsreise durch Europa zurück. Der kleine dickliche Mann neben ihr schlief schon. Er schnarchte und sie kicherten darüber.

»*And you are going alone?*« fragte die junge Frau.

Klara nickte. Kurz darauf versiegte das Gespräch und Klaras Nachbarin schmiegte sich an die Schulter ihres Ehemanns.

Klara lehnte sich in ihrem Sitz zurück. Sie schloss die Augen, aber sofort rasten ihre Gedanken zu Konrad. Sie öffnete die Augen wieder und sah durch die Luke hinaus. Der Nachthimmel war voller Sterne. Sie hätte am liebsten laut losgeschrien. So unglaublich kam es ihr vor, allein in diesem Flugzeug zu sitzen und alle paar Sekunden Sternschnuppen fallen zu sehen. Sie wollte das der jungen Braut zeigen, aber die war schon eingeschlafen.

Als Klara wieder aufwachte, drang das Tageslicht hell durch die Luken. Weit unter ihnen zogen Herden von Kumuluswolken über den Atlantik. Angeschnallt auf ihren Sitz und mit dem Gefühl, still zu stehen, bewegte sich Klara in der höchsten Geschwindigkeit fort, die ihr auf Erden möglich war.

Noch vor wenigen Wochen hatte sie in ihrem Bett gelegen, sich gekrümmt und dabei das Gefühl gehabt, ihr ganzes Leben drehe sich um sie, ohne dass sie es aufhalten konnte. Sie hatte gewusst, dass es ihre letzten Tage in Konrads Wohnung waren, und hatte es immer noch nicht glauben können. Wahrscheinlich hätte es nur eine Möglichkeit gegeben, den Lauf der Dinge aufzuhalten. Ganz am Anfang, als Konrad zum ersten Mal ohne sie ausgegangen war. Da hätte sie mit ihm streiten müssen. Aber damals hatte sie versucht zu verstehen. Anstatt zu streiten, hatten sie geredet. Dass Liebe Freiheit braucht. Dass sie immerhin den gemeinsamen Alltag und die gemeinsamen Wochenenden hatten. Dass Klara alternative Bindungen knüpfen sollte. Konrad arbeitete in einem Verein für die Wiedereingliederung von Straffälligen, dort redeten sie so. Klara hatte angefangen, Tango zu tanzen. Sie lernte schnell und wurde innerhalb kurzer Zeit zu einer begehrten Tänzerin. Ihre Haltung, ihre Kleidung, ihr ganzer Stil veränderte sich. Sie würde ihre Weiblichkeit entfalten, sagte Konrad und lobte sie dafür. Klara schlug ihm vor, selbst Tanzstunden zu nehmen. Aber Konrad meinte, er wolle ihr den eigenen Bereich nicht nehmen. Und er glaube auch nicht, dass er sich von irgendjemandem sagen lassen wolle, wie er seine Schritte zu setzen habe.

Manchmal, wenn Klara nachts zurückkam, traf sie ihn in der Küche. Manchmal kam er dann mit in ihr Bett, aber sie schliefen nicht mehr miteinander. Zwischen ihnen war etwas entstanden, das es vorher nicht gegeben hatte. Man hätte es wegräumen müssen. Klara wollte darüber reden, aber sie wusste nicht wie. Sie organisierte gemeinsame Ausflüge. Konrad lehnte keinen ihrer Vorschläge ab. Aber es änderte nichts. Klara hatte sich gesagt, dass das normal war, wenn man sechs Jahre miteinander gelebt hatte. Bis Konrad zum ersten Mal von einer anderen Frau zurückkam. Er wollte es verbergen, aber dafür kannten sie sich zu gut. Klara machte ihm eine Szene. Konrad machte Versprechungen. An den Abenden blieb er zu Hause. Auch sie blieb zu Hause. Sie schliefen miteinander. Doch nicht einmal das konnte noch etwas ändern. Klara begann, auf Konrad zu warten, obwohl er im Sessel neben ihr saß.

Sie schlug ihm vor, eine Nacht durch die Bars zu ziehen wie damals, als sie sich kennen gelernt hatten. Sie tranken viel und sprachen wenig und kamen erst am Morgen zurück. Sie gingen in Klaras Bett. Konrad wollte mit ihr schlafen, aber es ging nicht mehr. Es würde nie mehr gehen, dachte Klara. Es war einfach vorbei.

Als Konrad am nächsten Abend nach Hause kam, hatte sie kein Essen gemacht. Auf dem Tisch stand nichts weiter als eine Karaffe Wein und zwei Gläser. Konrad betrat die Küche und Klaras Herz begann heftig zu schlagen. So wie schon lange nicht mehr.

»Was ist?« fragte er.

Vielleicht wäre alles anders gekommen, hätte sie ihn in diesem Moment gebeten, sich an den Tisch zu setzen. Er blieb stehen. Er hatte die Jacke noch an. Klara sagte: »Wir müssen uns trennen.«

Er musterte sie, als hielte er es für möglich, dass er sich verhört hatte, und fragte noch einmal nach: »Bist du sicher?«

Ihr Herz schlug so laut, dass sie sich selbst nicht mehr hörte. »Ja«, sagte sie.

Sie sah, wie er sich anstrengte, seine Gedanken zu ordnen. Wie Menschen, die in einer großen Gefahr stehen und in einer einzigen Sekunde alle Möglichkeiten zu reagieren durchdenken. Er sagte: »Ich wusste, dass du das tun würdest. Eines Tages.«

Er drehte sich um und ging wieder hinaus. Sie schrie ihm nach: »Bleib hier.«

Sie rannte zum Fenster. Als er unten auf der Straße auftauchte, rief sie: »Komm zurück.«

Er ging.

Zwei Wochen folgten, in denen er selten nach Hause kam, und wenn, dann schloss er sich in seinem Zimmer ein. Zwei Wochen, in denen Klara sich jede Nacht das Kissen über den Kopf zog, damit er ihr Schluchzen nicht hörte. Sie hatte nicht geahnt, dass die Trennung so schmerzhaft sein würde. Einmal hatte sie versucht, diesen Schmerz zu Konrad zu tragen. »Umarme mich. Bitte.«

Er versuchte es. Es war das Schlimmste, was sie bisher erlebt hatten.

Trotzdem sagte sie: »Erst jetzt weiß ich, wie sehr ich dich liebe. Lass uns noch einmal von vorn anfangen. Jetzt werde ich es viel besser als früher ertragen, wenn du mich allein lässt. Erst jetzt weiß ich, dass es mir lieber ist, auf dich zu warten, als dich zu verlieren.«

Er sah sie an, und Klara hielt es für möglich, dass er zu weinen begänne. Er sagte: »Ich will es nicht mehr.«

Alles, was gesagt werden konnte, war ausgesprochen. Das Schweigen blieb in der Wohnung, auch wenn Konrad fort war. Es drang in Klaras Körper ein. Sie aß nicht mehr.

Endlich hatte sie eine eigene Wohnung gefunden und war ausgezogen. Konrad hatte ihr beim Umzug geholfen. Als alles geschafft war, wünschte sie, er hätte es nicht getan.

Sie begann wieder regelmäßig zu essen. Sie ging pünktlich zur Arbeit und so oft wie möglich tanzte sie Tango. Solange sie nicht allein war, dachte sie nicht an Konrad. Nur wenn sie zu Hause blieb, hörte sie nicht eine Sekunde damit auf, auf seinen Anruf zu warten. Manchmal rief er an und fragte, wie es ihr gehe. Sie versicherte ihm, dass es ihr wirklich sehr gut ging. Jedesmal, wenn er auflegte, dachte sie, beim nächsten Mal würde er sie bitten, zurückzukommen. Er rief immer seltener an.

Klara sah auf die Tragfläche des Flugzeugs. Das Metall des Flügels blendete. An der Spitze konzentrierte sich ein greller Punkt, von dem feine Strahlen ausgingen. Noch immer fragte sie sich, ob die Entscheidung zu dieser Reise richtig gewesen war.

Seit ihrem Umzug hatte sie manchmal das Gefühl, die Welt hätte schärfere Konturen bekommen. Wenn sie morgens mit dem Rad ins Büro fuhr und das Licht der Herbstsonne auf dem Schutzblech glänzte, konnte sie das plötzlich in eine unbändige Freude versetzen.

Sie arbeitete in der Rechnungsabteilung der Elektrizitätswerke und war für die Mahnungen zuständig. Vor zwei Wochen war der Abteilungsleiter ins Büro gekommen und hatte Klara vor allen Kollegen zur Rede gestellt: »Wieso haben diese Leute noch Strom?« Er knallte ihr einen Vorgang auf den Tisch, der ihr sehr gut bekannt war.

»Die Kunden haben den Betrag gestern angewiesen. Er wird morgen da sein.«

»Dann wird der Strom ja auch wieder angeschaltet«, schrie ihr Chef. »Aber wieso beziehen sie jetzt welchen?«

»Herr Lohmann. Es wird November. Die haben Elektroheizung.«

»Meinen sie, die haben Mitleid, wenn der Laden hier pleite geht? Schalten Sie den Strom ab, da haben plötzlich alle wieder Geld. Veranlassen sie das. Sofort.«

Als er weg war, murmelte jemand: »Den hat wohl heute nacht seine Frau nicht rangelassen.«

Sie kicherten.

Eine Frau, die in Klaras Nähe saß, kicherte nicht. Sie hatte gerade eine solche Veranlassung geschrieben und erhob sich, um sie auf den Platz für die Hauspost zu legen. Dabei schlug sie das Schreiben auf den Papierstapel, wie man eine Spielkarte auf den Tisch schlägt. Einen Trumpf. Mit einem Mal war Klara aufgestanden und hinausgegangen. Ein Kollege folgte ihr, weil er glaubte, sie ginge zur Raucherecke. Aber sie ging nicht rauchen.

»Was gibt es?« fragte der Personalchef. Er war schon vor fünf Jahren da gewesen, und schon damals hatte sie gedacht, er stehe kurz vor der Pensionierung.

»Ich kündige.«

»Jetzt setzen Sie sich erst mal hin.«

Sie setzte sich. »Ich kündige trotzdem.«

»Warum wollen Sie kündigen?« fragte der alte Mann freundlich. Es klang sogar ein bisschen neugierig.

»Ich will keine Mahnungen mehr schreiben. Und ich will nie

wieder dafür sorgen, dass anderen Leuten im Herbst der Strom abgestellt wird.«

Der Personalchef holte sich ihre Akte.

»Sie sind grad umgezogen?«

Sie nickte.

»Eine Trennung?«

Sie nickte so wenig, dass er es gerade bemerken konnte.

»Wie sieht's finanziell aus?«

Sie wusste nicht, was ihn das anging, sagte aber trotzdem: »Die üblichen Rücklagen.«

Jetzt nickte er. »Sie haben noch ein paar Tage Urlaub. Und dann bleiben Sie eine Weile unbezahlt fort. Wie Sie sich's leisten können. Drei Monate, ist das in Ordnung?«

»Aber ich habe Ihnen doch gesagt, dass ich nie wieder anderen Leuten den Strom abstellen will.«

»Ich kann sie in eine andere Abteilung setzen. Und wenn Sie unbedingt kündigen wollen, können Sie es in drei Monaten immer noch tun.«

»Sie sind ein erstaunlicher Mensch«, sagte Klara.

Verlegen hob er die Schultern.

Klara beugte sich zur Luke vor. Unter ihnen tauchte das Festland auf. Vielleicht wäre sie noch mit Konrad zusammen, hätte sie ihn gebeten, sich an den Tisch zu setzen, dachte sie.

Plötzlich sackte der Flieger ab. Der Sinkflug begann. Deutschland war jetzt am anderen Ende der Welt. Deutschland, Vaterland, Konradland, dachte Klara und hätte gern geweint. Aber seit sie allein lebte, gelang ihr das nicht mehr.

Die Stewards kontrollierten, ob alle Sitze gerade waren. Ein Netz aus endlosen Quer- und Längsstraßen rückte immer näher, winzige Häuserwürfelchen, die sich aneinander reihten und zu Hochhäusern anwuchsen. Mit einem harten Rückstoß setzte das Flugzeug auf.

3

Klaras Körper nahm die Hitze auf wie etwas lang Entbehrtes. Selbst das Verkehrschaos stimmte sie fröhlich. Als sie vor einer Ampel warten musste, betrachtete sie die Leute, die auf der anderen Seite vorüberliefen. Viele Frauen trugen enge, elegante Kleidung, die Männer Anzüge oder zumindest weiße Hemden. Die *portenos* hatten den Ruf, die eitelsten Menschen von Südamerika zu sein. Und das, was Klara jetzt sah, bestätigte dieses Vorurteil.

Aber ihr gefielen diese Menschen, ihr unnahbarer Gesichtsausdruck und ihr gerader und schneller Gang. Als sie sich nach den Passanten umsah, die neben ihr auf Grün warteten, entdeckte sie auch, dass die Kleidung der meisten trotz ihres eleganten Schnitts eher ärmlich und fadenscheinig war, und das machte diese angebliche Eitelkeit um so liebenswerter.

Plötzlich entdeckte sie im Straßenlärm auch die Melodie eines Tangos. Ungläubig suchte sie nach dessen Herkunft. Er kam aus einem alten Ford, der auf der Innenspur vor der Ampel stand. Der Fahrer hatte seinen Arm auf das offene Fenster gelegt und musterte die Fußgänger. Sie hatten jetzt Grün und überquerten die Straße. Als er Klara mit ihrem schweren Rucksack und dem Koffer an der Hand entdeckte, reckte er seinen Kopf aus dem Fenster und rief ihr etwas zu. Klara verstand nur das Wort *Ayuda* – Hilfe. Nein, danke, rief sie zurück. Sie hatte es nicht mehr weit. Trotz des schweren Gepäcks fühlte sie sich leicht. Und vielleicht war es sogar gut, so viel Gepäck zu haben. Sonst hätte sie angefangen zu hüpfen oder sie wäre losgerannt, vor lauter Glück und einfach so.

Sie bog in die *Combate de los Pozos* ein. »Die Kämpfe der Brunnen«. Das klang mysteriös, aber nicht einmal Horacio war auf eine andere Übersetzung gekommen.

Hier war es ruhiger. Im gleißenden Licht warfen Platanen

schwarze Schatten auf die Straße. Der Asphalt war brüchig und aus den Fassaden der Jugendstilhäuser brachen die Verzierungen. Die Farbe an den Wänden war abgeblättert, dennoch hatte Klara das Gefühl, noch nie so eine schöne Straße wie diese gesehen zu haben. Vor einem Zeitungskiosk hatte ein Mann seinen Strohstuhl auf die Straße gerückt und nickte ihr zu, als wüsste er bereits, was sie suchte.

Das Haus von Senor Tortuga trug die Nummer 484, befand sich also 484 Meter von der Zentralachse der Stadt entfernt. Anstelle von Namen waren Zahlen und Buchstaben in das Messingschild eingraviert. Klara drückte auf den Knopf von 3B.

Als nichts geschah, klingelte sie noch einmal.

Jetzt drang eine heisere Stimme aus den kleinen Löchern im Messing.

»Geduld, bitte schön, kein Mensch hat heute noch Geduld. Wer ist es?«

»Klara Mangold.«

»Ah, die Deutsche. Komm rauf.«

Ein Summer ließ die Tür aufspringen. Sie folgte einer Wendeltreppe aus Alabaster, stieg an bunten Glasfenstern und üppigen Gummibäumen vorbei. Senor Tortuga stand vor seiner Tür und schaute ihr entgegen. Unter seinen Augen wölbten sich dicke Tränensäcke. Wulstige Falten gruben sich in seine Stirn.

Klara reichte ihm die Hand.

»Buenos dias, Sr. Tortuga.«

»Bueno bueno«, sagte er und zog sie an sich, um ihr einen Kuss auf die Wange zu geben, wie es Horacio immer getan hatte. Er schob ihr Gepäck in den Flur und schloss die Tür. Klara staunte über die Dunkelheit in der Wohnung. Draußen war das Licht so grell gewesen, dass man die Augen zukneifen musste, und jetzt hatte sie Mühe, etwas zu erkennen.

»Es tut mir entsetzlich leid, dass ich kein Deutsch spreche«, sagte der alte Herr. »Wir werden nie wirklich miteinander reden können.«

Er drehte sich um und ging durch einen schmalen Flur voraus. In einer Bibliothek blieb er stehen. »Schau mal hier.« Sie wunderte sich über das schnelle »Du«. Allerdings war das argentinische *vos* ohnehin eine Mischung aus Du und Ihr.

»Schau, das sind meine Bücher von Deutschen. Hier ist mein Liebling. Gefällt dir Nitsch?«

Er meinte Nietzsche. Irgendwann hatte Klara mal versucht, »Also sprach Zaratustra« zu lesen. Aber sie hatte immer das Gefühl gehabt, dass der Philosoph sich auf künstliche Weise Widersacher schuf, die er dann mühsam bekämpfte. Das waren Kämpfe, die sie nicht interessiert hatten.

»Ah, sag nichts«, kam ihr Tortuga zuvor. »Frauen mögen Nietzsche nie. Weil sie ihn gar nicht erst lesen. Aber es ist in Ordnung. Nietzsche hat nicht für Frauen geschrieben. Nun ja. Schade, schade, dass wir nicht miteinander reden können. Ich sehe, dass du Mühe hast, mich zu verstehen.«

»Vielleicht könnten Sie ein bisschen langsamer sprechen.«

Als hätte er nicht bemerkt, dass Klara zum ersten Mal etwas gesagt hatte, wiederholte er. »Wie schade, wie schade. Nun gut, ich zeige dir jetzt deinen Raum.«

Er sagte wirklich Raum anstatt Zimmer. Ihr Raum war groß. Das Bett stand unter einem Fenster. Zusammen mit dem Schreibtisch und einem schmalen Kleiderschrank füllte es nicht einmal ein Viertel aus. Der Parkettboden war ideal, um Tangoschritte zu üben, dachte Klara, aber sie hatte das Gefühl, dass Tortuga von dieser Feststellung nicht viel halten würde, und so schwieg sie weiter. Er zeigte ihr das Bad und erklärte, dass sie es allein benutzen würde, da es in der Wohnung noch ein zweites gab. Nur die Küche müssten sie sich teilen. *»Perfecto«*, rief sie und wollte ihm erklären, dass sie so viel Komfort gar nicht erwartet hatte, aber da gab er ihr schon einen Schlüssel, sagte, er habe zu tun, und kehrte ihr den Rücken zu.

»*Gracias, muchas gracias*«, rief Klara ihm nach. Er winkte ab. Eine Geste, die ihr wehtat. Sie ging in ihr Zimmer. Eine Stunde später verließ sie, frisch geduscht und in einem kurzen Kleid, das Haus.

Vor dem Kongresspalast hatte sich eine Menschenmenge versammelt. Sie hielten weiße Banner in die Höhe. »Wechselt den Präsidenten« übersetzte Klara.

Die meisten Passanten gingen einfach vorüber. Klara folgte dem Strom in die *Avenida Callao*, wo sich Buch-, Schmuck- und Schuhläden aneinander reihten.

Vom Straßenrand schoben sich Zeitungsstände auf den Bürgersteig. Regelmäßig hielten Stadtbusse, öffneten mit einem fiependen Stöhnen ihre Türen und entließen noch mehr Leute auf den Gehweg. Klara musste sich konzentrieren, um niemanden anzurempeln. Nach einer halben Stunde stellte sie fest, dass sie nichts anderes getan hatte, als im Tempo der Leute die Straße entlangzulaufen, ohne etwas anderes wahrzunehmen. An einer Straßenkreuzung blieb sie stehen. Auf vier Spuren strömten die Autokolonnen zum Fluss. Weit unten konnte Klara den Obelisken erkennen, das Wahrzeichen der Stadt. Über der Tür einer Buchhandlung leuchteten riesige Neonbuchstaben. »Gandhi« las Klara und ging hinein. Sie stand einem Saal gegenüber, der höher war als eine Bibliothek. Eisentreppen führten zu schmalen Galerien hinauf. Und im Hintergrund lief leise ein Trompetensolo von Chet Baker. Sie musste schon eine ganze Weile mit erhobenem Kopf dagestanden haben, als ein Mann auf sie zukam und sie in die Gegenwart zurückholte.

»Kann ich helfen?« Er lächelte, wie jemand, der jeden Tag Leute beobachtet, die in seiner Buchhandlung vor Staunen verstummen.

Als Klara ihn nach einem Stadtmagazin fragte, schüttelte er den Kopf. »Du kommst aus Europa, nicht wahr? Ich weiß, dass ihr diese Magazine dort habt. Sie sind nicht schlecht. Aber hier brauchen wir so etwas nicht. Du musst nur Leute kennen lernen, die dir ähnlich sind, dann wirst du alles finden, was du brauchst. Kennst du jemanden hier?«

Klara dachte, dass sie vielleicht diesen Mann gern kennen lernen würde. »Nein«, sagte sie. »Nicht wirklich.«

»Nicht wirklich«, wiederholte er lächelnd. »Und wonach suchst du?«

Sie hätte gern gesagt, dass sie nach einem Moment suchte, wo sie denken könnte: Jetzt, genau jetzt, weiß ich, wer Klara Mangold ist.

»Ich möchte Tango tanzen«, sagte sie endlich.

»Ach so. Natürlich. Was sonst.« Sein Lächeln verschwand. Wortlos führte er sie zu einem Regal und gab ihr ein Heft mit dem Titel »Tangauta«.

»Danke.«

»*De nada*. Es ist gratis«, antwortete er und eilte zu einem anderen Kunden.

Klara kehrte zurück auf die Straße. Solange sie ging, spürte sie ihre Müdigkeit nicht. Erst als sie wieder in ihrem Zimmer war, überfiel sie die Erschöpfung. Sie streckte sich auf dem schmalen Holzbett aus und schlief sofort ein.

4

Zwei Busse waren schon an ihr vorbeigefahren, bis sie sah, wie jemand den Bus, mit dem er fahren wollte, an die Haltestelle winkte. Sie tat es ihm nach. Im Bus warf sie ihre Münzen in das Trommelrad einer uralten Zahlbox. Von der Decke hingen Lederschlaufen herab und aus den gerissenen Sitzbezügen quoll

Filzwolle. Die Leute sahen erschöpft aus und nahmen das wilde Schaukeln gleichmütig hin. In abenteuerlicher Geschwindigkeit fuhren sie durch ein Viertel aus niedrigen Häusern, die in bunten Pastellfarben gestrichen waren.

Die Eingangshalle des »Armenischen Klubs« war leer. Das Bild eines Generals hing an einer holzgetäfelten Wand und daneben war eine Fahne aufgestellt. Aus dem Keller drang ein Tango herauf. Eins dieser Stücke, das von einem ganzen Orchester gespielt wurde und zum Tanzen bestens geeignet war. Wie immer versetzten bereits die ersten paar Takte Klara in Ungeduld, und es gab nur noch eine Sache, die sie jetzt wollte: Tanzen. Endlich entdeckte sie den Mann, der hinter einem Gummibaum an einem Tisch saß und mit seinen knochigen Händen eine Rolle Eintrittskarten umschloss.

»*With class eight Dollars*«, sagte er und schickte Klara mit einem Kopfnicken zur Treppe. Sie überblickte einen riesigen Saal, in dem mindestens hundert Leute in vier Gruppen übten. Die Kommandos der Tanzlehrer und aufgeregte Rufe mischten sich in die Musik. Ein junger Mann kam auf Klara zu, tanzte ein paar Figuren mit ihr und führte sie dann zu einer Gruppe in der Mitte des Saales. Der einzige Mann, der dort noch ohne Partnerin herumstand, war mindestens zwei Köpfe größer als sie. Sie ging trotzdem auf ihn zu, um mit ihm zu üben. Den Tanzschritt kannte Klara bereits. Beide Tänzer machten dabei dieselben Bewegungen spiegelverkehrt zueinander. Das Kunststück war, sich nicht gegenseitig aus der Bahn zu werfen. »Vorwärts, zur Seite, rückwärts, zur Seite«, rief die Lehrerin und klatschte den Takt mit den Händen mit. Kaum hatte sich Klara an ihren großen Partner gewöhnt, rief die Lehrerin: »Wechselt den Partner«, und der Mann ließ sie sofort los.

Alles schien in Buenos Aires in rasender Geschwindigkeit zu geschehen. Klara fürchtete, dass sie einige Zeit brauchen würde, um sich an dieses Tempo zu gewöhnen. Dankbar nickte sie, als der nächste Mann ihr vorschlug, einen Partnerwechsel zu übergehen. Er war nur wenig größer als sie. Er musste jetzt in der Mitte stehen bleiben, während sie um ihn herumlaufen sollte. Darum ginge es ja schließlich, sagte die junge Lehrerin und lachte.

»Worum soll es gehen?« fragte Klara.

»Na, ganz einfach«, erklärte der Argentinier. »Wir sind der Mittelpunkt, um den ihr euch bewegt. Aber wir tun alles dafür, dass dabei eure Schönheit zur Geltung kommt.«

Klara sagte nichts und konzentrierte sich auf ihre Hüften, die sich nicht stark genug mit ihren Schritten mitdrehten, so dass sie immer wieder von dem Mann weglief, anstatt um ihn herum.

»Und im Übrigen umkreist die Frau den Mann auch, um ihn zu betrachten, und nicht nur, um auf ihre Beine zu sehen«, sagte der Argentinier.

»Und Männer sollten lieber mit ihren Füßen tanzen als mit dem Mund«, erwiderte Klara. Ihre Blicke trafen sich. Er hatte blonde Haare und braune Augen. Das sah verwirrend aus. Sie wusste nicht einmal, ob er ihr gefiel oder nicht.

»Ich heiße Gustavo und du?«

»Klara«, antwortete sie leise. Als die Lehrerin um Partnerwechsel bat, löste sie sich von ihm, und bis zum Ende der Stunde vermied sie es, noch einmal mit diesem Gustavo zu tanzen.

Allmählich erschien das Publikum für die Milonga und die ersten Tanzpaare kamen auf das Parkett, als die letzten Schüler noch die Schritte aus dem Kurs übten.

Klara setzte sich an einen Tisch und bestellte ein Glas Rotwein. »Auf deine Ankunft«, sagte sie leise zu sich selbst.

Wieder einmal dachte sie an den Moment, als sie im Reisebüro stand und das Ticket mit ihrer Scheckkarte bezahlte. Noch nie in ihrem Leben hatte sie etwas derart Spontanes getan. Sie war auf dem Weg nach Hause gewesen. Wie jeden Tag, seit sie nicht mehr arbeitete, hatte sie darüber nachgedacht, was sie eigentlich tun wollte. Als sie am Reisebüro »Gullivers Reisen« vorbei kam und ihr Blick auf die Liste der aktuellen Flugpreise fiel, blieb sie stehen. Buenos Aires – eintausenddreihundert Mark. Das war nicht gerade wenig. Aber sie hätte genügend Geld, dachte sie, es würde sogar genügen, um eine ganze Weile dort zu bleiben. Ein waghalsiger Gedanke – als sie ihn ernst nahm, begann das Blut in ihren Schläfen zu pochen. Dennoch, eine Reise erschien ihr mit einem Mal als die einzig vernünftige Lösung. Seit Tagen drehten sich ihre Gedanken nur noch im Kreis. Und wenn sie schon weit weg fuhr, dann musste es natürlich die Hauptstadt des Tangos sein. Als die Angestellte des Büros ihre Karte durch die Zahlmaschine zog, spürte Klara kalten Schweiß auf ihren Händen. Aber dann, als sie mit dem Ticket in der Tasche auf die Straße trat, hatte sie das Gefühl, es fehlte nicht viel und sie könnte sich mit ihren Füßen vom Boden abstoßen und von selbst zu fliegen beginnen.

Aber dieses Gefühl war schnell wieder vergangen. Jeden Morgen war sie mit denselben bohrenden Fragen aufgewacht. Sollte sie sich nicht lieber nach einer neuen Arbeit umsehen, anstatt mit ihrem Ersparten auf- und davonzufliegen? Als Konrad davon hörte, sagte er, sie habe schon immer einen Hang zur Verantwortungslosigkeit gehabt.

Klara trank wieder von ihrem Rotwein. Aus der Musikanlage ertönte ›La Yumba‹ und eröffnete eine neue Tanzrunde. Klara dachte, dass sie nicht nur froh war, dass sie dieses Ticket gekauft hatte, sie war erleichtert. Sie wusste noch nicht wieso, aber sie hatte das Gefühl, diese Reise war das einzig Richtige, was sie in ihrer Situation hatte tun können.

Am Nebentisch ließ sich eine Schar älterer Damen nieder. Sie trugen Kleider, die sie vielleicht schon ihr halbes Leben besaßen. Mit tiefen Decolletés und funkelnden Strasssteinen auf einer gebräunten faltigen Haut. Sie schwatzten ununterbrochen miteinander und lachten viel. Überhaupt, noch nie hatte Klara so viele Menschen auf einer Milonga lachen sehen. Manchmal lachte sie mit, obwohl sie das Spanisch, das sie aufschnappte, kaum verstand.

Der erste Mann, der sie aufforderte, tat es allerdings auf englisch. Er kam aus Kanada. Das Gespräch, das sich mit ihm entwickelte, entstand später auch noch mit einem Schweden und einem Holländer. Woher kommst du? Wie lange tanzt du schon Tango? Wann bist du hier angekommen? Wie lange bleibst du noch? Es war, als hätten nicht nur die Schritte, sondern auch die Gespräche eine Choreografie. Das machte die Nähe zu den fremden Männern leicht.

Es war schon spät, nur noch wenige Paare drehten sich auf der Tanzfläche und Klara saß, eine Zigarette in der Hand, an ihrem Tisch, als dieser Gustavo plötzlich zu ihr kam. Den ganzen Abend war sie seinen braunen Augen ausgewichen.

»Tanzt du?« fragte er.

Der letzte Tango mit einem richtigen Argentinier, dachte sie, warum nicht. Sie wollte ihre Zigarette ausdrücken, aber er hielt sie zurück.

»Nein, nein, rauch nur zu Ende, ich warte so lange.«

Er sah ihr zu, wie sie die Zigarette an die Lippen führte.

»Ich werde mit dir zusammen rauchen«, stellte er fest.

Sie hob die Schultern. »Ja, warum nicht?«

»Du könntest denken, dass ich dir alles nachmachen will.«

Nachdem er seine Zigarette angezündet hatte, fuhr er fort, sie anzuschauen.

Klara wunderte sich darüber, dass sie diese Blicke nicht störten. Sie dachte sogar, sie könnte ewig so sitzen bleiben und sich von ihm anschauen lassen. Kaum hatte sie das gedacht, stand sie auf und ging zur Tanzfläche. Der Argentinier folgte ihr. Sie tanzten zwei Runden, dann lud er sie an die Bar ein. Er begann gleich mit der dritten Frage. Wie lange sie schon in der Stadt sei?

»Seit heute Morgen.«

»Anders hätte ich es mir nicht vorstellen können. Ich glaube nicht, dass ich dich in dieser Stadt übersehen könnte.«

Klara fragte ihn, ob das ein *Piropo* sei. Horacio hatte ihnen von diesen Komplimenten erzählt, die argentinische Männer fremden Frauen auf der Straße ins Ohr flüsterten.

»Nein, wenn es ein *Piropo* wäre, müsste ich weitergehen.«

»Das wirst du ja nach diesem Glas auch«, sagte Klara.

»Weitergehen schon, aber es muss ja nicht ohne dich sein.«

Klara fing an zu lachen.

»Was ist los mit dir?« fragte er.

»Ich wundere mich nur über mich selbst. Es ist völlig klar, dass du mit mir schlafen willst. Und weißt du was? Ich finde das auch noch toll.«

Sein Lachen war unglaublich. Es kam von ganzem Herzen, dachte Klara. Aber sie war zu weit gegangen und musste einen Schritt zurück. Obwohl sie dieses Spiel noch nie gespielt hatte, waren ihr die Regeln klar.

»Lass uns gehen«, sagte sie.

»Du meinst zusammen?«

»Genau. Du begleitest mich zur Haltestelle. Und dann werde ich allein in den Bus steigen.«

»Es ist besser, ich bring dich zu einem Taxi.«

»Aber die Taxifahrer sollen gefährlich sein.«

»Nicht, wenn ich mitfahre«, sagte er und bezahlte. Beim Hinausgehen nahm er ihren Arm. Vor dem Klub standen leere Taxen Schlange. Gustavo ging zum ersten Wagen und öffnete ihr die Tür.

Sie stieg ein und schnell zog sie die Tür hinter sich zu.

»*Vamos*«, rief sie nach vorn und der Fahrer gab Gas. Im Rückspiegel sah sie, wie Gustavo seine Hand durch die Luft schleuderte, so, als wolle er die letzte Stunde mit aller Gewalt hinter sich werfen.

Der Fahrer lachte. »Jetzt hat er schlechte Laune, der Junge.«

»Er wird's überleben«, antwortete Klara. Und ich auch, sagte sie zu sich selbst.

5

Im U-Bahn-Schacht hatte ein Bandoneon-Spieler gesessen und ›Malena‹ gespielt, in der Florida-Straße gab es alle paar Meter ein Musikgeschäft, aus dem Titel von Piazzolla erklangen oder von Carlos Gardel. Selbst die Toilettenfrau in einem Café ließ ihr Radio laufen, das unter Knacken und Rauschen Geigenschluchzer im Zwei-Viertel-Takt von sich gab. Und nun hatte Klara endlich die Confitería Ideal gefunden. Das Café mit seinen Marmorsäulen und riesigen Wandspiegeln hatte schon mehreren Filmen als Kulisse gedient. Wie jeden Nachmittag wurde getanzt.

Klara hatte gerade ihre Tanzschuhe angezogen, als schon ein alter Herr auf sie zukam. An seinen Bauch gelehnt, atmete sie eine Mischung aus Schweiß und Parfüm. Aber es gab noch einen dritten Geruch, der sich ihr aufdrängte. Es war ein säuerlicher, stechender Gestank. Als Klara sich beim Kellner erkundigte, verriet er ihr, dass die Abwasserleitungen defekt seien. Also nähmen die Leute ihre stärksten Parfüms und tanzten sich über den Gestank der Fäkalien hinweg.

Aber nicht einmal der Gestank in diesem Café konnte Klaras Freude trüben. Als sie zwei Stunden später über einen ramponierten Gehsteig balancierte, schwenkte sie beim Gehen ihre Tasche und summte den letzten Tango leise vor sich hin. Es war November und Sommer, und die Ankunft in dieser Stadt wuchs in Klara wie eine Frucht, die zu reifen begann.

Gerade noch rechtzeitig kam sie in die *Calle de Mayo*. Wenn sie ihrem Reiseführer vertrauen konnte, dann konnte sie bis achtzehn Uhr in der Nationalbank ihre Reiseschecks tauschen. Die Bankgebäude waren die ersten Gebäude, die vollkommen intakt waren. Nur eine einzige Mauer war mit einem Graffitti besprüht. Aus Schulden – *deudas* hatte jemand das »e« weggestrichen und sie so zu *dudas*, zu Zweifeln gemacht.

Klara trat ein. Die Angestellten trugen Westen, weiße Hemden und Ärmelschoner. Selbst Kleinigkeiten wie Füllfederhalter und Schreibschalen schienen Originale aus den Zwanziger Jahren zu sein. Klara hatte genug Zeit, das alles zu betrachten. Sie musste an mehreren Schaltern anstehen, um irgendwelche Formulare ausfüllen zu lassen. Als sie einmal ungeduldig mit den Fingern gegen ihre Tasche trommelte, blickte jemand sie an, als hätte sie etwas Unanständiges getan. Sie steckte ihre Finger in die Taschen ihres Rocks und gab sich Mühe, ruhig zu bleiben. Endlich war sie an der Kasse angelangt.

»Dos mil?« fragte der Kassierer noch einmal nach.

Sie nickte. Da es so lange dauerte, hatte sie sich entschlossen, alle Schecks auf einmal einzutauschen. Als der Kassierer die Scheine vor ihr auf den Tisch zählte, sah sie, wie seine Hände zitterten.

Mit zweitausend Dollar in der Handtasche betrat Klara die Straße. Das lange Herumstehen hatte sie erschöpft. Sie ging zur Plaza de Mayo, um sich einen Moment auszuruhen. Auf dem Boden des Platzes waren lebensgroße Umrisse von Menschen aufgemalt. Von ihrem Reiseführer erfuhr sie, dass es Symbole für die Verschwundenen waren, die während der Militärdiktatur verschleppt worden waren. Sie setzte sich auf eine Bank und las weiter in ihrem Reiseführer.

Als der Mann sie fragte, ob er sich auf das andere Ende der Bank setzen dürfe, war ihr das unangenehm. Er hatte einen dunkelblonden Schnurrbart, der ihm über die Lippe gewachsen war, so dass die Bartspitzen verklebten.

Unwillig nickte sie. Er lächelte ihr zu und fragte in akzentfreiem Deutsch: »Sind Sie Deutsche?«

Niemand hatte ihr diese Frage in den letzten Jahren gestellt. Es war ein seltsames Gefühl, mit »Ja« zu antworten. Das Land, in dem sie aufgewachsen war, gab es nicht mehr. Klara war dreiundzwanzig gewesen, als es dem Lauf der Geschichte unterlag. Sie hatte es weder besonders geliebt noch besonders gehasst. Es war nur das einzige Land auf dieser Welt, von dem sie sagen konnte, dass sie darin aufgewachsen war. Aber jetzt war es zum Teil eines anderen Landes geworden. Ein hinterherhinkender Teil, das kurze lahmende Bein eines zweibeinigen Ganzen, das vorwärts durch die Geschichte ging. Klara fand sich in dem neuen Land gut zurecht. Sie hatte nur kein Verhältnis dazu, eine Deutsche zu sein.

»Eine Deutsche, mein Gott, was für ein Glückstag«, rief der fremde Mann. »Da komme ich nichtsahnend auf die Plaza und treffe eine Deutsche, das ist ja großartig.«

»Was ist denn daran großartig?«

»Na, ich bin auch Deutscher. Aber eben nur ein Argentiniendeutscher. Meine Eltern kamen noch von drüben, aber ich bin schon hier geboren, verstehst du? Was machst du hier? Urlaub?«

»Tango tanzen.«

Er schlug sich auf die Schenkel. »Ich glaub es nicht. Eine Deutsche, die Tango tanzt.«

»Das Bandoneon ist in Deutschland erfunden worden.«

»Ja, klar. Im Grunde gibt es auch gar nichts Argentinisches. Hier gibt es nur lauter Kolonien, die nebeneinander herleben. Warst du schon im deutschen Viertel?«

»Nein.«

»Na, komm, dann lass uns nach Belgrano gehen.«

»Oh, wissen Sie, das würde ich wirklich gern. Aber jetzt geht es nicht, ich muss dringend nach Hause. Können wir uns morgen treffen?«

»Typisch deutsch«, sagte der Mann. »Ihr könnt einfach nicht spontan sein. Morgen fahre ich mit meiner Familie in die Sommerferien. Wir werden acht Wochen weg sein. Es ist absoluter Zufall, dass ich jetzt Zeit habe. Also«, er grinste verwegen. »Entweder jetzt oder nie.«

»Also gut.« Sie schulterte ihre Handtasche und stand auf. Er war seit ihrer Ankunft der erste Mensch, mit dem sie in ihrer Sprache sprechen konnte, und mit einem Mal fing sie wie von selbst zu reden an:

»Wissen Sie, ich bin gerade erst angekommen. Die ganze Zeit vorher habe ich mich gefragt, ob es richtig ist, was ich da tue. So eine weite Reise allein zu machen und ohne einen bestimmten Grund. Aber ich hab das Gefühl, diese Stadt ist etwas, das ich immer gesucht habe. Sie kommt mir so vertraut vor, wissen Sie, so, als wäre ich schon einmal hier gewesen.«

»Aha«, machte der Deutsche.

»Ja, wirklich. Ich meine, Sie haben doch recht, bei uns muss ja immer alles durchdiskutiert werden. Dabei ist es doch viel besser, seinem Gefühl zu vertrauen. Und dem Zufall natürlich. Wenn Sie jetzt die Zeit haben, mir das deutsche Viertel zu zeigen, dann muss ich jetzt mitkommen, das ist ja ganz klar.«

»Es freut mich, dass du das so siehst«, sagte der Deutsche und schubste sie vorwärts. Sie überquerten gerade die Straße des neunten Juli, die so breit war wie eine Autobahn. Die Fußgängerampel wechselte so schnell von Grün auf Rot, dass die Leute das letzte Stück zur anderen Seite rennen mussten.

Klara taten die Füße weh, die Riemen ihrer Sandalen scheuerten ihre Zehen auf, aber der Mann behauptete, dass es sich nicht lohne, den Bus zu nehmen. Und dann waren sie doch über eine Stunde unterwegs. Endlich zeigte Osvaldo Müller ihr ein Haus, auf dessen Fassade braune Streifen gemalt waren, damit es wie ein Fachwerkhaus aussah. Über der Tür war eine Holzschnitzerei aus Edelweiß und Tannen angebracht. Das sei ein typisches Haus für dieses Viertel, erklärte er.

»Wenn du willst, kannst du hier Gulasch essen.«

»Bei dieser Hitze? Wollen wir nicht lieber in ein Café gehen und was Kaltes trinken? Ich brauche nicht viel zu essen. Einen Toast höchstens.«

»*Claro, claro*«, sagte Müller eifrig und lief wieder vor ihr her. Die ganze Sache war ein Reinfall gewesen. Der Mann war ein unhöflicher Angeber, sonst nichts. Die meiste Zeit war er vor ihr hergelaufen, hatte hier und da auf ein Gebäude gezeigt und gesagt, es sei sehr interessant, und wenn sie mehr Zeit hätten, würde er ihr auch mehr darüber erzählen. Sie hatte ihn ein paar Mal gebeten, langsamer zu gehen, aber er tat jedesmal so, als hätte er nichts gehört. Im Grunde war ihr dieser Typ von Anfang an unsympathisch gewesen. Als sie ein Café betraten, nahm sie sich vor, sich noch hier von ihm zu verabschieden, aber erst einmal musste sie dringend auf die Toilette.

»Ja, geh ruhig. Ich pass auf deine Sachen auf«, sagte der Deutsche und stellte ihre Tasche neben sich auf die Sitzbank.

Sie hatte sich den Rock heruntergezogen. Ihr Urin schoss ins Becken. Erst da begriff sie. Zweitausend Dollar, dachte sie, außerdem ihr Reisepass, ihr Notizbuch und die Tasche war ihre Lieblingstasche. Es dauerte eine Ewigkeit, bis sie sich den Rock wieder hochziehen konnte. Ohne sich die Hände zu waschen rannte sie ins Café zurück. Auf dem Tisch lag ihr Reiseführer. Die Bank war leer. Sie lief auf die Straße. Menschenmassen in jeder Richtung. Überall sah sie dunkelblonde Männer mit Schnurrbärten, aber keiner davon war der Deutsche. Natürlich nicht. Sie drehte sich um, als könne alles nur ein böser Traum gewesen sein. Aber das Café sah aus, als hätte es niemals einen Deutschen mit dem Namen Osvaldo Müller gegeben.

6

Der Angestellte des Telefonzentrums schüttelte den Kopf. Es war ein junger Typ, der Hip-Hop-Klamotten trug. Er hatte sich Klaras Geschichte mit einer mitleidigen Miene angehört, aber von ihrer Idee hielt er gar nichts.

»Selbst wenn du den Richtigen erwischst. Der glaubt dir niemals, dass du dein Geld nicht zurückhaben willst.«

»Aber es ist die einzige Möglichkeit, meinen Pass zurückzubekommen!«

Als erstes war sie natürlich zur Polizei gegangen. Aber nach einem langen Verhör hatte sie nur ein Protokoll in die Hand bekommen. Für die Botschaft, erklärte ihr der Beamte. Damit war der Fall für ihn erledigt gewesen.

»Kannst du denn keinen neuen Pass beantragen?«, fragte der Hip-Hop-Junge.

»Doch. Aber dafür brauch ich meine Geburtsurkunde und da müsste ich meine Eltern anrufen.«

»Dann ruf sie doch an.«

»Das geht nicht.«

»Oh, sind sie tot?«

»Nein, sie sind nicht tot, aber es geht nicht. Ich bitte dich, ich will doch nichts weiter, als alle Männer mit diesem Namen anrufen. So viele können es doch nicht sein. Du sollst mir doch nur das richtige Telefonbuch geben.«

»Selbst, wenn du ihn erwischst, er wird sich verleugnen«, stellte der Junge fest.

»Bitte.« Klara ließ nicht locker. »Ich will es wenigstens versuchen.«

»Also gut, wenn du unbedingt willst, dann probieren wir es. Aber mach dir keine großen Hoffnungen.«

Er warf ein dickes Telefonbuch auf die Theke, und während er darin blätterte, kassierte er nebenbei die Leute ab, die telefoniert hatten, und wies den neuen Kunden die freien Kabinen zu.

»Hier, es gibt vier Mal Osvaldo Müller und einmal O. Müller. Lass mich das mal machen. Wenn sie anfangen *Porteno* zu sprechen, verstehst du kein Wort.«

»Aber wenn du ihn dran hast, gibst du ihn mir, ja?«

Er schüttelte bloß den Kopf. Beim vierten Versuch hatte er jemanden, der offenbar mit ihm zu diskutieren begann. Der Junge beteuerte hastig, dass er den Gesuchten persönlich nicht kenne, stotterte ein paar Mal »vielen Dank für ihre Auskunft«, entschuldigte sich und legte auf. Er sah Klara an und sagte: »Vergiss es.«

»Que pasó?«

»Das ist 'ne üble Gegend dort. Ich hab mindestens sechs Kinder schreien gehört. Eine Frau ging ran und hat gesagt, dass es ihr Bruder gewesen sein könnte, aber der wohnt schon lange nicht mehr bei ihnen. Dann kam ein Mann dazwischen und hat geschrien, wenn er wüsste, wo dieses deutsche Arschloch – pardon – stecke, dann würde er Gulasch aus ihm machen. Das ist ein deutsches Essen, nicht wahr?«

Neben ihr klopfte ein Mann ungeduldig auf die Theke. »He, Kleiner, was plauderst du den ganzen Tag mit diesem Mädchen? Ist sie so hübsch, dass du mein Geld nicht haben willst.«

»Entschuldige.« Der Junge schaute in seinen Computer. »Zwei Peso dreißig bitte.«

Klara ging zum Ausgang.

»Sei froh, dass dir nichts Schlimmeres passiert ist«, hörte sie den Jungen rufen. »In Wirklichkeit hast du nur unsere Art von Steuern gezahlt.«

Mitten in der Nacht wachte Klara auf. Im Traum hatte sie Osvaldo Müller gesehen, und selbst jetzt, wo sie wach war, wurde sie diesen Anblick nicht los. Sie stellte sich vor, wie er seine gelblichen Zähne unter dem Schnurrbart entblößte und widerliche Lachfalten sich um seine Augen kräuselten, während er erzählte, wie er die deutsche Touristin hereingelegt hatte. Sie hörte eine ganze Vorstadtkneipe in brutales Gelächter ausbrechen, darüber, dass diese Frau es nicht gemerkt hatte, wie er sie schon in der Bank in der Calle de Mayo beobachtet hatte und ihr dann gefolgt war. Es war ein Gefühl, als hätte er sich vor aller Augen auf die Hand gespuckt und ihr den Speichel ins Gesicht gerieben.

Ihr einziges Glück war, dass sie ihre Kreditkarte zu Hause gelassen hatte. Die Zweitausend waren zwar ein Drittel ihres bescheidenen Vermögens, aber ihr blieb genug, um dableiben zu können. Und vielleicht, wenn sie diesen Müller doch wiederfand, konnte sie ihn davon überzeugen, dass er ihr ihren Reisepass wieder verkaufte.

Am Morgen erwachte sie von den Geräuschen, die Tortuga in der Küche machte. Sie wartete, bis der alte Mann fertig war, ehe sie aufstand. Während sie im Stehen ihren Kaffee trank, hörte sie Tortuga mit jemandem reden. Seine Stimme kam näher und mit ihr wurde das Klappern von Absatzschuhen laut.

Tortuga erschien mit einer untersetzten Frau in der Tür, die blaue Leggins und ein T-Shirt trug. Eine Sonnenblume erblühte auf ihrer großen Brust.

»Das ist Klara, die Deutsche«, sagte Tortuga zu ihr und zu Klara sagte er: »Das ist Estela. Sie kommt aus Paraguay und hat indianische Vorfahren. Einmal die Woche macht sie hier sauber. Was soll in deinem Zimmer gemacht werden?«

»Danke, es ist noch alles in Ordnung«, antwortete Klara schnell.

Tortuga sagte zu Estela: »Mach den Boden und die Fenster bei ihr.«

Die kleine Frau nickte und der Alte wandte sich zum Gehen.

Das Ypsilon seines Hosenträgers spannte sich straff über den weißen Hemdrücken.

»Senor Tortuga«, rief Klara. Er blieb stehen und drehte sich um. »Ich habe eine Frage an Sie.«

Er winkte ihr und Klara schob sich an der Haushälterin vorbei in den Flur und ging ihm in eines seiner Zimmer hinterher. Durch ein hohes Flügelfenster fiel Licht auf einen Glastisch, so dass er blendete. Unter dem Fenster entdeckte Klara ein Terrarium, in dem einige Steine lagen. Während sie sich an das Licht gewöhnte, verwandelten sich die Steine zu Schildkrötenpanzern.

»Setz dich«, sagte Tortuga und ließ sich dabei auf der Vorderkante eines Ledersessels nieder, stützte die Hände auf die Knie und sah sie gespannt an.

Klara nahm zögernd Platz. Der Alte musterte die schmalen Träger ihres Shirts.

»Du passt dich schnell an«, stellte er fest. »Vorgestern waren deine Schultern noch bedeckt.«

»Das war wegen der Riemen vom Rucksack.«

»Soso«, machte er und wartete weiter.

Klara räusperte sich.

»Ich habe gehört«, fing sie an, »dass die deutschen Emigranten hier in Buenos Aires ihre Feste genauso feiern wie zu Hause.«

Eine Ewigkeit schien zu vergehen.

»Welche Feste?« fragte er endlich zurück.

Es wurde ihr wirklich peinlich, aber wen sollte sie denn sonst fragen?

»Bierfeste«, sagte sie leise.

Zu allem Überfluss musste sie es noch mal wiederholen. »Was für Feste?«

»Las fiestas de cerveza.«

»Und?«

»Ich wollte Sie fragen, wo solche Feste statt finden?«

»Woher soll ich das wissen?«

»Ich dachte, weil Sie sich für ... deutsche Kultur interessieren ...«

»Ich interessiere mich für deutsche Philosophie, aber nicht für Leute, die Bier trinken. Argentinien ist voll von Heimatlosen, und es ist mir völlig egal, woher sie gekommen sind.«

»Und die Traditionen, die die Einwanderer mitbringen, interessieren die Sie nicht?«

»Bier trinken ist doch keine Tradition.«

»Nein, da haben Sie vollkommen recht. Und entschuldigen Sie. Ich hoffe, ich habe Sie nicht zu sehr gestört.«

Warum wünschte sie sich eigentlich so sehr, dass dieser Alte sie mochte?

Sie war bereits aufgestanden und hatte die Türklinke schon in der Hand, als er sich hinter ihr räusperte.

»Klara.«

Sie drehte sich um. Er stand vor seinem Terrarium. Im Gegenlicht war nur seine schwarze Silhouette zu sehen.

»Die Deutschen machen eine Wochenzeitung in ihrer Sprache«, sagte er. »Sie heißt *Tagesblatt* oder so ähnlich. Mein Zeitungshändler unten an der Ecke führt sie.«

»Vielen Dank, Senor Tortuga.«

Der Alte winkte ab und beugte sich zu den Schildkröten hinunter.

Klara ging zur Küche, um ein Glas Wasser zu trinken. Neben der Türschwelle standen ein Paar gelbe Pumps ordentlich nebeneinander. Estela kniete auf dem Boden und polierte die Fliesen und sang eine Volksweise mit, die aus dem Radio erschallte. Panflöten, Gitarren und laute Männerstimmen, die ihre klagenden Melodien zu einem fröhlichen Rhythmus sangen. Als sie Klara bemerkte, rappelte Estela sich hoch, um leiser zu stellen. Lachend sagte sie etwas zu Klara. Es klang wie: »Der Senor ist sehr streng.« Klara nickte und trank ihr Glas aus.

»Gefällt es dir hier?« fragte die Indiofrau weiter.

»Ja, es ist sehr schön«, antwortete Klara, aber es wirkte wohl nicht sehr überzeugend, so nachdenklich wie die Frau sie ansah.

»Vermisst du dein Land?« wollte sie wissen.

Klara verstand die Frage nicht.

»Nun, die Leute, das Klima, deine Eltern, euer Essen, vermisst du das nicht?«

»Nein. Nicht wirklich.«

Estela wurde unsicher. »Du verstehst nicht, was ich meine«, murmelte sie.

Bevor sie die nächste Frage stellen konnte, verschwand Klara in ihrem Zimmer.

7

Heiß schien die Sonne auf die Bretterbuden. Am Rande des Bierfestes wurden Strohsterne, Schwarzbrot und Holzbrettchen angeboten. Aber wer dort stehen blieb, suchte meist nur Schatten. Selbst die Bierverkäufer hatten wenig zu tun. Die meisten Leute trugen Thermoskannen mit sich herum und gossen sich ab und zu heißes Wasser in ihr Trinkgefäß, wo die dunkelgrünen Mateblätter quollen. Klara suchte das Publikum immer wieder von neuem ab. Sobald ein dunkelblonder Typ auftauchte, folgte sie ihm so lange mit dem Blick, bis sie sicher war, dass es sich wieder nicht um Osvaldo Müller handelte. Es sah nicht gut für sie aus. Im ›Tageblatt‹ wurden fünf Bierfeste an einem Tag angekündigt, und außerdem hatte Klara den Eindruck, dass es hier nicht mehr Deutsche gab als Argentinier auf einer Berliner Milonga.

Auf der Bühne stellte eine Frau im Dirndl jetzt Kuhglocken auf, und die Leute strömten zur Bühne und warteten gespannt auf ihre Vorstellung. Auch Klara war ein paar Schritte nach vorn gegangen. Neben ihr blieb ein Junge mit einem sperrigen Instrumentenkoffer stehen. Er trug eine Lederhose, die ihm viel zu groß war, und auf seinen dichten schwarzen Locken saß ein Tirolerhut. Als die Frau im Dirndl anfing, mit ihren Glocken den Schneewalzer zu bimmeln, sagte er etwas zu Klara, das sie nicht verstand.

»Woher kommst du?« fragte er.

»Aus Deutschland.«

»Nein, wirklich. Ich glaub es nicht. Du lebst richtig in Deutschland?«

Unwillkürlich griff Klara nach ihrer neuen Handtasche.

»Aber dann bist du diese Hitze doch gar nicht gewohnt«, sagte der Junge. »Du musst deinen Kopf schützen. Hier, nimm meinen Hut.«

Bevor sie es verhindern konnte, hatte sie den Tiroler auf dem Kopf.

»Er steht dir«, sagte der Junge fröhlich.

Sie beruhigte sich damit, dass niemand sie hier kannte.

»Was ist da für ein Instrument drin?« fragte sie.

»Eine Tuba.«

»Ist die nicht ein bisschen groß für dich?« fragte Klara.

»Ganz und gar nicht. Weißt du, ich mache seit meiner Kindheit Musik. Ich hab wirklich alle Instrumente gespielt, bis ich begriffen hab, dass für mich nur die Tuba in Frage kommt.«

Klara betrachtete den schmächtigen Jungen. »Bist du sicher?«

»Ja, natürlich. Ich hab es begriffen, als ich zum ersten Mal mit diesem Instrument nach Hause kam. Mein Vater war plötzlich ganz aufgeregt. Dein Opa, sagte er, hat auch so ein Ding gespielt, aber wir haben dir doch nie davon erzählt, oder? Meine Mutter sagte, nein haben wir nicht. Uns war sofort klar, dass dieses Instrument mein Schicksal ist. Oder glaubst du etwa, das ist Zufall?«

»Nein, nein. Sicher ist es kein Zufall.«

»Weißt du, bei uns sagt man, es gibt keine Zufälle, sondern nur logische Folgen.«

Klara hatte mit einem Mal das Gefühl, dass sie von jemandem beobachtet wurde. Sie drehte sich um. Es war ein alter Mann in einem Rollstuhl. Er hatte ein Doppelkinn, das ihm bis zum Hals hinabfiel. Klara hatte ihn noch nie gesehen. Sie wollte sich schon wieder umdrehen, aber da sah sie den Mann, der den Rollstuhl schob. Sie griff nach dem Tirolerhut, zog ihn vom Kopf und drückte dem Tuba-Bläser das grüne Ding in die Hand. »Ich muss grad jemanden begrüßen. Wir sehen uns später.«

»Ja, klar. Alles in Ordnung«, sagte der Junge, und Klara konnte noch spüren, wie ihm der Mut sank, als Gustavo seine Hände auf ihre Schultern legte und sie links und rechts auf die Wange küsste.

»Ich wusste, dass wir uns wiedersehen«, sagte er. »Darf ich vorstellen: mein Vater!«

»Entschuldigen Sie, dass ich nicht aufstehen kann«, sagte der alte Mann. »Es ist nicht sehr höflich, eine Dame im Sitzen zu begrüßen.«

»Papa hat immer was zu meckern. Sonst ist er nicht gesund. Dabei haben wir allen Grund, uns zu freuen, nicht wahr? Was machst du hier? Bist du allein unterwegs?«

»Sag mal, willst du uns verdursten lassen?«, mischte sein Vater sich ein. »Das Mädel ist die Hitze nicht gewöhnt. Sie muss trinken. Vielleicht holst du uns mal ein bisschen Limonade. Mein Gott, diesem Jungen muss man aber auch alles sagen«, schimpfte er, aber der »Junge« hatte sich schon auf den Weg gemacht.

»Und du bist also aus Deutschland«, sagte der Alte auf Deutsch.

Sie nickte und zog sich einen Stuhl heran.

»Mein Sohn sagt, du bist erst vor ein paar Tagen gekommen.«

»Ja, das ist richtig. Wie lang sind Sie denn schon hier, wenn ich fragen darf.«

»Naja, eine Urlaubsreise war es nicht gerade. Aber die Überfahrt war gar nicht so schlecht. Abenteuerlich eben. Ich war erst dreizehn, in dem Alter lässt man sich ja gern von solchen Dingen beeindrucken.« Er machte eine Pause. »Mein Name ist Ehrenstein, wenn du verstehst.«

Klara erschrak. Sie hatte noch nie einen deutschen Juden in diesem Alter getroffen. Zumindest nicht wissentlich. Sie fühlte sich ziemlich hilflos.

»Gustavo spricht kein Deutsch, oder?« fragte sie unsicher.

»Nein. Seine Mutter war eine Spanierin. Eine Baskin. Die blonden Haare sind von ihr.« Ehrenstein holte Luft. »Als er klein war, wollte ich nicht, dass er Deutsch lernt.«

Sie sahen Gustavo, der mit drei vollen Gläsern zurückkam. »Gleich fängt die Tanzgruppe an, Papa. Wenn du hier hinten bleibst, wirst du nichts sehen. Komm, ich schieb dich nach vorn.«

»Vielen Dank, aber über den Rasen komme ich immer noch alleine«, brummte der alte Herr. Mit beiden Händen drehte er die Räder seines Rollstuhls voran.

Klara hatte sich neben Gustavo gestellt. Die Gläser in der Hand schauten sie den Vorbereitungen auf der Bühne zu. Junge Männer in Lederhosen schleppten Sägeböcke und Baumstümpfe auf den Platz, und auf der Bühne nahm die Blaskapelle Aufstellung. In der letzten Reihe stand der Tubaspieler und schraubte das Mundstück auf sein Instrument.

Klara schwieg. Manchmal hatte sie das Gefühl, ihre ganze Zukunft hinge von einem einzigen Wort ab. Aus Angst vor den Folgen sagte sie dann meistens gar nichts. Sie bemühte sich, an etwas anderes zu denken als an den Mann neben sich. Sie starrte zur Bühne, aber das Geschehen dort weckte nur unangenehme

Erinnerungen. In ihrer Kindheit hatte sie eine Menge Feste mit Blaskapellen miterlebt.

Einmal, da war sie schon vierzehn, hatte jemand zu einer Polonaise aufgerufen. Die Leute waren betrunken gewesen und vor lauter Übermut stiegen sie auf die Tische. Klara war die einzige, die nicht mitmachen wollte. Sie war sitzen geblieben. Ein Paar Füße nach dem anderen trampelte vor ihr vorbei. Mit einem Mal hatte sie jemand gepackt und hochgezerrt, dabei war ihr Kleid zerrissen. Sie trug noch keinen BH. Ein Gelächter brach aus. Und ihr war, als würden ihre Eltern und ihre beiden Schwestern am lautesten lachen.

Vor ihnen blies die Kapelle jetzt den Auftakt und fünf Argentinier in Lederhosen klatschten sich auf die Schenkel.

Gustavo lächelte.

»Ich glaube, es ist kein Zufall, dass wir uns wiederbegegnet sind«, sagte er.

So redete man, wenn man eine Liebesgeschichte beginnen wollte. Und das ging Klara zu schnell.

»Stimmt es, dass dein Vater niemals deutsch mit dir gesprochen hat?« fragte sie.

Er nickte. »Nicht ein einziges Wort.«

»Wolltest du es nie lernen?«

»O doch, als ich vierzehn war, hab ich einen Kurs angefangen. Aber er bekam es mit und hat es mir verboten.«

»Warum?«

»Er behauptete, es wäre Zeitverschwendung. Ich würde diese Sprache doch niemals brauchen. Er hat so lange mit mir gestritten, bis ich die Lust verloren hab. Damals gab es schließlich eine Menge Dinge, die viel aufregender waren.«

Klara nickte. »Flower Power, Hippie-Zeit und so was.«

»Genau. Ich hatte Haare bis zum Arsch.«

»Ich auch.«

Sie lachten.

»Jetzt hätte er wohl nichts mehr dagegen, wenn ich deutsch sprechen würde. Mit seinem Schlaganfall haben sich eine Menge Dinge bei ihm verändert.«

»Was denn alles?«

»Also angefangen hat das wahrscheinlich mit dem Tod meiner Mutter. Ich glaube jedenfalls, dass es da einen Zusammenhang gibt. Sie ist an Krebs gestorben. Eine Woche nach ihrer Beerdigung hat er den Schlaganfall gehabt. Er kam in ein schlechtes Krankenhaus. Die Ärzte dort wussten selbst, dass es schlecht war. Als sich herausstellte, dass er gelähmt bleiben würde, nahm mich einer von ihnen beiseite und sagte: Ihr Vater ist doch ein Deutscher. Besorgen sie ihm einen Platz im deutschen Krankenhaus. Ich hab das natürlich heimlich geregelt. Manchmal muss man jemanden zu seinem Glück zwingen, weißt du. Es war nicht schwer. Der Name von meinem Großvater hat mir sämtliche Türen geöffnet. Und eines Tages konnte ich endlich zu ihm sagen: So, Papa, unten steht ein Krankentransport. Du kommst jetzt ins deutsche Krankenhaus.« Gustavo fing an zu lachen. »Du kannst dir nicht vorstellen, was er für ein Theater gemacht hat. Aber du hättest ihn mal eine Woche später erleben müssen. Er wollte überhaupt nicht mehr weg.«

»Und in diesem Krankenhaus hat dein Vater zum ersten Mal wieder deutsch gesprochen?«

»Genau. Und wenn ich kam, dann hatte er nur noch ein Thema – es war völlig verrückt.«

»Was hat er denn erzählt?«

»Erzählt hat er gar nicht viel. Er fing nur mit seinen komischen Behauptungen an. Dass er seine deutschen Eigenschaften behalten hätte, obwohl er fast sein ganzes Leben hier verbracht hat. Glaubst du, dass es Eigenschaften gibt, die zu einer bestimmten Nation gehören?«

»Nein, aber ich kenne solche Diskussionen. Ich mag sie auch nicht.«

Gustavo sah sie an und lächelte.

»Weißt du«, sagte er. »Im Grunde ist es sehr einfach zu verstehen. Er hat sein Leben lang Heimweh gehabt. Aber er dachte wohl, dass das niemand versteht.«

»War es etwa deine Idee, ihn hierher zu bringen?«

Gustavo sah sie an. »Ja, warum? Findest du sie naiv?«

»Wenn ich ehrlich sein soll, ja.«

Mit einem Mal hob Gustavo seine Hand und strich ihr mit seinem Mittelfinger eine Strähne hinters Ohr.

»Wir verstehen uns wirklich gut«, sagte er leise.

Sie hielt seine Hand fest. Das veränderte alles. Klara hatte das Gefühl, sie würde zum zweiten Mal in Argentinien ankommen.

Auf der Bühne tanzten noch immer die Schuhplattler. Mit einem Mal fand Klara sie lustig. Und ganz hinten stand der Tubaspieler und spielte, und Klara fragte sich, woher der schmale Junge all den Atem nahm, um unablässig in sein riesiges Instrument zu blasen.

Die Ehrensteins nahmen Klara mit zurück in die Stadt. Gustavo hatte einen Lieferwagen, auf dessen Ladefläche er seinen Vater über eine Rampe hineinschob. Er stellte den Rollstuhl hinter den Fahrersitz, so dass Ehrenstein mit dem Blick zu Klara saß. Der Laderaum hinter ihm war dunkel und leer.

»Warum führst du so ein großes Auto?« fragte Klara.

»Das ist ein Lieferwagen. Ich fahre Brot aus, Toastbrot, um genau zu sein.«

»Das ist doch eine gute Sache«, sagte sie.

Gustavo lachte. »Oh, ich mache das nur aus Berechnung. Toastbrot kaufen die Leute immer. Selbst in der schlimmsten Krise.«

»Ich habe gerade gekündigt«, sagte Klara.

»Warum denn?«

»Ich wollte mal was ganz anderes machen als bisher.«

»Verstehe«, sagte Gustavo und lächelte. »Da bist du doch grad auf dem besten Weg.«

Sein Vater wohnte in einem Hochhaus. Während Gustavo ihn in seine Wohnung bugsierte, blieb Klara im Wagen sitzen. Sie fing an, sich vorzustellen, dass sie in Zukunft noch oft auf diesem Platz sitzen würde. Als Geliebte eines Brotlieferanten. Sie öffnete das Fenster und zündete sich eine Zigarette an. Sie ärgerte sich, dass sie beim kleinsten Anflug von Zärtlichkeit schon wieder anfing, sich eine Zukunft auszudenken. Als Gustavo zurückkam, sah er sie an, als wäre sie gerade erst eingestiegen.

»Mein Vater hat dich zum Kaffee eingeladen. Irgendwann, wenn du Lust hast. Er wollte dich die ganze Zeit im Auto fragen. Aber er hat sich nicht getraut.«

»Ich weiß nicht«, sagte sie. »Ich hab das Gefühl, ich könnte ihm gegenüber alles falsch machen.«

»Vielleicht gefällt ihm gerade das.« Gustavo drehte den Zündschlüssel. »Fahren wir zu mir? Ich wohne gleich um die Ecke.«

»Nein, ich möchte nach Hause.«

Es war eine glatte Lüge, aber es gehörte zum Spiel.

»Immerhin schaff ich es heute schon bis an deine Haustür«, sagte Gustavo und machte das Radio an. Er hatte den Tangosender eingestellt.

»Morgen Abend gehe ich ins Paracultural«, sagte er.

»Schau mal einer an«, machte Klara und betrachtete Gustavos Barthaare, die von der Lippe nach vorne spießten, wenn er lächelte.

»Gibt es eigentlich auch Argentinier ohne Bart?« fragte sie.

»Warum? Gefällt er dir nicht?«

»Nicht besonders, um ehrlich zu sein.«

»Ich trage ihn, seit ich siebzehn bin.«

»Na, wenn das so ist.«

Sie lachten. Vor Tortugas Haus sprang er aus dem Wagen, um ihr die Tür zu öffnen. Er nahm sie in die Arme. Klara hatte darauf gehofft, aber jetzt dachte sie mit einem Mal daran, Tortuga könnte herunterkommen, und löste sich von ihm. Sie gab ihm einen flüchtigen Kuss und schloss auf. Ohne sich noch einmal umzusehen, zog sie die Tür zu.

8

Die Tür zur Telefonkabine ließ sich nicht richtig verschließen. Aber es war egal. Hier verstand ohnehin niemand deutsch. Die Kette der Vorwahlziffern in das thüringische Dorf war dreimal so lang wie die Nummer. Vor dreißig Jahren hatten ihre Eltern diesen Telefonanschluss erhalten. Damals hatte man ihnen empfohlen, sich mit der Telefonnummer zu melden. Das taten sie bis heute. »vier sechs acht zwei, hallo«, sagte Klaras Vater.

Sie hätte sich vorbereiten sollen, dachte Klara. Aber die ganze Zeit hatte sie nur darüber nachgedacht, ob sie den Anruf verschieben oder gleich erledigen sollte, und als sie am Internetcafé vorbeigekommen war, hatte sie sich kurzerhand entschlossen und war hineingegangen.

»Hallo, wer ist da?« rief ihr Vater. Die Verbindung war gut. Sie könnte behaupten, dass sie aus Berlin anrufe und irgendeine Forschungseinrichtung in Buenos Aires ihre Geburtsurkunde brauche. Sie bewunderte Leute, die lügen konnten. Wenn sie es selbst versuchte, hielt sie meistens nicht lange durch.

»Hier ist Klara«, sagte sie.

»Du hast doch letzte Woche erst angerufen.«

Im Hintergrund hörte sie ihre Mutter. »Wer ist da?« Seit ein paar Monaten besaßen sie dieses Telefon mit Zimmerlautsprecher.

»Klara«, antwortete ihr Vater und ihre Mutter fragte: »Warum ruft sie denn an? Sie hat doch letzte Woche erst angerufen.«

»Das habe ich doch gerade gesagt«, sagte ihr Vater. »Ist etwas passiert?« fragte er.

›Mein Gott, das begreifen die nie‹, dachte Klara. Aber sie hatte keine andere Wahl.

»Ich bin gerade in Buenos Aires«, sagte sie.

»Wo ist sie?« schrie ihre Mutter auf.

»In Brasilien«, erklärte ihr Vater.

»In Argentinien«, verbesserte Klara.

»Na, jedenfalls in Südamerika«, sagte ihr Vater. »Ob Brasilien oder Argentinien spielt doch keine Rolle. Aber wieso bist du denn dort?«

»Ich habe gekündigt.«

»Sie hat ihre Stelle gekündigt?« ihre Mutter war noch lauter als vorher zu hören. Sie musste zum Telefon gekommen sein und jetzt neben dem Vater stehen.

»Ja«, sagte der. »Sie hat ihre Stelle gekündigt. Das hat sie doch grad gesagt.«

Klara hörte die Kuckucksuhr, die im Wohnzimmer schlug.

»Warum ruft sie eigentlich an?« fragte die Mutter.

»Ich habe meinen Reisepass verloren«, sagte Klara. »Ihr müsst mir meine Geburtsurkunde schicken.«

»Mein Gott, du weißt doch, dass du ungeschickt bist. Das weißt du doch«, sagte ihre Mutter. »Wie kannst du da alleine so eine Reise machen? Was hast du denn in Brasilien verloren?«

»Ja, sag mal. Was hast du da eigentlich verloren?« fragte ihr Vater.

»Ich lerne Tango tanzen. In Argentinien.«

»Da kann man sich doch nur an den Kopf greifen. Mambo tanzen. Als ob sie das nicht in Berlin könnte«, rief ihre Mutter. »Und allein ist sie auch noch unterwegs. Was sagt Konrad denn dazu?«

Klara schwieg.

»Hast du gehört, was deine Mutter gefragt hat?« fragte ihr Vater.

»Jetzt hört mir mal zu. Dieses Gespräch hier ist teuer. Und ich kann euch jetzt nicht mein halbes Leben erklären. Aber ich stecke verdammt noch mal in Schwierigkeiten und ich brauche meine Geburtsurkunde hier, und zwar dringend. Habt ihr was zu schreiben? Papa. Schreibst du bitte die Adresse auf?«

»Wie sie mit ihrem Vater redet. Es ist die Höhe!« rief ihre Mutter.

Ihr Vater sagte: »Also ich schreib die Adresse jetzt auf. Und wir schicken dir auch die Urkunde. Das ist ja selbstverständlich. Aber wie du mit uns redest, das hat noch ein Nachspiel. Verstanden?«

»Verstanden.« Sie diktierte die Adresse.

Ihr Vater wiederholte sie noch einmal, dann sagte er: »So, dann machen wir jetzt Schluss, das ist doch viel zu teuer. Und du meldest dich, wenn du wieder zurück bist.«

»Ja, natürlich. Habt vielen Dank.«

Sie legte auf und blieb sitzen. Vor ihr war ein Spiegel angebracht, aber Klara wollte sich nicht sehen. Sie schaute in den Laden. Es gab ein paar Computerplätze, um ins Internet zu gehen. Drei davon waren besetzt, und die Leute, die daran saßen, sahen aus wie Leute, die in einem Büro arbeiteten. Klara wünschte, schon morgen könnte wieder ihr Wecker klingeln. Sogar Mahnungen zu schreiben erschien ihr plötzlich sinnvoller, als allein durch eine fremde Stadt zu laufen und darauf zu warten, dass es Abend wurde und eine Milonga anfing. Sie schüttelte den Kopf. Sie war hier, und es war zu spät, am Sinn dieser Reise zu zweifeln. Trotzdem würde sie jetzt gern etwas zu tun haben, dachte sie.

Sie konnte nachschauen, ob ihr jemand von den Berliner Tangotänzern geschrieben hatte. Am Abend vor ihrem Abflug war sie noch einmal tanzen gegangen und hatte ihre neue E-Mail-Adresse verteilt. Die Adressen ihrer Freunde waren mit dem Notizbuch in ihrer Tasche verschwunden. Aber vielleicht hatte ihr jemand geschrieben und sie konnte zurückschreiben.

Sie ging zu einem freien Computerplatz und rief Manolo, den Hip-Hop-Jungen, damit er ihr zeigte, wie sie ins Internet kam. Aber die einzige Nachricht, die sich in ihrer E-Mailbox befand, war von ihrem Mail-Server. »Hallo Klara, willkommen bei usw.de.«

Sie blieb auf dem Drehstuhl sitzen. Neben ihr saß eine Frau, deren Bildschirm sich nur ganz langsam füllte, dabei tippte sie ununterbrochen. Doch immer, wenn sie ein paar Zeilen geschrieben hatte, löschte sie alles und fing noch einmal von vorne an. Ihr Gesicht verriet keinerlei Nervosität, als sei es die natürlichste Sache der Welt, dass man das, was man schrieb, gleich wieder löschte. Hätte Klara auch nur von irgendjemanden eine Mail-Adresse gehabt, sie hätte ihm geschrieben, schon allein, um dasselbe tun zu können wie diese Frau. Vielleicht hätte sie am Ende nur geschrieben: »Viele Grüße aus Buenos Aires, ich habe gerade an dich gedacht«, oder so etwas. Aber zwischendurch hätte sie alles schreiben können, was sie gern losgeworden wäre, und der Adressat hätte es niemals erfahren. Das schien ihr zumindest sinnvoller, als untätig auf ihrem Drehstuhl zu sitzen. Sie könnte eine Adresse erfinden. Aber das war keine gute Idee. Wenn es diese Adresse nicht gab, hätte sie die Nachricht jedes Mal zurückbekommen, und wenn es sie gab, wurde die Sache auch nicht einfacher. Plötzlich hatte sie eine Idee. Es war ein bißchen absurd, aber es war eindeutig die einfachste Lösung, die es gab.

Die Frau neben ihr hielt jetzt inne, las sich mit hochkonzentrierter Miene ihren Text durch. Er füllte nicht mehr als das halbe Fenster aus. Dann klickte sie ein paar Mal auf die Maus, stand auf und ging zu Manolo, um zu bezahlen. Klara wartete, bis Manolo abkassiert hatte, dann rief sie ihn zu sich, um ihn nach einem argentinischen E-Mailserver zu fragen. Sie öffnete die website und folgte den spanischen Anweisungen. Schon nach ein paar Minuten hatte sie eine zweite Adresse. Jetzt konnte sie von k.mangold@net.arg an KlaraM@usw.de schreiben. Vielleicht gelang es ihr ja auf diesem Weg, eine Verbindung zu sich selbst herzustellen.

9

Dieser verdammte Idiot. Das Schlimmste ist nicht, dass er mein Geld geklaut hat, auch nicht, dass mein Pass jetzt weg ist, das Schlimmste ist, dass dieses Gefühl weg ist. Ich hab zum ersten Mal erlebt, wie das ist, wenn man sich frei fühlt. Und jetzt?

Du bist umsonst ans andere Ende der Welt gefahren. Eigentlich könntest du gleich wieder zurück. Überhaupt. Du hättest gar nicht erst nach Berlin ziehen müssen. Du hättest gleich auf dem Dorf bleiben können. Du entkommst ihnen sowieso nicht. Dabei ging es doch um nichts als diesen albernen Reisepass. Aber du könntest mit deinen Eltern über das Wetter sprechen oder über Kuchenrezepte, sie werden dir immer dieses beschissene Gefühl geben. Drei Minuten am Telefon haben gereicht. Und schon kannst du nicht mehr aufhören, dir vorzustellen, wie sie im Wohnzimmer sitzen, wie die Kuckucksuhr schlägt und wie sie sich über dich aufregen. Wahrscheinlich werden sie jetzt deine Schwestern anrufen und ihnen erzählen, was du schon wieder angestellt hast. Du sollst ihnen was erklären, aber sobald du es versuchst, erklären sie dir, dass du »völlig verrückt« bist. Du legst den Hörer auf und kannst nicht aufhören, dich in Gedanken weiter mit ihnen zu streiten und dich wieder und wieder vor ihnen zu rechtfertigen. Warum du dich von

Konrad getrennt hast, warum du hierher gefahren bist. Damit sie dich endlich mal nicht für verrückt halten. Dabei würdest du noch einmal zweitausend Dollar draufgehen lassen, wenn damit alles wieder so werden könnte, wie es war, und du wieder hier sein könntest, ohne dass sie davon wüssten, ohne dass sie jemals davon erfahren.

Ich werde Tango tanzen, Tango tanzen jede Nacht, um das Ganze zu vergessen.

Bruno zog den Mauspfeil nach rechts oben und klickte das Fenster zu. Das hätte er gleich tun müssen, dachte er. Er hätte die Mailbox gar nicht erst aufmachen dürfen. Er hatte es nur wegen dieser Erinnerung getan, die er nicht zu fassen bekam. Sie war wie ein Dia, das in einem Projektor festhing. Dabei konnte er sich an jedes Detail erinnern. Klaras Hand, die sich erhob und seine Hand nicht abgewartet hatte, die schwarze Haarsträhne, die sie sich mit dem Mittelfinger hinters Ohr geschoben hatte, der hohe Absatzstiefel, mit dem sie sich vom Barhocker abstieß. Sogar die Tasche aus altem Leder, die ihr jetzt jemand geklaut hatte, sah er noch vor sich. Aber immer, wenn Bruno versuchte, sich an Klaras Gesicht zu erinnern, setzte sein innerer Dia-Projektor aus. Als er heute in Norberts Computer-Abteilung kam und die Barhocker gesehen hatte, fing es schon wieder an. Er sah ihren Stiefel, ihren Mantel, aber ihr Gesicht entzog sich seiner Erinnerung. So ging es einem, wenn man ein »Wort auf der Zunge« hatte und nicht draufkam. Eine fixe Idee, sonst nichts. Er hatte versucht, sich mit Lara Croft abzulenken. Er jagte sie durch Wasser und Dschungel, aber dann regte es ihn auf, dass diese Computerfrau kein Gesicht hatte, nur ein hautfarbener Schatten mit Strichen, die sich dem Blick immer wieder entzogen.

Schließlich hatte er Klaras Mailbox geöffnet. Er hatte gehofft, dass es irgendein E-Mail-Geplänkel gab, wie es von Millionen

Mail-Quasselstrippen auf der ganzen Welt geplappert wurde, irgend so ein: »Hallo du, gut angekommen, toll warm und schön hier...« was ihn an sie erinnern würde. Aber anstelle eines Geplänkels stand das da – ein Tagebuch oder ein Selbstgespräch, jedenfalls etwas, das ihn nichts anging und das er gelesen hatte, ohne auch nur einen Moment innezuhalten. Schon eine ganze Weile starrte Bruno auf den Monitor und verfolgte die Schwimmbahnen der Fische auf dem Bildschirmschoner, als Norbert aus dem Lager zurückkam.

»Was ist los? Ist Lara von einem Monster zerfetzt worden?«

»Mhm«, machte Bruno. »Muss dann mal los.«

»Ja, ciao, bis heut Abend«, rief Norbert ihm über die Schulter nach.

Draußen war es kalt, viel zu kalt für Anfang November. Trotzdem ging Bruno zu Fuß, den Mantelkragen über die Ohren geklappt. Seine Fäuste ballten sich in den Taschen gegen die Kälte. Er hatte eine halbe Stunde Fußweg vor sich, und das war ihm ganz recht so.

Als er am Friedhof vorbeikam, bemerkte er, dass der Weg hinterm Eingang schon wieder sauber gerecht war. Sein Nachfolger machte seine Sache wirklich ordentlich.

Vor zwei Monaten hatte Bruno diesen Job gekündigt. Dass er ihn damals kurz nach dem Tod seines Alten gefunden hatte, musste eine Art Fügung gewesen sein. Jedenfalls war es nicht der schlechteste Ort, um mit diesem Tod fertig zu werden. Es war gut gewesen, draußen zu sein. Niemand zu hören, nur die Stimmen im Kopf. Als der Alte noch lebte, hatte Bruno ihn nicht mehr zu Wort kommen lassen. Wenn sein Vater einmal anfing, dann zählte er ihm nur auf, wer warum Schuld an seinem Elend hatte. Aber sein einziges Elend war im Grunde, dass er nicht aufhören konnte zu saufen, und das Schlimmste für Bruno war, dass der Alte nur anrief, wenn er sternhagelvoll war. »Deine

Mutter ist mit Absicht gestorben«, schrie er dann. »Die hat noch nie zu mir gehalten.«

Anfangs hörte Bruno sich diesen Unsinn eine Weile an und legte dann den Hörer auf. Später ließ er den Alten gar nicht erst zu Wort kommen. Der rief immer seltener an. Dass man ihn eines Tages tot in seiner Wohnung finden könnte, daran hätte Bruno nie gedacht.

Er war zu seiner armseligen Beerdigung gefahren, und schon auf dieser Fahrt hörte er die Stimme des Alten in seinem Kopf. Bruno konnte ihm nicht mal den Mund verbieten. Er hatte angefangen, auf dem Friedhof zu arbeiten. Er schob Berge von Laub zusammen, grub Erde um, stutzte Hecken und hörte die Vorwürfe des Alten im Kopf. Manchmal hatte er zurückgebrüllt. Oder er stellte sich vor, dass er mit der Erde, die er umgrub, das Gefühl umgrub, das in ihm festhing, seit der Alte tot war.

Er hatte Monat um Monat auf diesem Friedhof verbracht, hatte geschwitzt und im Winter die eisige Kälte ausgehalten, bis sich dieser dumpfe Druck in ihm allmählich auflöste. Und allmählich verlor er auch die Lust auf den Friedhof. Nach einem Jahr hatte er schließlich gekündigt. Ein paar Wochen war er durch Kneipen gezogen. Er war sich vorgekommen wie einer, der von einem langen Landaufenthalt in die Stadt zurückgekehrt war. Er hatte eine Affäre gehabt, die nach vier Wochen an seiner Unschlüssigkeit verendet war. Als er kein Geld mehr hatte, hatte er sich in einem Callcenter vorgestellt. Die Chefs waren so alt wie er. Sie drückten ihm einen Honorarvertrag in die Hand und er konnte gleich anfangen.

Brunos Fußmarsch war beendet. Er ging zum Hinterhaus. Das Callcenter lag in der vierten Etage. Es war voll, aber zum Glück war noch ein Fensterplatz frei. Bruno warf seine Jacke über die Stuhllehne, legte eine Zeitung und eine Packung Kekse neben das Telefon, setzte sich und zog sich die Kopfhörer über.

In einem Raum, in dem fünfzig Leute ohne Trennwände auf Leistung telefonierten, bei zehn Mark pro Interview, musste man sich mit allen Sinnen auf sich selbst konzentrieren, wenn man nicht wahnsinnig werden wollte. Bruno tippte seine Mitarbeiternummer in das Dialogfeld. Während das Freizeichen tutete, warf er einen Blick auf die Zeitung, seine Flucht im Geiste, um nicht nach fünf Stunden nur noch fünfunddreißig Fragen im Kopf zu haben, die sich in Wirklichkeit nur um eine einzige drehten: Haben Sie den neuen Werbespot für Mr.-Pizza gesehen?

Brunos Blick fiel auf die kleinste Schlagzeile der Titelseite. Buenos Aires. Unruhen in der Argentinischen Hauptstadt. Er überflog die Nachricht, überzeugte sich davon, dass es keine Toten gegeben hatte, schon gar nicht unter ausländischen Touristen, und blickte dann zurück zum Bildschirm, wo eine sächsische Telefonnummer eingeblendet wurde.

Neben Bruno ließ sich ein Mädchen nieder. Anfang zwanzig vielleicht. Ihr blonder Pferdeschwanz wippte bei jedem Wort, das sie so laut in die Leitung schrie, als müsse sie jemandem etwas durch eine dicke Wand zurufen. »Guten Tag. Hier ist *woc* – *way of contact* – Was? ... Nein, ich will Ihnen keine chinesischen Kochtöpfe verkaufen. Wir sind ein Marktforschungsinstitut aus Berlin, dürfte ich Sie zu verschiedenen Themen befragen? Das Interview dauert zirka dreißig Minuten. Ich möchte Sie darauf hinweisen, dass alle Ihre Angaben vertraulich ...«

Bruno hielt sich die Hände um seine Kopfhörer. Eine männliche Stimme meldete sich.

»Guten Tag, mein Name ist Kirschberg und ich arbeite für ein Marktforschungsinstitut«, begann er und machte eine Pause. Pausen waren immer gut. Das machte die Leute neugierig.

»Och, wissense, guter Mann, ich bin da bestimmt der Falsche, bei uns geht immer die Frau einkaufen, aber die is noch nich da«, sagte der Sachse. Bruno machte sich schon mal startbereit. Leute, die so anfingen, kriegte er immer rum.

»Aber Sie essen doch sicher mit, was Ihre Frau gekauft hat, oder nicht?«

Der Mann schnaufte, er musste enorm dick sein und sich gerade hinsetzen.

»Ja, klar mach ich das«, ächzte er.

»Na sehen Sie. Ich will mich mit Ihnen ja auch übers Essen unterhalten. Es ist ganz einfach. Sie brauchen nur mit Ja oder mit Nein zu antworten.«

Ein Ratschen verriet, dass der Dicke seine Hose öffnete. »Na, dann fangen Sie mal an«, schnaufte er und ließ im Hintergrund seines Zimmers den Fernseher anspringen. In Brunos Kopfhörer drangen Fußballkommentare.

Nebenan fragte die kleine Blonde: »Welchen Pizza-Belag bevorzugen Sie, reichlich, ausgewogen oder fast keinen? ... Verdammt!!! Der hat aufgelegt.«

Sie war einfach zu schnell. Das erinnerte die Leute daran, dass sie gerade ihre Zeit verschwendeten. Müsste ihr mal jemand sagen, dachte Bruno.

Während sein Mann aus Sachsen ihm erklärte, dass man außer der Salamipizza diesen ganzen Kram nach Italien zurückschicken könne, beugte Bruno sich zu ihr rüber. Er hielt sein Mikrofon zu und flüsterte: »Du bist zu schnell.«

»Aha«, machte sie, stieß ihren Stuhl nach hinten, griff nach ihrer Zigarettenschachtel und marschierte zum Treppenhaus. Energisch wippten ihre Pobacken in den engen Jeans.

Bruno sah wieder zu seinem Bildschirm. »Können Sie sich in den letzten vierzehn Tagen an Fernsehwerbung für Pizza erinnern?« Irgendetwas stimmte nicht an diesem Satz. Aber Bruno kam wieder nicht drauf, was es war.

Der Mann auf seinem Sofa hatte längst vergessen, dass sie

übers Essen reden wollten. »Wartense mal, ... da war so en kleener Junge mit seiner Großmudder...«

Bruno tippte mit zwei Fingern in das Antwortfenster, das dauerte ein paar Sekunden.

»Und was hat Ihnen an der Werbung gefallen?«

Keine Antwort.

»Hallo. Sind sie noch dran?«

Ein lautes Schnarchen drang durch die Leitung. Bruno sah sich nach den Supervisoren im Glaskasten um. Aber die hatten grad anderes zu tun, als Interviews abzuhören. Sie hielten Sektgläser in der Hand, und in der Mitte stand ein Typ, den Bruno noch nie gesehen hatte.

Bruno sprach seine Fragen ins Mikrofon und tippte die vermutlichen Antworten des Schlafenden ein, bedankte sich dann für seine Teilnahme und hängte auf. Sicherheitshalber sah er sich noch mal nach dem Glaskasten um.

Der kleine Mann in der Mitte trug einen Anzug mit Weste. Wenn er lachte, sah er aus wie ein Pferd. Er passte überhaupt nicht zu den Berliner Soziologen im Kapuzenshirt. Jetzt öffnete einer von ihnen die Tür und sie liefen alle dem Kleinen hinterher nach draußen. Michael, der Chef des Ladens, rief: »Keiner fängt ein neues Interview an. Und wer grad jemanden dranhat – bitte das Interview unterbrechen!«

Das war absurd. Welcher Befragte blieb schon vor seinem Telefon hocken, um darauf zu warten, dass es noch mal klingelt und er weitere schwachsinnige Fragen beantworten kann. Aber für halbe Interviews gab es kein Geld. Also peitschten alle, die jemanden dranhatten, das Interview bis zum Ende durch. Michael schien das egal zu sein. Er musterte die, die noch telefonierten, und wartete darauf, dass sie fertig wurden. Der fremde kleine Mann stand neben ihm und spielte an einem Goldkettchen, das aus seiner Weste hing.

»Der sieht ja aus wie Napoleon«, flüsterte Brunos Nachbarin.

Endlich hatte auch der letzte sein Headset vom Kopf gestreift. Der kleine Mann machte einen Schritt nach vorn.

»Einen schönen guten Tag, meine Damen und Herren«, sagte er. »Mein Name ist Hansen. Wie Sie vielleicht wissen, ist dieses Marktforschungsinstitut vor kurzem mit einem Institut fusioniert, das seinen Hauptsitz in Hamburg hat.« Er guckte die Leute vor ihm an, aber die guckten nur verständnislos zurück. »Nun, wenn Sie es bisher nicht wussten, dann wissen Sie es jetzt. Ich bin von der Mutterfirma hierher gekommen, um einen Teil der Supervision zu übernehmen. Was ich von Ihnen erwarte, brauche ich Ihnen wohl nicht erklären. Also, ich hoffe auf eine gute Zusammenarbeit. Sie können weiter telefonieren.«

»Dafür haben wir jetzt zwanzig Minuten rumgesessen, ohne einen Pfennig zu verdienen?« fragte die Blonde. Zögernd nahmen sie ihre Kopfhörer auf und allmählich erhob sich wieder der Kanon der immergleichen Fragen.

Die Blonde kämpfte den ganzen Abend erfolglos um ihre Interviewpartner. Es war nicht mit anzuhören. Sobald sie jemanden in der Leitung hatte, las sie den gesamten Begrüßungstext vom Bildschirm ab. Sie hätte sich nur mal im Studio umhören müssen, um mitzubekommen, dass das wirklich niemand machte.

10

»Warum wollen Frauen eigentlich immer so ehrlich sein?« fragte Bruno seinen Freund Norbert nachts um eins in der Ankerklause.

»Kein Mensch hat was davon, wenn sich dieses Mädchen an die Vorschriften hält.«

»Das hat nichts mit Ehrlichkeit zu tun«, sagte Norbert. »Frauen haben ein anderes Problembewusstsein als wir.«

»Ja, das glaub ich auch. Ich hab nur noch nicht rausgekriegt, wie anders es eigentlich ist.«

»Bevor sie ein Problem lösen, müssen sie es erst einmal benennen. Und so weit ist deine kleine Blonde eben noch nicht gekommen.«

Genau das war der Punkt, warum Bruno Norbert so mochte. Er fand für alles eine Erklärung. Bruno konnte sich drauf verlassen. Auch wenn Norberts Antworten manchmal erst nach Tagen kamen. Heute war er allerdings ziemlich in Form.

»Sie müsste erst einmal feststellen, dass ihre Ehrlichkeit ihrem Erfolg im Wege steht, dann müsste sie sich davon überzeugen, dass ihre Unehrlichkeit, wie du sagst, wirklich niemandem schadet und dann würde sie das tun, was du quasi automatisch tust. Frauen lieben die Definition und Männer die Lösung. Das ist gar nicht so schlecht. Gäbe es keine Frauen, würden wir gar nicht mitkriegen, dass wir Probleme haben, weil wir spontan mit ihnen fertig werden. Unbewusst quasi.«

»Klingt irgendwie logisch«, sagte Bruno. »Aber ich weiß gar nicht, ob ich immer wissen will, dass ich grad 'n Problem hatte. Hauptsache ist doch, dass es am Ende funktioniert.«

»Klingt auch logisch«, sagte Norbert.

Dann sahen sie aus dem Fenster. Der Landwehrkanal machte schwarze Wellen, auf denen ein paar Flecken Laternenlicht schaukelten. In der Ankerklause war es brechend voll. Der Winter begann und alle Singles bekamen Panik. Selbst die stoischsten Typen gingen raus in der Hoffnung, irgendjemanden zu treffen.

Norbert war Brunos einziger Freund. Er war der einzige Mensch, der ihn noch nie gelangweilt hatte. Was ganz bestimmt nicht daran lag, dass er besonders viel redete. Manchmal saßen sie nebeneinander, ohne mitzukriegen, dass sie nichts sagten. Sie hatten einfach denselben Rhythmus im Denken.

Bruno ging zwei neue Bier holen. Als er zurückkam, sagte er zu Norbert.

»Bestimmt sind Frauen nur deshalb so gut im Reden, weil sie es viel dringender brauchen. Manchmal könnte man denken, sie hätten Angst, verrückt zu werden, wenn sie nicht reden.«

Norbert sah ihn von der Seite an und grinste. »Gibt's was Neues?«

»Nee«, machte Bruno.

Er hatte gerade begriffen, warum sich diese Klara mit »Du« ansprach. Sie war nicht verrückt, sie hatte einfach nur verstanden, dass sie ein Gegenüber brauchte. Aber das war eine Sache, von der Bruno Norbert nichts erzählen konnte. So was hatte er im Gefühl. Schweigend tranken sie ihr Bier leer, dann standen sie auf.

»War 'n schöner Abend«, sagte Norbert.

»Ja, find ich auch«, antwortete Bruno. Dann umarmten sie sich und gingen, jeder allein, nach Hause.

Bruno musste zum Gate 29. Er war spät dran und bahnte sich im Laufschritt seinen Weg durch die Leute. Am Gate fand er sein Ticket nicht. Die Stewardess sah aus wie die Blonde von *woc*. Sie sagte: »Ohne Ticket können Sie aber nicht mit.« Neben ihr lief ein Förderband, auf dem zwei Reisetaschen standen. Sie verschwanden hinter einem Gummivorhang. »Mein Gepäck!« schrie Bruno und allmählich drang das Weiß der Zimmerdecke in sein Bewusstsein. Er sah nach dem Wecker. Es war acht Uhr. Er würde nicht mehr einschlafen können, das wusste er, aber sein Job begann erst am Nachmittag. Hinter dem Fenster hing lückenloses Grau. Der Himmel über Berlin war geschlossen. Würde er jetzt darüber hinwegfliegen, würde er von oben die weißen Zacken der Wolkengebirge sehen und direkt vor sich strahlendes Blau. Er durfte gar nicht daran denken. Bisher war er zum Jahreswechsel immer in den Süden geflogen. Irgendeine Billigreise, Hauptsache, er kam aus dem winterlichen Berlin raus. Aber in diesem Jahr reichte sein Geld einfach nicht. Er zog sich an.

»Wenn es dir schlecht geht, musst du gehen, dann geht's dir besser.« Diesen Spruch hatte er mit Norbert in der Ankerklause erfunden.

Er lief am Landwehrkanal entlang, Richtung Treptower Park. Niemand war in dieser Kälte so früh unterwegs. Dünnes Eis trieb auf trübem Wasser dahin. Krähen hüpften Spuren in den Schnee. Wenn Bruno das Laufen nicht entdeckt hätte, würde er inzwischen wahrscheinlich genauso saufen wie sein Alter. Die einzige Sucht, die Bruno mal gehabt hatte, war das Fotografieren gewesen. Alles, was ihm auffiel, musste er aufnehmen. Abgebrochene Mauerstücke oder einfach ein Gehweg, auf dem die Platten gerissen waren. Er hatte täglich zwei bis drei Filme verknipst, er hatte die Welt nur noch mit der Linse vor den Augen angesehen, und es konnte ihn rasend machen, wenn er ein gutes Motiv sah und seine Kamera zu Hause vergessen hatte. Aber dann war ihm diese Sache mit dieser Frau passiert. Sie hatten sich geküsst, und als sich ihre Münder wieder voneinander lösten, hatte er eine tiefe Entspannung auf ihrem Gesicht gesehen, seine Kamera hervorgezogen und abgedrückt. Sie hatte ihm den Apparat aus der Hand gerissen und losgeschrien. »Du lässt nichts zu! Du kannst dich auf überhaupt nichts einlassen. Und dieses Ding da, das brauchst du bloß, damit du dich verstecken kannst. Ist dir schon mal aufgefallen, dass dich niemand sieht, während DU ein Bild nach dem anderen von uns machst?« Sie war gegangen und Bruno hatte sie nie wiedergesehen.

Nach diesem Abend hatte er mit dem Fotografieren aufgehört. Das heißt, er schleppte keine Kamera mehr mit sich herum und gab auch nicht die Hälfte seines Geldes für Filme und Entwicklungen aus. Er machte seine Aufnahmen nur noch mit seinem Gedächtnis. Wenn er ein gutes Motiv sah, schloss er für zwei Sekunden die Augen. Später hing dieser Anblick in seiner Erinnerung wie ein Foto an einer Wand.

Er hatte den Treptower-Park erreicht, und schon nach ein paar Schritten hatte er das Gefühl, völlig allein zu sein. Um ihn herum breitete sich der struppige Rasen aus. Das Gras wurde von einer feinen Kruste Raureif überzogen. Brunos Schuhe drangen mit feinem Knirschen ein, versanken in matschiger Erde und drückten das Wasser herauf. Auf dem Platz vor dem Eingang war der Boden noch gefroren und man konnte die Spuren von gestern darin sehen.

Bruno ging durch das steinerne Tor. Es gab zwei Wege, die sich an dem Rasenfeld entlangzogen. Er nahm den linken und ging an den großen Steinblöcken vorbei, die alle paar Meter aufgestellt waren. Grabsteine für Tausende unbekannter sowjetischer Soldaten, die unter dem Rasen begraben waren. Auf einem Stein war ein Heer eingemeißelt. Schmale Figuren, die sich in hundertfacher Parallelität gegen den imaginären Feind neigten. Über ihnen war ein Befehl von Stalin in den Stein gehauen. Im August war Bruno mit Norbert hier gewesen. Norbert hatte noch Russisch in der Schule gelernt. Er hatte Bruno diesen Befehl vorgelesen. Seine Körperhaltung hatte sich dabei verändert. Wäre es ihm bewusst gewesen, er hätte sich einen Spaß draus gemacht. Aber es schien tiefer zu sitzen. Ein Reflex, der bei ihm mit der russischen Sprache zusammenhängen musste. Er hob das Kinn und deklamierte in dieser Sprache, in der die Vokale mehr gesungen als gesprochen wurden, etwas, das mit dem Verkäufer von Video-Spielen nicht das Geringste zu tun haben konnte. Als er fertig war, wurde er verlegen und war schnell auf die andere Seite gegangen. Dort trugen die Steinquader dieselben Inschriften in deutscher Sprache. Nach ein paar Minuten hatte Bruno den Stein gefunden, den er gesucht hatte.

Die rote Armee hat ihr edles und erhabenes Kriegsziel, das sie zu Heldentaten begeistert. Dadurch ist eigentlich auch zu erklären, dass der vaterländische Krieg bei uns Tausende von Helden und Heldinnen hervorbringt, die bereit sind, für die Freiheit ihrer Heimat in den Tod zu gehen.

Norbert hatte erzählt, wenn er so etwas lese, hätte er jedes Mal ein geistiges Black out. Schon die Texte der kommunistischen Kinderlieder seien ihm immer unverständlich geblieben. Das einzige Wort, das er jetzt überhaupt wahrnehmen würde, sei das Wort »eigentlich«. Bruno war dieses Wort auch aufgefallen. Er hatte sich vorgestellt, wie die Steinmetze am Sinn dessen gezweifelt hatten, was sie grad in den Stein hauen sollten. Vielleicht hatten sie es deshalb gewagt, dieses »eigentlich« zwischen die Kampfparolen zu hauen. Unscheinbare Helden, deren Heldentat kaum einer mitbekam.

Bruno sah sich nach dem Hauptdenkmal um. Der Soldatenriese, der sich mit der rechten Hand auf ein Schwert stützte und auf dem linken Arm ein kleines Kind trug. Wenn man vor ihm stand, schrumpfte das eigene Körpergefühl rapide zusammen.

Er stand auf einem Sockel und Bruno stieg die steile Treppe zu ihm hinauf. Wenn er jetzt nach oben sah, schwebte der Arm des Soldaten über ihm und das Kind wuchs in den grauen Himmel hinein. Bruno drehte sich um. Menschenleer lag die Anlage vor ihm. Kein anderer Ort in Berlin war ihm so fremd wie dieser. Er hätte gern gewusst, was ihn immer wieder hierher zog. Norbert meinte, vielleicht könne er es nicht ertragen, dass es etwas gab, das er nicht mehr kennen lernen konnte, weil es unwiderruflich vorbei war. Selbst Norbert könne ihm nicht mehr erzählen, wie der Osten eigentlich gewesen war. Eine jahrzehntelange Groteske, an die er sich nur schlecht erinnerte, weil sie schon damals nicht zu begreifen war. Was Bruno allerdings begriff, war, dass hier Tausende junger Männer vermodert waren, aber die steinernen Heerscharen auf den Gedenkblöcken immer noch in ihren Heldentod marschierten. Er hob einen Kieselstein vom Treppenrand und schoss ihn über den Rasen. »Es ist einfach zu kalt für solche Gedanken«, murmelte er in die eisige Luft. Dann sprang er die Treppenstufen hinunter und ging zum Ausgang.

11

Zwei Stunden später stand Bruno verschwitzt vor der Tür des Callcenters. Vom Treptower Park aus lag es am anderen Ende der Stadt. Bruno war zu Fuß gegangen. Aber er hatte die Strecke unterschätzt und musste den letzten Kilometer rennen. Noch trommelte sein Herzschlag gegen die Rippen. Hinter der Tür war es ungewöhnlich still. Vorsichtig drückte er die Klinke nach unten. Fünfzig Kontakter sahen ihn an und mitten im Studio stand dieser Kleine aus Hamburg.

»Herzlich willkommen, Herr Kirschberg«, rief er ihm zu. »Wollten wir nicht fünfzehn Minuten früher da sein?«

»Na, Sie für Ihren Teil scheinen es ja geschafft zu haben«, sagte Bruno. Es war in diesem Laden nicht unüblich, sich mit kleinen Provokationen bei Laune zu halten, aber der Hamburger sah das wohl nicht so.

»Also, ich weiß ja nicht, wie meine Kollegen es bisher gemacht haben, in diesen Sauladen Disziplin reinzubringen. Ich dachte, ich hätte es hier mit erwachsenen Menschen zu tun. Aber gut, ich will nicht noch mehr Zeit vergeuden. Kommen wir zur Sache: Ich habe heute morgen ein paar Interviews von gestern kontrolliert. Und was erlebe ich? Da werden ganze Fragenkomplexe übersprungen. So geht das nicht, meine Herrschaften. Das ist Schlamperei. Und wenn Sie wissen wollen, was ich mit Schlamperei meine, dann werfen sie mal einen Blick in die Teeküche.«

»Moment mal, Herr Hansen«, meldete sich Bruno zu Wort. »Die Küche, die machen normalerweise die Supervisoren, das sind nämlich die einzigen, die pro Stunde bezahlt werden. Und wenn ich das richtig verstehe, halten Sie hier gerade seit zwanzig Minuten die gesamte Mannschaft von der Arbeit ab. Normalerweise werden Leute, die was falsch gemacht haben, von der Supervision einzeln ranzitiert.«

»Tut mir leid, ich hab keine Lust, bei jedem anonymen Interview noch mal hinterherzurecherchieren, welcher Kontakter das jetzt gemacht hat. Wenn meine Kollegen sich diese Mühe machen, dann können sie das ja gerne tun, aber ...«

»Das tun die gar nicht«, unterbrach ihn Bruno. »Sie schalten sich einfach in die Gespräche rein. Und wenn sie was mitkriegen, rufen sie den Kandidaten halt zu sich.«

Hansen holte ein flaches Metallkästchen aus seiner Jackettasche, nahm sich eine Zigarette heraus und zückte sein Feuerzeug.

»Und Rauchen ist hier übrigens auch verboten.« Das hatte das blonde Mädchen gerufen. Sie war sogar aufgestanden, und nun blühten rote Flecken in ihrem Pulloverausschnitt.

Hansen knurrte: »Ich werde Sie nicht abhören, das sind Stasi-Methoden. Sie sollten es alle gemeinsam kapieren. Aber gut.« Er rückte seine Weste zurecht. »Wie Sie wollen, Herr Kirschberg. Dann bitte ich Sie, mit mir in den Supervisionsraum zu kommen. Sie kriegen heute einen Stundenlohn und hören Ihre Kollegen ab.«

»Das mach ich nicht«, sagte Bruno.

»Aber es war doch Ihr eigener Vorschlag.«

Jemand raunte Bruno zu: »Jetzt geh schon. Besser du hörst uns ab als dieser Knallkopf.«

Als Bruno dem kleinen Mann in den Glaskasten folgte, streifte ihn eine letzte Erinnerung an das Treptower Ehrenmal. Er hatte nie ein Held sein wollen. Aber jetzt hatte er das Gefühl, dass er sich ein bisschen stärker als sonst bewegt hatte und sich dabei nur enger in die Maschen des Netzes verstrickte, in dem er gerade hing.

Kaum hatte er die Tür des Glaskastens geschlossen, zündete sich Hansen seine Zigarette an.

»Was starren Sie mich so an? Dort ist der Computer und das Headset. Sie können gleich anfangen.«

Ausführliche Erklärungen waren offenbar nicht die Stärke dieses Mannes. Bruno setzte sich, und da der andere weiterhin schwieg, fing er an, sich durch die Programme zu klicken.

Hansen zog eine altmodische Aktentasche vom Boden. Er holte einen MD-Player und zwei Miniboxen heraus und baute sie sorgfältig auf seinem Schreibtisch auf. »Ich hoffe, es stört Sie nicht, wenn ich Musik höre«, warf er Bruno über die Schulter zu.

»Nein, bestimmt nicht«, sagte Bruno, aber er hätte sich die Antwort auch sparen können. Gespannt wartete er, was aus den Boxen kam. Er hörte ein Streichorchester. Zuerst klang es orientalisch, aber dann kam ein ziemlich merkwürdiger Rhythmus auf. Er war fast so streng wie Marschmusik, und trotzdem klang die Musik nicht im Geringsten zackig oder fröhlich. Bruno hätte nicht einmal sagen können, ob sie ihm gefiel oder ihn nervte. Neben den Streichern ertönte nun auch noch ein Klavier und dann noch so etwas wie ein Akkordeon. Die Instrumente schienen miteinander um die Wette zu spielen. Je länger Bruno zuhörte, umso unruhiger wurde er, mehr noch, er wurde ungeduldig, ohne dass er gewusst hätte, wofür er gerade Geduld brauchte.

»Was ist das?« fragte er Hansen.

Der drehte sich auf seinem Bürostuhl herum. »Tango. Haben Sie noch eine Frage oder kann ich dann endlich mal arbeiten?«

»Ja, ich hab noch eine.«

Hansen guckte ihn erstaunt an. Bruno zögerte. Er war sich nicht sicher, ob es wirklich dieser Möchte-gern-Napoleon sein sollte, der ihn in die Welt von Klara einführte. Aber wenn man einmal durch eine Tür gekommen war, war es doch egal, wer sie ihm geöffnet hatte, dachte er und fragte schließlich:

»Wo kann man das tanzen? Ich meine, wo kann man's denn lernen?«

Hansen musterte seine schwarzen Klamotten.

»Was haben Sie unterm Pullover?« fragte er.

»Ein Hemd.«

»Farbe?«

»Schwarz.«

»Gut«, sagte Hansen und drehte sich um.

Bruno wartete vergeblich auf die Fortsetzung des Gesprächs. Als klar war, dass nichts mehr kam, sah er sich im Studio um. Die Leute mit ihren Kopfhörern lächelten ihren Computern zu wie Moderatoren auf Sendung. Die billigsten Entertainer des Landes, für zehn Mark pro Interview entwickelte jeder den bestmöglichen Charme, um die Leute bei Laune zu halten.

Die Blonde schien grad jemanden dranzuhaben. Vielleicht konnte er ihr später ein paar Tipps geben, dachte Bruno und wählte sich ein. Sie sprach mit einer Frau, die kaum deutsch konnte. »Wie oft kaufen Sie in der Woche ein? Einmal, zweimal oder dreimal?«

»Nein«, antwortete die Frau. Anstatt irgendwas anzuklicken, fing die Kleine an, ihr die Frage noch mal zu erklären. Die Ausländerin hätte auflegen können. Aber vielleicht hatte sie keine Ahnung, was gerade geschah, und dachte, es wäre irgendeine Behörde und von der Befragung hing ab, ob sie ihr Asylrecht weiter behielt oder nicht. Bei dem Tempo konnte das Interview jedenfalls zwei Stunden dauern.

Bruno wählte sich noch in andere Gespräche ein. Er hätte es genauso gut sein lassen können. Er war sich ziemlich sicher, dass es egal war, was er hier tat. Hansen hatte einfach einen guten Zug gemacht. Wie im Schach. Bruno hatte sich zu weit vorgewagt, ein kleiner Bauer, den man einfach vom Feld nahm, zumal ihm jede Deckung fehlte. Er sehnte sich nach dem Ende der

Schicht und die gewaltigen Rhythmen aus Hansens Mini-Boxen machten ihn immer zappeliger.

Um halb zehn baute der Hamburger seine Anlage ab und steckte sie zurück in die Aktentasche. Draußen zog die Blonde eine kurze Lederjacke an und lächelte Bruno zu. Das hatte sie schon den ganzen Abend getan. Er lächelte zurück.

»Also dann tschüss, Herr Hansen.« Er hatte den Türgriff schon in der Hand, als der kleine Mann sagte: »Wenn Sie wollen, können Sie einfach mitkommen.«

»Äh. Und wohin?«

»Zu einer Milonga natürlich. Tango tanzen lernt man, indem man Tango tanzen geht.«

Bruno brauchte zwei Sekunden, dann nahm er die Einladung an.

Als sie an der Raucherecke vorbeikamen, stand das blonde Mädchen dort.

»Tschüss«, sagte Bruno und lächelte schief. Sie legte ihren Blick haarscharf an ihm vorbei und blieb stumm.

Hansen parkte seinen alten Ford auf einem Fabrikgelände. Sie hatten nicht miteinander geredet. Jetzt zog er ein Beutelchen unter seinem Sitz hervor und schloss den Wagen ab. Das Beutelchen schaukelte von seinem Handgelenk, als er Bruno voraus auf eine Halle zuging. An der Mauer leuchtete in Neonbuchstaben das Wort »Tanz«. In einem Vorraum stand ein Regal voller Schuhe. Hansen entnahm seinem Beutel ein Paar, das genauso aussah wie die Schuhe, die er auszog und in das Regal schob.

»Übrigens, ich heiß Daniel«, sagte er, und dann verschwand er zwischen den Männern und Frauen, die am Eingang zum Saal herumstanden.

Bruno hatte nichts dagegen, allein zu sein. Er betrat den Saal und sah sich nach einem Platz um. Ein Mädchen, das allein an einem Tisch saß, lächelte ihm zu. Sie trug ein schwarzes Kleid mit einem tiefen Ausschnitt, und um ihren Hals war eine Kette, so dass ihr Decolleté umrahmt war wie ein Bild. Hatte er sie schon mal gesehen? In der U-Bahn lächelte Bruno oft fremde Frauen an, und manchmal dachte er, er könnte dieselbe Frau ein paar Tage später zufällig wiedersehen und das würde dann etwas bedeuten. Aber an diese Frau konnte er sich nicht erinnern. Er lächelte trotzdem zurück, ging zu ihrem Tisch und fragte, ob er sich setzen dürfe.

Ihr Lächeln verschwand. »Bitte«, sagte sie trocken. Sie steckte sich eine Zigarette an und starrte auf die Tanzfläche. Erst jetzt begriff Bruno, dass sie erwartet hatte, er würde sie zum Tanzen auffordern.

Aber das schien nicht gerade einfach zu sein. Alle tanzten etwas anderes, zumindest konnte Bruno kein System erkennen. Die Paare waren so unterschiedlich. Zwei von ihnen nahmen die halbe Tanzfläche für sich ein und bewegten sich, als wären sie im Ballett. Andere waren in seltsam gekrümmter Haltung ineinander verschoben und Bruno fragte sich, ob ihr unglücklicher Gesichtsausdruck von der Musik kam oder von dem Gefühl, es nie so weit zu bringen wie die beiden Meisterpaare.

Daniel Hansen kreuzte auf. »Pauline«, rief er dem Mädchen an Brunos Tisch zu. »Komm, sei nicht so faul.« Er führte sie mit vielen kleinen Drehungen an den langsamen Tänzern vorüber. Sie hielt die Augen geschlossen und hob ihre Brauen dabei, so als konzentriere sie sich mit ganzer Aufmerksamkeit auf einen Traum. Ihre Beine dagegen waren unglaublich aktiv und bewegten sich auf eine Weise, die jede Frau zu einer Schönheit machen würde. Bruno dachte an Klaras Stiefelabsatz und an die Bewegung, mit der sie sich vom Barhocker abgestoßen hatte. Jetzt ahnte er, wie viel Übung in diesem kleinen Sprung gelegen hatte.

Daniel und Pauline kamen zum Tisch zurück.

»Stimmt es, dass Daniel dich direkt von der Arbeit mitgenommen hat?« fragte sie.

Bruno nickte.

»Es dauert nicht mehr lange und dann zieht er als Prophet durch die Straßen und verkauft kleine Heftchen, in denen der Grundschritt erklärt wird«, erklärte ihm Pauline.

»Keine schlechte Idee!« rief Hansen. »Aber ich glaube, die Kunst im Missionieren besteht darin, die Richtigen herauszufischen. Sieh dir Senor Bruno doch mal an. Er gehört zu denen, für die sich das Leben verändert, sobald sie den Tango entdeckt haben. Ich spüre so was.«

»Ach komm. Tango tanzen ist doch die beste Methode, um dafür zu sorgen, dass sich nichts mehr verändert«, widersprach Pauline.

»Na hör mal. Wenn ich dran denke, was im letzten Jahr in deinem Leben los war – wie viel Veränderung willst du denn noch?«

»Affären!« stöhnte sie. »Lauter verschiedene Varianten zu scheitern.«

»Natürlich ist alles Wiederholung. Aber wenn du einmal aufhören würdest, auf das Wunder zu warten, dann würdest du auch anfangen, dich über die verschiedenen Varianten zu freuen. Oder, was sagst du dazu, Senor Bruno?«

»Tut mir leid. Ich bin da der falsche Ansprechpartner. Aber darf ich dich was anderes fragen?«

»Nur zu.«

»Wie bringst du deinen Job mit dem hier zusammen? Ich meine, das Callcenter und diese Musik hier, das ist doch der totale Gegensatz.«

»Ganz und gar nicht«, widersprach Hansen. »Tango ist die Kultivierung von Sehnsucht. Und als Marktforscher profitieren wir doch von nichts so sehr, wie von der Sehnsucht der Menschheit.«

»Ach Quatsch, es will doch niemand wirklich ’ne neue Pizza.«

»Natürlich nicht. Die Leute bleiben ja auch nicht deshalb in der Leitung.«

»Warum sonst?«

»Was glaubst du? Würden die meisten Menschen der folgenden Aussage zustimmen: Hätten Romeo und Julia Handys gehabt, wären sie nicht gestorben?«

»Anzunehmen«, sagte Bruno. »Aber was hat das mit der Pizza zu tun?«

»Sei nicht so ungeduldig. Du irrst dich nämlich. Shakespeare hätte sein Stück auch heute schreiben können. Dann wären bei Romeo und Julia im entscheidenden Moment die Akkus leer gewesen. Die Entfernung ist unüberwindbar. Und es ist eigentlich zum Lachen, dass wir seit Jahrhunderten darunter leiden wie die Tiere, anstatt dieses Leid ertragen zu lernen. Wir erfinden ständig neue Möglichkeiten, um neue Missverständnisse aufzubauen, und vermehren damit nur unser Leid. Das ist kein Fortschritt, das ist Masochismus.«

»Und was hat das Ganze mit der Marktforschung zu tun?«

»Sie verdient sich daran dumm und dämlich. Die Leute sehnen sich danach, dass sie endlich mal jemand fragt, wie es ihnen geht. Jemand, der nichts von ihnen erwartet und dem sie nichts schuldig sind. Das ist, als würde der liebe Gott persönlich anrufen und sich Sorgen um sie machen. Natürlich sind sie enttäuscht, wenn der liebe Gott nur wissen will, ob ihnen der Joghurt zum Frühstück geschmeckt hat, aber wenigstens das können sie ihm dann erzählen. Und du weißt, sie werden die Gelegenheit nutzen, um alles loszuwerden, was sie loswerden können. Und daran verdienen wir. Sie reden mit uns und wollen nichts dafür haben.«

Er sah Bruno mit einem durchdringenden Blick an.

»Menschen können sich nicht verstehen. Hier in diesem Salon haben wir die Hoffnung aufgegeben. Wir glauben nicht einmal an die Nähe, die wir mit unseren Körpern schaffen. Wir wollen Sex, aber wir fürchten uns davor. Wir wissen, dass er der Anfang vom Krieg zwischen zwei Menschen ist. Deshalb sind wir uns nur so lange nah, bis es zum Sex kommen könnte, und brechen dann ab. Wir richten uns in der Sehnsucht ein.«

In diesem Moment beugte sich Pauline vor, um ihre Zigarette auszudrücken. Sie trug keinen BH und Bruno konnte ihre kleinen festen Brüste im Ausschnitt sehen. Er schlug die Beine übereinander. »Tanzt du auch Tango, weil du dich beim Sex vor dem Ärger danach fürchtest«, fragte er.

Sie lachte. »Zumindest würde ich das niemandem erzählen. Über Tango kann man nicht reden, auch wenn die Männer das hier ständig versuchen. Steh mal auf, du musst doch erst mal wissen, worum es hier eigentlich geht.«

Pauline stellte sich vor ihn, sie hielt ihre rechte Hand nach oben und öffnete sie, ihren linken Arm legte sie um seinen Hals. Er machte die Umarmung nach, wie er sie bei den anderen Männern sah. Seine rechte Hand lag auf ihrem Rücken. Durch den dünnen Stoff konnte er ihre Rippen spüren.

Sie lehnte ihr Gewicht gegen ihn und sagte: »Mach einen Schritt.«

»Ich kann keine Tangoschritte.«

»Du sollst einen ganz normalen Schritt machen, nach vorn oder nach hinten, mit welchem Bein du willst und ohne nachzudenken.«

»Aber wenn ich jetzt einen Schritt mache, dann trete ich dir auf den Fuß, wozu soll das gut sein.«

»Du musst nicht über mich nachdenken, Bruno. Dafür hältst du mich ja fest, und das machst du schon ganz gut. Mach einfach einen Schritt.«

Bruno lief fast jeden Tag ein paar Kilometer durch diese Stadt. Es musste ihm doch möglich sein, auch unter ungewöhnlichen Bedingungen einen einzigen Schritt zu machen, dachte er. Er setzte den rechten Fuß nach vorn. Pauline ging mit ihrem linken Bein nach hinten. Er ging zurück und zur Seite, es war immer dasselbe. Sie kam einfach mit und fühlte sich dabei federleicht an. Jeder Schritt, den er ging, hatte plötzlich ein Echo, wurde zweifach gesetzt. Bruno hatte das Gefühl, dass alles andere anfing, sich zu verdoppeln, die Musik wurde zweimal so laut und das Stimmengewirr, das von den Tischen kam, und der Boden unter Brunos Füßen. Paulines Herz klopfte an seiner Brust und sein eigener Herzschlag klopfte dagegen.

»Das geht sehr gut«, sagte sie. »Versuch mal, mehr im Takt zu bleiben.«

Bruno ging nach vorn, wartete, dass er den Takt spürte, ging zur Seite, Pauline stolperte. Irgendetwas, was eben noch da war, war plötzlich weg.

»Ich kann nicht mehr«, sagte er.

»Ach komm, gib nicht gleich auf.«

»Ich kann wirklich nicht mehr.« Er streifte ihren Arm von seiner Schulter und ging mit ihr zum Tisch zurück. Daniel grinste.

»Er traut sich noch nicht«, erklärte Pauline und tanzte mit Daniel weiter.

Bruno saß und verlor das Gefühl, herumzusitzen. Er fing an, im Takt der Musik den Paaren zuschauen. Als würde sein Blick im Rhythmus gehen, folgte er den Bewegungen der Tänzer. Er sah nur noch auf die Füße, die nie stehen blieben, die immer weitergingen, so wie diese Musik immer weiterging und einem klar machte, du kannst tun, was du willst in diesem Leben, es gibt kein Ankommen und man kann sich nirgendwo ausruhen, egal, wie es dir grad geht, da wo du bist, bleibst du nicht lange. Seine Gedanken drehten mit den tanzenden Füßen ihre Runden, bis er Klaras Stiefel wieder vor sich sah und wie sie sich vom Barhocker abstieß. Bruno konzentrierte sich mit aller Kraft auf dieses Bild und versuchte, es zu vervollständigen. Er sah ihren engen Cordmantel, den Rollkragen ihres roten Pullovers und darüber ihr Gesicht. Er sah es zuerst nur verschwommen, dann mit einem Mal ganz deutlich. Sie schob sich eine Strähne aus der Stirn und sah ihn an.

»He, Senor Bruno!« Daniel Hansen stand vor ihm und ließ seine großen weißen Zähne blitzen. »Wo bist du denn gerade?«

Klara war verschwunden, und Bruno hatte das Gefühl, dass er die Erinnerung an sie gerade zum zweiten Mal verloren hatte.

12

Am nächsten Tag ging er in ein Internetcafé in seiner Nähe, um in Klaras Mailbox zu schauen. Sie hatte eine neue Nachricht an sich selbst geschrieben. Das schlechte Gewissen rauschte ihm in den Ohren. Er klickte trotzdem auf »Öffnen« und las.

Du hättest wissen müssen, dass es so ausgeht. Warum sollte es anders kommen, bloß weil du auf der anderen Seite der Welt bist. Du hast mit ihm geschlafen und nun sitzt du wieder in einem Zimmer und wartest, als würde dein Leben davon abhängen, ob das Telefon klingelt oder nicht.

Als würden hier keine wichtigeren Dinge passieren!

Sie streiken. Plötzlich stehen sie auf der Straße und schlagen auf ihre Töpfe. Der Bus bleibt stecken und alle, die drin sind, warten mit stoischer Ruhe. »Es müssten noch viel mehr auf die Straße gehen«, sagen die einen. »Davon wird das Land auch nicht reicher«, die anderen.

Ich bin froh, dass ich dunkle Haare habe und mich alle für eine Argentinierin halten. Die meisten Leute hier arbeiten mehr als zwölf Stunden am Tag, so wie Gustavo, oder sie haben mehrere Jobs, und trotzdem schaffen sie es kaum, über die Runden zu kommen. Als ich in diesem Bus stand, hab ich mich gefragt, was diese Leute wohl von mir denken würden, wenn sie wüss-

ten, wieviel ich mir hab klauen lassen, ohne dass mich das in ernsthafte Schwierigkeiten gebracht hat. Und was würden sie dazu sagen, dass ich die letzte Nacht mit einem von ihnen verbracht habe.

Klara klickte auf »senden« und auf dem Bildschirm erschien die Notiz: »Ihre Nachricht wurde erfolgreich versendet.« Klara las das gern, es gab ihr das Gefühl, etwas getan zu haben. Sie ging zu Manolo, um zu bezahlen.

»*Ciao linda*«, rief er ihr nach. Das satte Licht des Spätnachmittags erfüllte die Straßen. Seit sie sich von Gustavo getrennt hatte, waren kaum vierundzwanzig Stunden vergangen.

Im »Parakultural« hatten sie sich wieder getroffen und diesmal war klar, worauf es hinauslief. Klara hatte es bis zum letzten Tango hinausgezögert und war dann schließlich mit ihm gegangen. Als sie aufwachte, hatte sie erwartet, dass er aufstehen, sich kurz verabschieden und dann zur Arbeit gehen würde. Sie dachte, er hatte erreicht, was er erreichen wollte, und dass die Sache jetzt für ihn erledigt war. Aber dann hatte er sie mit einem Frühstück überrascht. Nachdem sie die Matratze zusammengeklappt und hinter dem Schrank verstaut hatten, stellte er einen Campingtisch auf, ging in die Küche und kam mit einem großen Teller mit Salami- und Käsescheiben zurück. Dazu gab es Toastbrot und Butter.

»Die Deutschen frühstücken doch so?« fragte er unsicher. Klara aß morgens höchstens einen Joghurt, aber das tat nichts zur Sache.

»Haargenau so«, sagte sie und sie lachten.

Nach dem Frühstück griff Gustavo zum Telefon, führte ein kurzes Gespräch und erklärte ihr dann: »Ich kann heute freinehmen. Wir können spazieren gehen, ich zeig dir die Stadt.«

Es gab keinen vernünftigen Grund, seinen Vorschlag abzulehnen. Stundenlang waren sie durch die Hitze gelaufen. Gustavo hatte sich Mühe gegeben, Dinge zu erzählen, die sie interessieren könnten. Klara musste ihn manchmal bremsen, weil sie mit ihrem Spanisch nicht so schnell nachkam. Das langsame Sprechen schien ihn anzustrengen. Es schien ihm auch nicht so leicht zu fallen, Klaras Schulspanisch zu verstehen, und so sagte sie immer weniger. Sie fingen an, sich komisch zu fühlen.

Am Friedhof *Recoleta* hatte Gustavo vorgeschlagen, sich die Gruften anzusehen. Ein junger Typ war zu ihnen gekommen und hatte ihnen angeboten, sie zu führen. Ein Angebot, das sie erleichtert annahmen. Mit einem riesigen Schlüsselbund lief der Junge vor ihnen her und zeigte ihnen die Totenhäuser aus Marmor und Basalt. Er öffnete eine Tür und führte sie in das Innere einer Gruft. Als sie eine steile Treppe hinunterstiegen, nahm er Klaras Hand. Gustavo rief ihm über Klaras Kopf hinweg etwas zu, das sie nicht verstand. Sie kamen im ersten Keller an, in dem zwei sehr kleine Särge standen. »Die Kinder«, erklärte ihr der Junge. Es ging noch eine zweite Treppe hinab. Der Junge leuchtete mit seiner Taschenlampe die Wände ab. Dort war nichts als leere Regale.

»Oh«, machte er. »Sie sind gerade spazieren gegangen.«

Gustavo lachte sein unglaubliches, ungebändigtes Lachen. In dieser Katakombe war es Klara mit einem Mal unheimlich.

Beim Abschied wollten sie dem Jungen Trinkgeld geben, aber der protestierte.

»Viel Glück für eure Zukunft!« rief er ihnen nach.

Sie gingen in den Cafégarten gegenüber des Friedhofs. Ihr Tisch befand sich unter den schweren Zweigen eines alten Ombús. Gustavo erklärte, dass es der größte und älteste Ombú der Stadt sei. Allerdings habe man vor Jahren ein Parkhaus darunter gebaut und nun würden seine Wurzeln allmählich verfaulen. Er zeigte ihr einen Ast, der schon schwarz geworden war.

Klara hatte einen Hund gesehen, der versuchte, seinen eigenen Schwanz zu fangen. Als Gustavo wissen wollte, worüber sie lachte, wusste sie nicht, was »den eigenen Schwanz fangen« auf spanisch hieß. Sie zeigte auf das Tier, aber es hatte schon mit dem Spiel aufgehört. Gustavo lächelte unsicher. Als Klara versuchte, ihm die Sache mit den Händen zu erklären, stieß sie ihr Glas um. Der Saft spritzte auf Gustavos weiße Hose. Ein Kellner eilte herbei, um Servietten zu bringen.

»Jetzt muss ich nach Hause gehen und mir eine neue anziehen«, stellte Gustavo fest.

»Ich wollte mich sowieso verabschieden«, hatte Klara gesagt.

Ohne etwas zu erwidern schaute Gustavo zu, wie der Kellner den Tisch abwischte. Klara konnte seinen Blick nicht deuten. Danach hatten sie sich getrennt, ohne sich neu zu verabreden. Auf dem Rückweg hatte Klara den Bus genommen und war in die Demonstration geraten.

Tortuga hatte nicht gefragt, wo sie in der Nacht gewesen war. Sie hatte ihn um ein Buch gebeten, mit dem sie ihr Spanisch trainieren könnte. Er gab ihr »Himmel und Hölle« von Cortázar. Aber kaum hatte sie angefangen zu lesen, war sie eingeschlafen und erst am nächsten Morgen wieder aufgewacht. Nach dem Frühstück hatte sie versucht, weiterzulesen, aber sie konnte nicht aufhören, nach dem Telefon im Flur zu lauschen. Jetzt, nachdem sie die E-Mail geschrieben hatte, fühlte sie sich erleichtert.

Sie ging zurück auf die Straße, lief die Corrientes hinab. In der Buchhandlung »Ghandi« erkannte sie den Buchhändler wieder und ging auf ihn zu.

»Na, wie geht's«, fragte er. »Was macht der Tango? Hast du schon Freunde in Wirklichkeit?«

»Es geht gut, ich war ein paar Mal tanzen.«

»Und, hat dich schon jemand verführt?«

Sie merkte, wie sie rot wurde.

Er lachte. »Du hast dich verliebt! Wie schön.«

»Aber was ist daran schön? Ich kann an nichts anderes mehr denken. Ich finde es schrecklich, verliebt zu sein.«

»Oh, das tut mir leid für dich.«

Sie schwiegen.

»Ich wollte dich eigentlich nur fragen, ob du mir einen Tipp geben kannst«, sagte sie endlich. »Ich würde gern was anderes außer Tango erleben. Theater – zum Beispiel.«

Der Buchhändler lachte. »Aber in unseren Theaterstücken verlieben sich die Leute andauernd.«

»Elias!« Jemand hatte nach ihm gerufen.

»Ich komme wieder«, er legte seine Hand auf Klaras Arm. »Bleib hier.«

Sie fing an, die Titel der Bücher zu übersetzen, die vor ihr im Regal standen, und ließ dabei ihre Fingerspitzen über die Buchrücken gleiten. Ein Mann beobachtete sie. Wozu wollte sie überhaupt perfekt Spanisch lernen? Vielleicht sollte sie nur noch ihren Körper sprechen lassen.

Als Elias mit einem Zettel zurückkam, verließ der Mann die Buchhandlung.

»Es ist nur eine kleine Theatergruppe, aber alle schwärmen von ihr. Sie spielen ausschließlich Shakespeare.«

Klara bedankte sich und ging hinaus. Sie lief die Corrientes hinab und sah in alle Cafés. Aber der Mann, der sie beobachtet hatte, wartete nirgends auf sie.

13

Als das Licht ausging, verstummten die Gespräche mit einem Schlag. Man hörte, wie jemand in die Mitte des Turnsaales kam.

»Quien esta? – Wer ist da?« Das Licht ging wieder an.

Hamlet begann seinen Monolog. Er sprach so schnell, dass

Klara nur wenig verstand. Es war nicht notwendig, die Worte zu verstehen. Auch ohne zu verstehen konnte sie die Verwandlung beobachten, die sich vor ihren Augen vollzog. Zuerst war der Schauspieler noch steif und unbeholfen. Aber je länger er spielte, umso mehr wurde er zu einem Wesen, dessen Gefühle sich im ganzen Saal ausbreiteten. Das Sprechen war wie der Handlauf eines Geländers, an dem er sich in die Spiralen seiner Gefühle hineindrehte, bis hinein in den innersten Punkt einer Verzweiflung, und sich dann wieder nach draußen kämpfte und Wut oder Trauer oder Sehnsucht immer größer wurden. Andere Schauspieler kamen hinzu und alle erreichten bei Klara dasselbe. Ohne ihre Sprache zu verstehen nahm sie die Gefühle dieser Menschen wahr. Sie selbst schien allerdings vollkommen leer zu sein. Zumindest war ihr, als befände sich eine Art Nebel in ihr. So deutlich ihr die Gefühle der Schauspieler auch waren, sie drangen nicht in sie ein. Es waren die Gefühle anderer und hatten mit ihr nichts zu tun. Dieser Zustand wurde so unerträglich, dass sie schon überlegte, hinauszugehen.

Da erschien Ophelia auf der Spielfläche. Sie sprach mit Hamlet. Der setzte sich auf die Mitte der Bühne, und das Einzige, was er tat, war, ihr immer weniger zuzuhören. Er bewegte sich nicht, man sah es nur an seinem Gesicht. Ophelia spürte seine Ablehnung und ging einen Schritt zurück, dann noch einen zweiten und dritten, sie kam an einer Sprossenwand an und begann hinaufzusteigen, als wolle sie fliehen. Auf jeder Sprosse, die sie nach oben gestiegen war, zog eine unsichtbare Kraft sie wieder hinab, zurück zu Hamlet, dessen Blick immer stumpfer wurde. Ophelia sprach immer weiter, sie schrie nicht, sie weinte auch nicht, sie sprach weder besonders schnell noch besonders langsam, sie kletterte nur immer angstvoller an der Sprossenwand hinauf und hinab, aber es gab kein Entkommen aus dem Raum, den sie mit Hamlet teilte.

Am Ende sah Hamlet aus, als wäre er taub. Ophelia sagte

leise, und so, dass das ganze Theater erzitterte: »Hamlet, bitte, hör mich an«. Die Sprossenwand wurde zu dem See, in den sie gegangen war. Sie hörte auf, sich zu bewegen. Das Publikum hielt den Atem an.

Ganz rechts auf der Bühne erschien eine Kerzenflamme im Dunkeln. Eine alte Frau hielt sie vor sich hin. Im Schein der Kerze traten die Falten ihres Gesichtes scharf hervor. Sie sang ›Sah ein Knab ein Röslein stehen‹. Ganz ohne Akzent. Schritt um Schritt kam sie auf das Publikum zu. Sie trug ein Nachthemd und beim Gehen zog sie ein Bein nach. Vor der ersten Reihe blieb sie stehen. Eine große, alte Frau, die sich auf den Text ihres Liedes konzentrierte. »Röslein wehrte sich und stach, half ihm doch kein Weh und ach ...«

Als sie fertig war, drehte sie sich um und ging davon und ihr Rücken sagte: »Macht mit dem unglücklichen Heidenröslein, was ihr wollt, mein Auftritt ist vorbei. Und der des ganzen Haufens hier auch.«

Der Applaus brach los. Klara wischte sich Tränen ab. Sie verstand nicht mehr, was mit ihr geschah.

Nach der Vorstellung zögerte sie das Fortgehen hinaus. Sie schaute sich alle Fotos im Foyer an und ging erst, als alle anderen Gäste draußen waren. Vor der Tür blieb sie stehen und kramte nach ihrer Zigarettenschachtel.

In ihrer Nähe standen zwei Darsteller, die kleinere Rollen gespielt hatten. Als sie sich die Zigarette anzündete, bat einer sie um ihr Feuerzeug. Sie gab es ihm und hatte das Gefühl, dass diese Geste die einzige Verbindung war, die es in dieser Stadt überhaupt für sie gab.

Nach und nach kamen die Schauspieler heraus. Klara erkannte Ophelia und Hamlet, sie warfen ihr flüchtige Blicke zu, mehr nicht. Ganz zum Schluss erschien die alte Frau.

»Hannah«, riefen ihr die anderen entgegen. »Du warst wunderbar.«

»Hört bloß auf, meine Stimmbänder haben fast versagt. Ich musste vorher diese starken Tabletten nehmen. Die ganze Zeit, wo ich auf der Bühne war, dachte ich, beim nächsten Ton ist es aus.« Ihr Spanisch klang wie das von Ehrenstein.

Sie sah sich nach Klara um. »Wer ist dieses Mädchen?«

Die anderen hoben die Schultern.

»Wie bitte? Hier steht ein Mädchen allein herum und ihr sprecht sie nicht an, was ist denn mit euch los? Bist du zum ersten Mal hier?« fragte sie Klara.

»Ja, ich mache Ferien.«

»Sieh mal an, du bist doch eine Deutsche«, sagte sie auf deutsch. »Wir nehmen sie mit«, erklärte sie den anderen. »Sie macht Ferien und da verläuft sie sich in unser Theater. Ist das nicht großartig?«

»Absolut großartig.«

Sie gingen in eine Pizzeria und setzten sich an eine lange blanke Holztafel. Hamlet bestellte drei Pizzen und zwölf Bestecke. Als das Bier kam und alle sich zugeprostet hatten, wandte er sich Klara zu: »Also, wie hat's dir gefallen?«

Sie hätte sich vor Schreck fast verschluckt. *»Muj impresionante, barbaro!«* rief sie und versuchte den begeisterten Tonfall nachzumachen, den sie auf den Milongas gehört hatte. Aber Hamlet machte eine ungeduldige Handbewegung. »Ja, schön, sag uns lieber, wer von uns dir eine Gänsehaut über den Rücken gejagt hat?«

»Du selbst«, sagte Klara leise. »In diesem Moment, als du gar nichts getan hast.«

»Danke, dass du das sagst«, antwortete Hamlet. Ebenfalls leise. »Du weißt gar nicht, wie schwer mir das fällt. Jedesmal, wenn ich das hinter mir habe, verkrieche ich mich hinter der Bühne und will keinen Menschen mehr sehen.«

»Das stimmt«, bestätigte Ophelia. »Das tut er wirklich. Warum machst du das eigentlich?« fragte sie ihn.

»Weil ich Angst habe, dass du mich nach unserem Auftritt ansprichst.«

»Wieso, was würde denn dann passieren?«

»Ich würde dir zu Füßen liegen oder dir einen Heiratsantrag machen, jedenfalls würde ich irgendetwas tun, was ganz bestimmt nicht gut für unsere Zukunft wäre.«

Ophelia lächelte unsicher. »Findest du, dass ich so gut spiele?«

»Natürlich spielst du gut, du spielst wunderbar. Aber das meine ich nicht. Entschuldige. Nein, wie soll ich euch das erklären. Ich fühle mich jedesmal so schrecklich nach dieser Szene. Ich verstehe diesen Hamlet nicht. Wieso kümmert er sich nicht um sie? Eigentlich fällt es mir nicht schwer, mich in Leute hineinzuversetzen, die anders denken und fühlen. Theoretisch ist mir auch alles klar. Er muss seinen Auftrag erfüllen, er hat andere Dinge im Kopf. Aber ich halte es trotzdem nicht aus, nichts zu tun. Jedesmal bin ich kurz davor, aufzuspringen und zu Ophelia zu gehen.«

»Du spinnst wohl«, schrie Ophelia auf.

»Ja, keine Angst, ich tu's ja nicht.«

»Rudolfo, hör auf mit deinen Schuldkomplexen und such dir einen Analytiker«, sagte der Junge, der Horacio gespielt hatte. Hamlet grinste ihn an.

»Die Zeiten, wo wir uns so was leisten konnten, sind ja wohl vorbei.«

Als die Pizza kam, vereinzelten sich die Gespräche. Hannah wollte alles über Klaras bisherigen Aufenthalt wissen. Die alte Dame war der erste Mensch, dem sie die Sache mit Müller erzählte, nur die Summe des Geldes setzte sie auf hundert Dollar herunter.

»Ich weiß, was du meinst. Das Schlimmste an der ganzen Sache ist im Grunde, dass er's geschafft hat, dich so anzuschmieren. Nicht wahr? Dieses Gefühl ist ekelhaft. Aber du kommst drüber weg. Dir braucht nur ein netter Junge über den Weg zu laufen, und schon hast du alles vergessen. Ah, ich seh's an deinem Blick. Dir ist schon einer über den Weg gelaufen. Na, wäre auch ein Wunder, wenn nicht. Und, seht ihr euch wieder?«

»Keine Ahnung?«

»Hast du ihm deine Telefonnummer gegeben?«

»Ja.«

»Der ruft bald an.«

»Woher wissen Sie das?«

»Ich weiß nicht. Intuition. Manchmal sage ich auch, mach dir keine Hoffnung. Weißt du, ich hab sechs Kinder, und wenn die verliebt waren, war ich immer die erste, der sie's erzählt haben.«

Als sie aufbrachen, bot Hamlet an, Klara nach Hause zu bringen.

Aber Hannah widersprach. »Ich nehme sie mit. Und sie ist sowieso schon vergeben.«

»Er ist gefährlich, unser Hamlet«, sagte sie später im Auto. »Es stimmt, er würde es nicht ertragen, dass Mädchen in seiner Gegenwart weinen. Aber er ist besser zu ihnen, als er sich's leisten kann, deshalb muss er sie alle wieder verlassen.«

»Ich glaube, ich weiß, was Sie meinen«, sagte Klara.

»Natürlich weißt du das«, antwortete die alte Dame und trat auf die Bremse. »Meld dich mal. Meine Nummer steht im Telefonbuch.«

14

In den folgenden Tagen unternahm Klara lange Streifzüge durch Buenos Aires. Sie trug nie mehr als ein paar Pesos mit sich herum. Sie ging ins Kino, besuchte Ausstellungen und in den Nächten fuhr sie in die unterschiedlichsten Viertel, die Barrios der Stadt, und lernte die Gesichter des Tango kennen. Den Touristen-Nepp in La Boca, eine bunte Fassade, hinter der die Armut zum Teil einer Inszenierung gemacht wurde, die Scharlatane auf der Plaza Dorrego, die mit dem Zauberwort Tango die Leute an der Nase herumführten, und die traditionellen Klubs im Boedo-Viertel, wo die ganz alten Leute tanzten. Sie erlebte in diesen Nächten ihre schönsten, aber auch die grauenhaftesten Tangos seit dem Beginn ihrer Tango-Karriere.

Aber trotz aller neuer Eindrücke musste sie immer wieder an den Shakespeare-Abend denken. Etwas war dort mit ihr geschehen, aber sie begriff nicht, was es war.

Sie ließ sich von Manolo Hannahs Nummer heraussuchen und rief sie an.

»Und, hat dein *chico* schon angerufen?« fragte sie als erstes.

Erst in diesem Moment begriff Klara, dass sie die ganze Zeit auf nichts anderes wartete. Sie verneinte.

»Aber du kannst ihn doch auch anrufen«, sagte Hannah.

»Ich hab seine Nummer nicht. Sie steht auch nicht im Telefonbuch.«

»Aber er ist doch ein Tangotänzer! Ich bin sicher, du weißt, wo du ihn treffen kannst. Hier legen sich die Männer vielleicht ein bisschen mehr als woanders ins Zeug, wenn es darum geht, eine Frau zu erobern, aber wenn sie wirklich verliebt sind, dann sind sie genauso kompliziert wie überall auf der Welt.«

Am Abend ging Klara ins »Paracultural«. Aber Gustavo war nicht da. Sie tanzte wenig. Und wenn sie saß, konnte sie nicht aufhören, auf die Eingangstür zu starren. Kurz nach zwölf beschloss sie, nach Hause zu fahren.

Im Bus saß ein junges Pärchen vor ihr, eng ineinander verschlungen. Sie waren sehr jung. Höchstens fünfzehn. Mit einem Mal erinnerte Klara sich an etwas.

Die Erinnerung verfolgte sie noch den ganzen nächsten Tag. Wenn Klara versuchte, an etwas anderes zu denken, drängte sie sich schon nach wenigen Minuten wieder auf. Schließlich ging sie zu Manolos Internet-Café und setzte sich an einen Computer. Bevor sie anfing, entschied sie, dass es besser war, ihre Erinnerung an ein »Du« zu schreiben.

Du warst dreizehn und hast noch ausgesehen wie ein Junge. Es war Sommer und du warst im Ferienlager. Mädchen und Jungen lagen getrennt an einem Strand. Die Jungen riefen euch irgendwas zu und die Mädchen riefen etwas zurück. Dir fiel nie was ein. Du hättest die anderen Mädchen gern gefragt, woher sie wissen, was sie den Jungen zurufen müssen.

Zwei Jungen sind ans Wasser gegangen. Da wo der Sand glatt und festgespült war, übten sie Handstand. Das konntest du auch. Du bist zu ihnen gegangen und hast sie gefragt, ob du mitmachen kannst. Der eine, er hatte dunkle Haare, hat irgendwas Blödes gesagt. Der andere war blond und lachte dich an. »Ja, klar«, sagte er. Er hat dir beim Handstand die Beine festgehalten und dir Tipps gegeben, wie du es schaffst, länger oben zu bleiben. Er selbst konnte schon Flickflack. »Ich bring es dir bei«, sagte er. Er hat seine Arme um deinen Bauch geschlungen und auf diese Art hast du deinen ersten Überschlag rückwärts geschafft. Als du wieder hochkamst, hat ein Mädchen geschrien: »Hej, seht euch mal Klara an. Wer weiß, was die noch alles turnt.« Die anderen brüllten vor Lachen.

Ihr seid weggelaufen. »Denen zeigen wir's«, hat der blonde Junge zu dir gesagt. »Willst du mit mir gehen?«

Du hast genickt und er hat dir einen Kuss auf den Mund gegeben. Von da an habt ihr euch getroffen, so oft es ging. Nach einer Weile haben sich die anderen dran gewöhnt. Ihr ward ein »Pärchen« und stolz darauf.

Als du wieder zu Hause warst und deine Eltern dich fragten, wie es war, hast du ihnen nichts von dem Jungen erzählt.

Zwei Tage später, an einem Sonntagmorgen stand er vor der

Tür. Er war drei Stunden mit dem Fahrrad gefahren, um dich wiederzusehen. Er hatte dir einen Brief mitgebracht. Darin stand: »Seit ich wieder zu Hause bin, fühle ich mich wie ein toter Mann, der auf der Straße liegt und den niemand wegräumt.«

Du hast ihm deinen Lieblingsplatz im Wald gezeigt und dich mit ihm in eine Kuhle aus Gras gelegt. Stundenlang habt ihr euch berührt. Vorsichtig. Die Hand zwischen die Beine des anderen zu legen war das Höchste. Es war kaum auszuhalten. Am Abend, bevor er los fuhr, hast du ihm versprochen, gleich am nächsten Tag seinen Brief zu beantworten.

Am nächsten Tag war sein Brief weg. Deine Mutter sagte: »Wenn du den Brief suchst, den habe ich.«

Du musstest dich zu ihr setzen.

Sie sagte: »Du kannst noch nicht wissen, was Liebe ist. Du bist zu klein. Du hast noch nicht einmal deine Tage bekommen. Ihr redet euch etwas ein. Das ist nicht gut. Ihr verderbt euch die Möglichkeit, eines Tages wirklich lieben zu können. Du wirst diesen Brief nicht beantworten.«

»Aber das geht nicht. Ich muss ihm schreiben.«

»Du benimmst dich wie ein trotziges Kind. Da siehst du, wie unreif du bist.«

»Gib mir den Brief zurück.«

»Das tu ich nicht. Und wehe, ich erwisch dich dabei, dass du ihm doch schreibst. Dein Vater und ich, wir verbieten es dir, ist das klar?«

Du hast nichts mehr gesagt, und du hast auch keinen Brief mehr an den Jungen geschrieben.

Monate später auf einem Schultheatertag hast du ihn wiedergesehen. Als er dich entdeckte, hat er auf den Boden gespuckt. Sein dunkelhaariger Freund stand daneben und hat gelacht.

Klara stand auf, um sich am Waterboy ein Glas Wasser zu holen.

Manolo sah sie besorgt an. »Alles in Ordnung?«

»Ja, alles ist gut. Danke«, antwortete sie.

»Aber du weinst.«

»Oh, tu ich das? Das hab ich gar nicht gemerkt.«

Sie ging zurück zum Computer und schickte die Nachricht ab.

15

Bruno bezahlte seine Sitzung und verließ das Internet-Café. Draußen fiel der erste Schnee in großen wässrigen Flocken, und die Leute zogen sich tief in ihre Klamotten zurück. Kein Wetter zum Spazierengehen. Er ging zum *Jojo*, dem traurigsten Café auf dem Kottbusser Damm. Eigentlich war es nicht mal ein Café. Es war eine in einen geheizten Raum verlagerte Imbiss-Bude, mit der Besonderheit, dass man neben Bockwurst und Bouletten auch Kuchen und Eis kaufen konnte, was aber sowieso niemand tat.

An den Tischen saßen Leute, die sich in kein anderes Café getraut hätten. Die Art von Leuten, zu denen Brunos Vater am Ende seines Lebens gehörte, krank vom Alkohol, und wegen ihrem Übermaß an Zorn nicht in der Lage, irgendwo und für irgendwen regelmäßig zu arbeiten. Leute, die es gerade so schafften, die Sache mit dem Sozialamt zu regeln. Hier im *Jojo* gaben sie sich gegenseitig Recht gegen den Rest der Welt. Sie hockten hinter der Schaufensterscheibe, sahen nach draußen wie Fische im Aquarium und verfolgten mit trüben Augen das Leben, nach dem sie sich irgendwann alle gesehnt hatten und das sie inzwischen zutiefst verachteten.

Aus dem Kassettenrecorder, der auf dem Tresen stand, dudelte ein Schlager. »Weiheißt du, wie sehr ich dich liehiebe ...«

Es war sein Geheimnis, dass Bruno manchmal hierher ging, dass ihm dieser Laden ein Gefühl von Zuhause gab, oder wenigstens von Vertrautheit, auch wenn er niemanden hier persönlich kannte.

Er setzte sich an den einzigen freien Tisch und dachte über Klaras E-Mail nach.

Konnte es so etwas überhaupt geben? Dass ein Mensch, den man nur ein einziges Mal zufällig gesehen hatte, Dinge von sich erzählte, die der eigenen Erfahrung so ähnlich waren? Ihre Geschichte hatte eine Erinnerung in ihm wachgerufen, die er nun nicht mehr loswurde.

Nachdem Brunos Mutter gestorben war, war sein Vater mit ihm in eine andere Stadt gezogen. Bruno war fünfzehn und kam auf ein neues Gymnasium. Die Jungs seiner Klasse waren in Ordnung, aber sie kümmerten sich nicht um ihn. Und wenn er Fragen stellte, gab es auch welche, die ihm blöde Antworten gaben. Er hatte sich gesagt, er müsse nicht unbedingt Freunde haben. Wenn ihm jemand dumm kam, dann konnte er auch auf den Kontakt verzichten. Nach einem halben Jahr hatte ihn jemand zu seiner Party eingeladen. Er wurde an einem Sonntag sechzehn und wollte in den Geburtstag hineinfeiern. Bruno hatte sich den Kopf zerbrochen, was er ihm schenken könnte, und schließlich ein Comic gekauft, das er selbst ziemlich gut fand. Obwohl es nur ein paar Seiten hatte, war es sehr teuer. Er hatte noch lange überlegt, ob er es einpacken sollte, entschied sich dann aber definitiv dagegen. Am Samstagabend rollte er es einfach zusammen und steckte es in seine Manteltasche.

Er ging zu seinem Vater, um sich zu verabschieden. Der hatte Besuch. Einer von seinen neuen Arbeitskollegen saß neben ihm am Wohnzimmertisch. Sie hatten schon ein paar leere Bierflaschen vor sich stehen und lamentierten über die altmodischen Ansichten ihres Chefs. Zwei Journalisten, die darunter litten, dass sie ihr Leben lang nicht über eine Stelle bei einem Lokalblatt hinausgekommen waren. Bruno konnte diese Klagelieder schon mitsingen.

»Wann bist du zurück?« fragte sein Vater.

»Wird später.«

»Was gibst du mir für Antworten. Was heißt hier später?«

»Mein Kumpel feiert rein. Also nach Mitternacht, denk ich mal.«

»Was du denkst, spielt aber keine Rolle. Um zehn bist du wieder hier.«

Der Kollege nickte bekräftigend und sagte irgendwas von »bloß nicht verwöhnen«.

Zu zweit sahen sie ihn an.

»Aber wenn ich den anderen sage, dass ich um zehn wieder gehen muss, brauch ich gar nicht erst hingehen«, widersprach Bruno.

»Um zehn bist du zurück, ist das klar?«

»Dann geh ich eben gar nicht«, hatte er dem Alten ins Gesicht geschleudert und die Tür zum Wohnzimmer zugeknallt. Dem hatte er's gezeigt, dachte er einen Moment lang, und schloss sich in seinem Zimmer ein. Aber das Triumphgefühl hielt nicht lange an. Schon nach ein paar Minuten konnte er an nichts andres mehr denken als daran, dass er gerade dabei war, den Anschluss an seine Klasse für immer zu verpassen.

Als sein Blick auf den Schreibtisch fiel, den sein Vater ihm ein paar Tage zuvor geschenkt hatte, ging er darauf zu, hob das Ding mit beiden Händen in die Höhe und knallte es auf den Boden. Es sprang in drei Teile. Bruno machte weiter. Bis spät in die Nacht zerstörte er den Schreibtisch. Am Sonntag lagen zahllose Holzteile zerbrochen und zersplittert auf dem Teppich herum. Der Alte hatte sie mit verquollenen Augen angestarrt.

»Sieh zu, wo du einen neuen herkriegst«, war sein ganzer Kommentar.

Das war nicht so schwer gewesen. Bruno hatte sich was vom Sperrmüll geholt.

Nur für den anderen Verlust gab es keinen Ersatz. Der Junge, der ihn eingeladen hatte, ignorierte ihn am Montag einfach. Das Comic-Heft, das Bruno in einer letzten Hoffnung eingesteckt hatte, hatte er schließlich selbst in eine Mülltonne geworfen. Bis zum Ende der Schulzeit war er ein Außenseiter geblieben.

»Hier, dein Kaffee«, sagte der Wirt und stellte ihm die Tasse vor die Nase. Der halbe Kaffee schwappte dabei auf den Unterteller. Bruno goss die Brühe zurück. Ein Mann mit einer grellbunten Plüschjacke, die nach Kleiderspende aussah, beobachtete ihn dabei. Er stieß seinen Nachbarn an.

»Dem feinen Herrn isses hier nich jut jenuch«, sagte der Bunte.

»Lass'n doch. Der will halt keinen Tropfen verschenken.«

Sie kicherten. Der mit der grellen Jacke wollte nicht mehr aufhören, Bruno anzuglotzen.

»Neues Spiel, neues Glück, komm zurück ...« dudelte es in Brunos Ohr.

Er stand auf und bezahlte. Als er die Tür öffnete, rief der Plüschmann: »Ja, geh mal, Graf Koks. Hast dir wohl grad verlaufen.«

Das war ihm noch nie passiert. Dabei hatte er sich doch nie anders als jetzt gekleidet. Vielleicht lag es am Tanzunterricht. Nach seinen ersten Tanzversuchen mit Pauline hatte Daniel Hansen ihn beiseite genommen und ihm angeboten, er könne privaten Tanzunterricht bei ihm nehmen. Zuerst hatte Bruno sich gesträubt. Natürlich hätte er gern die wichtigsten Schritte gelernt. Die Aussicht, mit Klara tanzen zu können, wenn sie von ihrer Reise zurück war, lockte ihn schon. Aber er mochte Daniel nicht und so lehnte er mit der Begründung ab, dass er keine Einzelstunden bezahlen könnte.

»Kein Problem«, sagte Daniel. »Du musst nicht bezahlen. Ich unterrichte dich auch kostenlos.«

»Warum das denn?«

»Purer Eigennutz. Ich hätte einfach gern so einen sympathischen Mann wie dich in unserer Szene. Und außerdem unterrichte ich leidenschaftlich gern. Du ahnst gar nicht, wie viel ich dabei selbst lerne. Überleg's dir.«

Ein paar Tage später hatten sie eine Probestunde vereinbart und seitdem ging Bruno zweimal in der Woche in Daniels Privatwohnung zum Tanzunterricht. Er trainierte ihn darin, seinen Rücken gerade zu halten, den Kopf zu heben, seine Schritte fester zu setzen. Hatte er sich schon so sehr verändert, dass er die Penner im »Jojo« damit verschreckte? Und wenn schon. Vielleicht war es einfach an der Zeit, das »Jojo« endgültig der Vergangenheit zuzuordnen. Dann hatte Daniel Recht behalten und er gehörte zu den Menschen, deren Leben sich veränderte, sobald sie den Tango entdeckt hatten. Warum nicht? Er konnte in seinem bisherigen Leben nichts finden, woran er unbedingt festhalten musste.

Während der U-Bahn-Fahrt starrte Bruno aus dem Fenster. Er stellte sich vor, er würde in dieser Bahn durch ein Zeitloch rauschen, seine Vergangenheit würde im Dunkeln endgültig von ihm abfallen, und sobald er wieder im Licht auftauchte, würde etwas in seinem Leben beginnen, das vollkommen neu war. Beinahe hätte er die richtige Haltestelle verpasst. Im letzten Moment sprang er hinaus.

»Hi«, die kleine Blonde stand vor ihm. »Na, Herr Kirschberg, lang nicht gesehen. Ich heiß Bettina, und du?«

»Bruno.«

»Na, fein. Da haben wir ja schon mal dieselben Anfangsbuchstaben. Wie ging's dir denn neulich im Glaskasten? Du hast überhaupt niemanden zu dir reingerufen. Hat denn niemand was falsch gemacht? Aber du wolltest keinen erwischen, stimmt's? Ich fand es ja total mutig, dass endlich mal jemand gesagt hat, was wir alle gedacht haben. Aber eine gemeinere Strafe, als dich zum Spion zu machen, hätte dem Typen nicht einfallen können. Überhaupt, ich find diesen Hansen ziemlich eklig. Und stimmt das wirklich, dass die Supervisoren mithören?«

»Ja, das stimmt. Aber das ist eigentlich nur eine Sache der Qualitätskontrolle.«

»Mhm. Was machst du eigentlich, wenn du nicht bei *woc* arbeitest?«

»Nichts«, sagte Bruno.

»Echt, das ist ja interessant«, rief Bettina.

»Was ist daran interessant?«

»Ich weiß nicht, aber mir hat noch nie jemand so eine Antwort gegeben.«

Bruno hielt ihr die Tür auf.

»Hast du Lust, nachher was mit mir trinken zu gehen?« fragte sie.

»Ja, warum nicht.«

Bettina lief Bruno voraus. Ihre Stiefel hatten sehr hohe Absätze und die Jeans spannte sich wieder eng um die Hüften. Im Gehen zog sie die kurze Lederjacke aus.

»Hier, schau mal, da ist ein Platz am Fenster, da sitzt du doch gern.«

Sie hängte ihre Jacke über den Stuhl daneben und fing schon an zu telefonieren, während er seinen Platz mit den üblichen Utensilien voll stellte. Zeitung, Cola und Kekse.

»Ganz wichtig, alle ihre Angaben werden anonym ausgewertet«, sagte sie und legte kurz darauf schicksalsergeben den Hörer wieder auf.

»Also diesen Sicherheitstext lässt du jetzt mal weg«, sagte Bruno. »Er macht die Leute nur misstrauisch.«

»Ach so? Auf die Idee bin ich noch gar nicht gekommen. Mein Gott, ich bin wirklich hoffnungslos ehrlich.«

Bruno zog sich die Kopfhörer über die Ohren und schaute aus dem Fenster. An dürren Ästen zappelten ein paar dunkelbraune

Blätter und wurden nach und nach vom Wind abgerissen. Er hätte stundenlang zuschauen können. Er dachte, dass seine Gefühle so etwas waren wie diese verwelkten Blätter. Sie flatterten irgendwo umher, und im Grunde gab es nichts, woran sie sich halten konnten. Und eigentlich gab es auch niemanden, dem sie wichtig waren, nicht einmal Norbert. Im Grunde war es sogar vollkommen egal, was er tat, dachte Bruno. Er wählte die eingeblendete Nummer, und als eine Männerstimme sich meldete, sagte er: »Guten Tag, ich heiße Gott und ich würde Ihnen gern ein paar Fragen stellen. Wie leben sie eigentlich? Sind Sie glücklich? Wen lieben Sie wirklich? Mögen Sie sich selbst?«

»WER sind Sie?« fragte der Mann nach einer Ewigkeit.

»Also, um ehrlich zu sein«, sagte Bruno. »Ich bin von der Marktforschung und soll hier ein Interview über Tiefkühlware mit Ihnen machen, es ist leider nicht besonders aufregend. Aber ich kann mich beeilen.«

»Na, dann schießen Sie mal los, Sie Witzbold. Ich versteh schon. Hab den Job selbst mal gemacht. Aber Ihre Intro ist 'ne prima Nummer.«

Stunden später fuhr Bruno unschlüssig mit der Fingerspitze über Bettinas Oberschenkel und zeichnete die Umrisse ihres Bikinidreiecks nach. Als sein Zeigefinger die ersten Haarkrausen erreichte, spannte sie ihren Hintern an und seufzte. Er zog seine Hand ein bisschen zurück.

»Wo bist du denn so braun geworden?« fragte er.

»Menorca. *last minute*«, murmelte sie.

»Warst du allein dort?« fragte er weiter.

»Ich bin doch nicht verrückt.«

»Was soll daran verrückt sein?«

»Ich könnte mir nichts Langweiligeres vorstellen, als wochenlang allein rumzuhängen.«

Er sollte die Sache abbrechen, dachte Bruno. Er mochte Bettina. Sie war ein Mädchen, das sich nicht so viele Gedanken darum machte, ob es Blödsinn erzählte oder nicht. Das war unterhaltsam, aber jetzt fürchtete er, dass das, was er für sie empfand, keine fünf Minuten mehr ausreichen würde.

Er versuchte, das Gespräch fortzusetzen. »Du könntest ja Leute kennen lernen.«

»Vergiss es«, murmelte Bettina. »Ich war ja mit einer Freundin da, und es gab eine Menge Typen, die sich an uns ranmachen wollten. Die mussten wir alle abblitzen lassen.«

»Warum denn?«

»Na, weil die langweilig waren.«

Sie griff nach Brunos Hand und führte sie in die Untiefe am Ende des weißen Bikinidreiecks. Es war, als würden seine Gedanken dort hineinschwimmen. Sie glitten ihm einfach aus dem Kopf und ließen seinen Körper allein. Und sein Körper agierte völlig selbständig weiter. Er hielt die ganze Zeit die Augen geschlossen. Bettinas langer weinerlicher Schrei zog an seinen Ohren vorbei, in denen es immer lauter hämmerte, sie war schon still, als er kam und ein Geräusch von sich gab, tief und gurgelnd und so, dass er sich selbst lieber nicht gehört hätte. Er glitt neben sie. Die Augen noch immer geschlossen. Aber nun kehrten seine Gedanken wieder zu ihm zurück. Und die sagten ihm, dass er trotz allem gerade traurigen Sex gehabt hatte.

»Das ist aber toll mit dir«, sagte Bettina. Und nach einer Weile. »Glaubst du, dass ein Altersunterschied von neun Jahren von großer Bedeutung sein könnte?«

Wahrscheinlich sah sie sich schon mit ihm zusammen ins Möbelhaus gehen.

»Ich meine es ja nur so rein theoretisch«, behauptete sie. »Also eher als abstrakte Frage.«

Er schwieg.

»Na gut. Natürlich steht hinter jeder abstrakten Frage ein

persönliches Motiv«, gab Bettina zu. »Also, ich würde schon gern wissen, ob du mich zu jung findest.«

»Ich finde dich vor allem hübsch«, sagte Bruno. Er wäre gern eingeschlafen. Aber das konnte er vergessen.

Woher nahm sie bloß diese Energie? Als sie vor ihrer Wohnung standen, hatte er ihr noch geholfen, den Schlüssel ins Schloss zu stecken, so betrunken war sie. Aber jetzt, zu einem Zeitpunkt, wo andere Mädchen auch ohne betrunken zu sein in tiefen Schlaf fallen würden, war sie so munter, als wäre sie gerade aufgestanden.

»Okay«, fing sie wieder an. »Dann sag mir halt einfach, was du jetzt denkst.«

Sie legte ihre Hand auf seinen Bauch, in gefährlicher Nähe zu seinem Schwanz. Bruno drehte sich um, stützte das Kinn auf seine Fäuste und schwieg weiter.

»Also gut. Wenn du nicht offen antworten willst, kann ich es ja mit Antwortvorgaben probieren.« Sie zog sich hoch, lehnte sich mit angezogenen Beinen an die Wand, tat so, als hielt sie einen Telefonhörer in der Hand, und legte mit ihrer Marktforschungsstimme los.

»Welcher der folgenden Aussagen würden Sie zustimmen:

A. Die Frau neben mir ist viel zu jung für mich.

B. Im Moment möchte ich keine feste Beziehung.

C. Ich denke gerade an eine andere Frau.

Wenn keine dieser Aussagen zutrifft, können Sie die Person, von der Sie befragt werden, auch küssen.«

»Darf ich auch mehrere Aussagen wählen?« fragte er.

Das erste, was er spürte, war Bettinas Faust an seinem Kopf, dann fand er sich auf dem Teppich wieder. »Hau bloß ab«, schrie sie.

Er rappelte sich hoch und griff nach seiner Hose.

Ungläubig guckte sie ihn an. »Gehst du jetzt wirklich?«

»Ja, ist doch richtig, dass du mich rauswirfst.«

Als er die Tür öffnete, kauerte sie noch immer mit hochgezogener Decke auf dem Bett. »Ciao«, sagte er, drehte sich um und verschwand im Treppenhaus.

»Idiot, verdammter. Eingebildeter Lackaffe«, schrie sie ihm nach.

Wenn sie ihn jetzt schon hasste, würde sie nicht lange böse auf ihn sein. Das hoffte er wenigstens. Draußen waren es mindestens fünf Grad minus. Irgendwann fuhr wohl auch ein Bus in seine Richtung, aber Bruno hatte keine Lust zu warten.

Er überlegte kurz, zu Bettina zurückzugehen. Aber dann dachte er, dass er in diesem Moment wohl nichts Dümmeres hätte tun können. Er lief los. Wenn ihm schon immer dasselbe passierte, dann musste er wenigstens das Gefühl haben, dass er irgendwo auch mal vorankam. Und wenn es nur nachts auf einer Straße war.

Manchmal versuchte Bruno sich vorzustellen, er würde vollkommen anders aussehen. Klein und dick, mit Aknenarben im Gesicht. Er hätte gern gewusst, was dann geschehen würde, wenn er einer Frau sagte, dass er am liebsten gar nichts tat. Irgendwie unterlagen sie alle einer Art Zwangsassoziation zwischen halbwegs gutem Aussehen und Erfolg. Sie hielten Brunos Selbstaussagen für Bescheidenheit oder für das schwer erkämpfte Resultat jahrelanger Meditation. Bis sie irgendwann kapierten, dass er wirklich nichts zu bieten hatte. Sie kamen und gingen oder ließen ihn gehen. Und das Schlimmste war, dass es ihn nicht einmal richtig berührte. Das einzige, was ihn im Moment berührte, war, dass er jetzt durch die Kälte marschierte und eine schlaflose Nacht vor sich hatte, weil er nach einem solchen Desaster niemals einfach so einschlafen konnte. Nicht weil ihn das schlechte Gewissen quälte, sondern weil ihm die Aussicht, dass das alles mal aufhören könnte, ferner denn je erschien.

Als er am Ballhaus vorbeikam, wimmelte es im Fenster noch von schwarzen Silhouetten. Bruno ging hinein. Die Tanzfläche war so voll, dass die Paare nur kleine Schritte machen konnten. »Da kannste nichts als Autoscooter fahren«, erklärte ihm ein Mann, der neben ihm stand.

Bruno entdeckte Pauline. Der Mann, mit dem sie tanzte, hielt sich schief, drückte und schob sie. Die Bewegungen, die er mit seinen Hüften machte, sahen komisch aus und waren ganz bestimmt überflüssig. Aber Pauline ließ nicht das leiseste Anzeichen von Unbehagen erkennen. Sie sah aus, als ließe sie die Tanzversuche dieses Mannes in ihrer Abwesenheit über sich ergehen. Wahrscheinlich setzte sie ihre Füße noch im Schlaf genau dahin, wo sie hingehörten. Sie hatte Bruno mal erklärt, dass sie allen Anfängern eine Chance gab, am Ende wäre es schließlich zu ihrem eigenen Schaden, wenn die Männer zu früh aufgaben. Als sie Bruno sah, bedankte sie sich bei ihrem Partner und kam zu ihm.

»Na, wie sieht's aus. Was macht dein Privatunterricht? Ich wusste ja, wenn Daniel einmal ein Opfer gefunden hat, dann lässt er nicht mehr locker. Aber mir soll es recht sein. Endlich mal ein Tänzer, der gut aussieht. Tanzt du mit mir?«

»Ich weiß nicht, Pauline. Ich glaub, ich kann das grad nicht. Lass uns an die Bar gehen.«

Er bestellte zwei Gläser Rotwein. Sie sah ihn mit ihrem spöttischen Lächeln an. »Was ist los? Willst du's mir erzählen?«

»Ich glaub, ich hab grad mit der falschen Frau geschlafen.«

Sie nickte. »Das kommt vor. Und was ist mit der Richtigen?«

»Nichts. Es ist Schwachsinn. Ich hab mich ganz idiotisch verknallt.«

»Sich verknallen ist immer idiotisch. Ich finde sogar, es ist eine Krankheit. Aber zum Glück ist sie heilbar. Das beste ist, man lernt den Menschen kennen. Weiß sie überhaupt davon?«

»Nee.«

»Dann sag's ihr.«

»Das geht nicht. Sie ist unerreichbar.«

»Das glauben wir immer. Und wir wären entsetzt, wenn wir wüssten, wie einfach es sein könnte.«

»Nein, Pauline, ich kann es ihr wirklich nicht sagen.«

»Na, wie du meinst. Ein Grund mehr, um mit mir zu tanzen. Stell dir einfach vor, ich wäre sie.«

»Das würde dich nicht stören?«

»Ich verrate dir ja auch nicht, an wen ich denke, wenn ich mit dir tanze.«

»An wen denn?«

»Schlimmstenfalls an dich.«

»Oh, bitte nicht.«

»Mach dir keine Sorgen.«

Während sie einfache Schritte tanzten, dachte Bruno über seine Chancen bei Klara nach. Wäre sie bald wieder hier, würde er nicht einmal mit ihr tanzen können. Inzwischen kannte er die Regeln im Tangosalon. Als Anfänger durfte man niemals erfahrene Tänzerinnen auffordern. Sie fassten das als Beleidigung auf. Aber er sah keine andere Möglichkeit, sie kennen zu lernen. Schließlich konnte er nicht auf sie zugehen und sagen: »Schön, dich endlich zu sehen, nachdem ich alle E-Mails von dir gelesen habe.« So paradox es war, er musste hoffen, dass sie noch eine ganze Weile in Argentinien blieb und er genügend Zeit hatte, um ein akzeptabler Tänzer zu werden. Er war froh, dass es Pauline gab. Sie war so unglaublich leicht zu führen. Im Laufe der Nacht gelangen ihm sogar ein paar schwierige Drehungen. Einmal sah sie zu ihm auf und sagte: »Siehst du. Du musst dir nur Zeit lassen. Dann kommt das schon alles.«

Es war schon früher Morgen, als sie sich auf der Straße verabschiedeten.

»Ciao, war schön«, sagte Pauline, das Gesicht tief im Schal vergraben.

»Ja, bis zum nächsten Mal.«

Sie gingen los, jeder in seine Richtung. Ihre Schritte knirschten im Schnee, und niemand, der sie gesehen hätte, hätte geglaubt, dass sie sich die halbe Nacht lang in den Armen gelegen hatten.

16

Die Sonne breitete schon wieder ihre große Wärme über der Stadt aus, als Klara das »Paracultural« verließ. Die Vögel lärmten in den Bäumen und in unglaublicher Höhe standen ein paar weiße Wölkchen im azurblauen Zenit. Tortuga hatte bereits gefrühstückt. Klara trank ein Glas Wasser in der Küche. Dann ging sie in ihr Zimmer, schloss die Jalousien und legte sich schlafen. Nach ein paar Stunden wurde sie vom Klingeln des Telefons geweckt.

»*Quien es*«, erklang Tortugas schnarrende Stimme. Sie hörte, wie er durch den Flur kam und bei ihr anklopfte.

»Für dich.«

»Moment.« Sie musste sich erst noch das Kleid zuknöpfen, bevor sie zur Tür ging.

Der Alte reichte ihr einen klobigen, schnurlosen Hörer.

»Ein Mann mit deutschem Namen und schlechtem Spanisch.«

Es war Gustavos Vater. »Fräulein Klara? Ich habe Gustavo nach deiner Telefonnummer gefragt. Hat er dir überhaupt ausgerichtet, dass ich dich eingeladen habe?«

Wie hatte sie das vergessen können? Auch gestern auf der Milonga hatte sie wieder vergeblich darauf gewartet, dass Gustavo auftauchte. Aber auf die Idee, seinen Vater zu besuchen, war sie nicht gekommen.

»Ja, natürlich hat er das«, sagte sie.

»Wann kommst du denn?«

»Oh, wann es Ihnen recht ist.«

»Wie sieht es morgen Nachmittag aus?«

»Ja, da kann ich.« Eigentlich wollte sie eine Stunde Einzelunterricht nehmen, aber das konnte sie verschieben.

»Um fünfzehn Uhr zum Kaffee?«

»Ja, gern.«

Ehrenstein erklärte ihr noch einmal ausführlich, welche Buslinien sie nehmen und wie sie dann zu Fuß weitergehen musste.

»Also bis morgen.«

»Ja, bis morgen.«

Bei Tageslicht sah das Hochhaus verkommen aus. Der Betonklotz warf seinen Schatten über die Straße und tauchte die niedrigen Häuser auf der anderen Straßenseite ins Dunkel. Ein klappriger Fahrstuhl ruckelte in die sechzehnte Etage. Am Ende des schmalen Flurs wartete Ehrenstein bereits in seiner Tür und ließ Klara nicht aus den Augen, bis sie ihn erreicht hatte. Sie gab ihm die Hand, dann folgte sie ihm in sein Wohnzimmer. Natürlich hatte sie gehofft, Gustavo würde dort sitzen. Aber warum sollte er? Sie wusste doch, dass er jeden Tag arbeitete.

Sie setzte sich auf ein altes Ledersofa. Der Glastisch war mit Kaffeegeschirr gedeckt. Auf einem bestickten Deckchen stand eine Schale aus geschliffenem Glas, die mit Keksen gefüllt war. Wie oft musste der Alte für die Vorbereitungen in seiner Wohnung hin- und hergefahren sein? Er hatte eine Wärmehaube über die Kaffeekanne gestülpt. Der Duft vermischte sich mit den Gerüchen von Kampfersalbe, alten Möbeln und Urin. Die Kühlung machte diese Gerüche noch beißender. Leise dröhnte die Klimaanlage.

»Wenn es dir nichts ausmacht, gieß doch bitte den Kaffee ein.«

Während sie einschenkte, sagte er. »Nun erzähl, was gibt es Neues in Deutschland?«

Sie stellte die Kanne zurück. »Was soll ich sagen … Sie müssen wissen, ich komme ja eigentlich aus Ostdeutschland.«

»Ach so?« sagte der Alte bestürzt. »Oh. Na ja. Du kannst ja nichts dafür.«

»Aber das ist ja jetzt auch schon zehn Jahre vorbei«, lenkte sie ein.

»Ja, genau«, machte er.

Sie hoben gleichzeitig die Tassen an und nahmen einen Schluck.

»Deutschland hat ja hier sehr viele Firmen gegründet«, sagte er. Er rollte zu einem Bücherschrank und kam mit einem schweren Bildband zurück. ›Die Deutschen in Argentinien‹ stand auf dem Titel. Klara schlug es irgendwo auf. Auf einem Foto stand eine Frau in einem Folklorekleid vor einer Mercedes-Limousine. Die Hände in die Hüften gestemmt, blickte sie in die Kamera. Im Hintergrund sah man das Tor zu einem Fabrikgelände.

»Die haben viel dazu beigetragen, dass es der Bevölkerung hier mal gut ging. Aber jetzt ziehen sich alle zurück«, sagte Ehrenstein verbittert. »Unsere Politiker hätten sie halten müssen. Aber das ist eine Bande von Schurken, sonst nichts.«

»Aber den deutschen Firmen war es ja vielleicht auch mal egal, dass sie von Schurken ins Land gelassen wurden.«

»Na, mein liebes Kind, ich ahne, woher bei dir der Wind weht.«

Klara hob bedauernd die Hände.

»Schon gut, schon gut, iss mal die Kekse, sie sind noch von einem deutschen Bäcker. Ein fleißiger Kerl. Er backt nach den Rezepten von seinen Eltern.«

Klara nahm einen Keks. Dabei hatte sie das komische Gefühl, sie würde dem alten Mann etwas wegessen. Überhaupt hatte sie die ganze Zeit ein schlechtes Gewissen. Konnte sie vor Ehrenstein überhaupt verbergen, dass sie gar nicht wegen ihm hier saß? Als es dann wirklich klingelte, merkte sie, wie sie rot wurde. Aber zum Glück bekam Ehrenstein das nicht mit. Er hatte seinen Rollstuhl umgedreht, fuhr zur Tür und rief in die Wechselsprechanlage: *»Hola? ... Estoy con la alemana. Bueno, si quieres. Veni.«*

Gustavos Mund lag frei. Er hatte sich den Bart abrasiert. Seine Oberlippe hatte eine geschwungene Form. Wären sie allein gewesen, hätte Klara diesen Mund sofort geküsst. Aber jetzt ließ sie sich nur zögernd einen Kuss auf die Wange geben.

»Hallo Klara, wie geht's?«

Seine Stimme hinterließ ein vibrierendes Echo in ihrem Bauch.

»Danke, gut.«

»Und dir?«

Er lächelte. »Es ist schön, dass du ihn besuchst. Den ganzen Morgen hat er davon gesprochen.«

Als er sich aufs Sofa setzte, gab er Klara eine Visitenkarte. »Hier, das hab ich beim letzten Mal vergessen.«

Sein Vater beobachtete ihn misstrauisch.

»Und wie versteht ihr euch?« fragte Gustavo ihn.

»Bestens. Besser wäre es gar nicht möglich.«

»Das freut mich sehr, wirklich.«

»Aber warum kommst du vorbei?«, fragte der Alte. »Hast du was vergessen?«

»Nein, nein. Ich wollte eben nach Lanus fahren, aber dann haben sie im Radio gesagt, dass dort eine Barrikade ist. Und weil ich grad in der Nähe war, dachte ich, ich könnte deinem Besuch mal kurz guten Tag sagen.«

Ehrenstein sagte nichts dazu. Klara hatte von den Barrikaden gehört und auch davon, dass es von Tag zu Tag mehr wurden.

»Bist du auch schon mal ausgeraubt worden?« fragte sie Gustavo.

»Einmal?« Er lachte. »Zwölf Mal in sechs Jahren. Aber das waren ganz gewöhnliche Diebe. Es läuft immer gleich ab. Sie setzen mir die Pistole auf die Brust und ich gebe ihnen fünfzig Dollar. Die hab ich immer im Handschuhfach. Ich gebe ihnen, was sie wollen, das entwaffnet sie, verstehst du.«

Ehrenstein hob seine Hände an den Kopf. »Es ist nicht zu fassen. Du lässt dir alles gefallen und jetzt setzt du dich hier auch noch hin und gibst vor der Kleinen damit an.«

»Hör auf damit, ich kauf mir keine Knarre«, fuhr Gustavo ihn an. »Und mein Leben ist mir hundert Dollar im Jahr wert. Das müsstest du doch verstehen.«

»Warum soll ich das denn verstehen?«

»Deine Eltern haben viel mehr Geld ausgegeben, um euer Leben zu retten.«

»Was redest du für einen Unsinn. Es wurde ihnen weggenommen. Ein Vermögen war das, Klara! Hätten wir es mitnehmen können, wären wir hier reich geworden.«

»Na also, was regst du dich da über meine lumpigen fünfzig Dollar auf.«

»Es ist Unsinn, das zu vergleichen.«

»Alles, was ich sage, ist Unsinn für dich.«

Sie schwiegen. Gustavo sah nervös zu Klara hinüber, dann holte er tief Luft. »Weißt du, Klara. Im Moment ist es einfach die beste Methode, diese Tumulte zu meiden. Die Leute hungern, und sie hassen die Politiker, weil sie nichts dagegen tun. Käme ich mit einem Auto voller Brot, dann wäre ich für sie nur einer, der zu viel von dem hat, was ihnen fehlt. Sie würden mich lynchen, ohne dass sie auch nur ein Fünkchen gegen Gustavo Ehrenstein persönlich hätten, verstehst du. Aber was soll's. Für mich sind diese Unruhen wie ein Stau. Sie werden im Radio angekündigt und ich ändere meine Route, basta.«

»Und warum machst du das heute nicht? Hast du nur was in Lanus zu tun?« fragte Ehrenstein.

Gustavo klemmte seinen Blick irgendwo zwischen der Tischkante und dem bestickten Deckchen fest. Er ließ mindestens eine Minute vergehen, bevor er fragte, ob er noch etwas erledigen könne. Der Alte beauftragte ihn mit dem Einkauf von ein paar Haushaltsdingen, und Gustavo stand auf, um zu gehen.

Klara tastete nach ihrer Rocktasche, eine Ecke seiner Visitenkarte drückte gegen den Stoff.

»Musste der denn wirklich jetzt kommen?«, schimpfte Herr Ehrenstein, als er weg war. »Ich glaub ihm nicht mal diese Geschichte mit der Barrikade.«

Er schob sich zu seinem Wandschrank, öffnete eine Glastür und holte eine Likörflasche mit zwei Gläsern heraus. Er übergab Klara die Flasche, damit sie einschenkte. Das volle Glas zitterte in seiner Hand.

»Er könnte es wenigstens mal lassen, den Spieß gegen mich umzudrehen!«

»Was meinen Sie?« fragte Klara.

»Ich bin überhaupt kein Jude«, polterte Ehrenstein los. »Aber nicht einmal mein Sohn kann aufhören, auf dieser Geschichte rumzutrampeln.«

Sie fragte sich, ob es überhaupt etwas gab, was sie jetzt hätte sagen können. Ihr jedenfalls fiel nichts ein. Und sie hätte sowieso lieber auf dem Beifahrersitz von Gustavos Lieferwagen gesessen und ihm zugeschaut, wie er konzentriert auf die Straße sah. Sie hätte sich an seinem neuen Profil satt gesehen. Ohne den Bart sah er so verletzlich aus. Sie hätte spüren können, wie ihre Blicke ihn erregten.

»Na ja, trinken wir darauf, dass du hier bist, meine Liebe, es freut mich wirklich sehr«, sagte sein Vater. »Ich hoffe, die kleine Streiterei mit meinem Sohn hat dich nicht verschreckt.«

Sein großes weiches Doppelkinn wackelte beim Sprechen. Sie stießen an.

»*Aj, sacra*«, stieß der Alte aus. »Weißt du, ich hätte große Lust, dir eine Geschichte zu erzählen. Es ist nämlich alles ganz anders in Wirklichkeit und überhaupt nicht so, wie Gustavo sich das denkt.«

Klara trank ihr Glas aus und wartete.

»Möchtest du es wirklich hören?« fragte der Alte noch einmal nach.

Sie lächelte ihn an. »Ja, ich höre Ihnen gern zu.« Zumindest schien ihr das besser, als selbst vergeblich nach Worten zu suchen.

»Du musst wissen, ich war ein Einzelkind«, fing er an. »Mein Vater war ein berühmter Dirigent und meine Mutter war eine aristokratische Schönheit. Sie waren äußerst diszipliniert. Ein deutsches Paar, das für die deutsche Kultur lebte. Seine größten Erfolge hatte mein Vater mit Wagner. Meine Eltern erwarteten von mir, dass ich in der Schule mein Bestes gab, und das tat ich auch. Außerdem ging ich wie die meisten von uns zu den Wandervögeln. Meine Eltern sahen das gern. Die Kameraden ersetzen dir die Geschwister, sagten sie. Die Wahrheit war, ich vergötterte meine Eltern. Damals. Ich wurde der Beste in der Klasse und bei den Wandervögeln wollte ich der kameradschaftlichste von allen sein. Und all das im Grunde nur, damit sie stolz auf mich waren. Das hab ich damals nicht so verstanden, weißt du. So was versteht man erst später. Na ja, wie auch immer«, fuhr er fort. »Eines Tages zu Schulbeginn ist großer Appell. Es war der Tag, wo wieder ein Jahrgang in die Hitlerjugend aufgenommen wurde. Ich war erst im nächsten Jahr dran, aber mit einem Mal rufen sie mich auf. Ich denke, die irren sich, aber mein Lehrer nickt mir zu. Ich marschiere also nach vorn. Und da verkündet der Schuldirektor, dass der kleine Hermann Ehring, so hießen wir damals noch, wegen seiner Leistungen ein Jahr früher aufgenommen wird.«

Umständlich zog Ehrenstein ein Taschentuch aus der Hose.

Es war weiß und unglaublich groß. Er zog und zog und es kam immer noch mehr Stoff heraus. Endlich hatte er es ganz draußen und wischte sich damit das Gesicht ab. Trotz der Klimaanlage, die heftig knackte, lief ihm der Schweiß in den Kragen.

»Also, um's kurz zu machen. Ich kam nach Hause, die neue HJ-Uniform am Leib, stellte mich mit geschwellter Brust in die Tür, klingelte, ganz aufgeregt, ich war ja gespannt auf die Reaktion meiner Mutter. Sie war keine, die groß herumgeschrien hätte. Wenn sie stolz auf mich war, dann bekam sie so was, wie soll ich sagen, so ein strahlendes Lächeln. Und dann wünschte ich mir immer, dass das nie wieder aufhört, wenn du verstehst. Aber stattdessen ... Sie machte die Tür auf, sah mich und schlug die Hände vors Gesicht. Es war total absurd. So etwas hatte ich bei ihr noch nie gesehen. Sie war berühmt für ihre ›Contenance‹. Ich wusste nicht mal, ob sie lachte oder weinte. Und dann schickte sie mich auch noch auf mein Zimmer ohne mir was zu erklären.«

Er goss sich ein neues Glas voll und trank es in einem Zug aus, bevor er fortfuhr. »Ein einziges Mal kam unser Mädchen vorbei und brachte mir was zu essen. Sie sagte, sie dürfe mir nichts sagen, und verschwand wieder. Wie kann ich dir bloß beschreiben, was in mir vorging, als ich da oben in meinem Zimmer saß. Mein Gott, ich war zwölf und ich begriff überhaupt nichts mehr. Gerade noch hatte ich geglaubt, es wäre der glücklichste Tag meines Lebens, und dann komme ich nach Hause und meine Mutter fängt an zu weinen. Sie musste krank geworden sein. Ich hatte furchtbare Angst um sie. Endlich höre ich, dass mein Vater nach Hause kommt. Ich bin total erleichtert. Ich denke, dass er vielleicht einen Arzt rufen muss und dass die Sache dann bald vorbei ist. Aber mit einem Mal höre ich ihn auch schreien. Ich verstehe gar nichts mehr. Ich bin zwölf. Und dann denke ich nur noch an meine Uniform. Vielleicht hat sie ihm das noch gar nicht erzählt, denke ich. Ich verstehe zwar nicht, was die beiden haben, aber er, er muss doch wenigstens stolz auf mich sein.

Also öffne ich leise meine Tür. Natürlich hab ich Angst, ich hatte ja noch den Befehl von meiner Mutter, auf meinem Zimmer zu bleiben, und ich hab sonst immer gehorcht. Also, mit Herzklopfen bis an die Ohren geh ich in die Stube. Die beiden stehen voreinander. Meine Mutter mit verheulten Augen, mein Vater mit einer verzerrten Miene, ich straffe mich und guck ihn stolz an, aber er ... dieser Blick, wie er mich da angeguckt hat. Ich weiß nicht, wie ich dir das beschreiben kann. Eine Grimasse war das, der blanke Ekel. Ein Vater, der sich vor seinem Sohn ekelt.«

Der alte Mann machte eine Pause und wischte sich wieder mit seinem großen Tuch den Schweiß vom Gesicht.

»Bitte, Hermann, zieh diese Uniform aus, sagte er. Weißt du, Klara, ich hab ihnen wirklich nie widersprochen, aber in diesem Moment, da konnte ich nicht anders. Ich fragte: Warum? Und da sagte er mir, dass er Jude ist.«

Ehrenstein griff nach seinem Glas, das leer war, und Klara beugte sich vor, um ihm nachzuschenken. Sie war froh, dass es etwas gab, das sie für ihn tun konnte.

»So hab ich das erfahren«, sagte er und fing mit einem Mal an zu lachen. »Das musst du dir mal vorstellen.«

Die Klimaanlage dröhnte und knackte.

»Warum lachen Sie denn?« fragte Klara.

»Weil es so absurd war.« Er trank sein Glas mit einem Zug aus.

»Sie meinen, alles worauf Sie bis dahin so stolz waren, gab es nicht mehr für Sie«, sagte Klara zögernd. Der Alte nickte.

»Ihr ganzer Alltag hatte sich plötzlich in Luft aufgelöst ...«, fügte sie langsam hinzu.

»Mein Gott«, stieß Ehrenstein hervor. »Hätte mir damals

jemand gesagt: Hermann, in einem Jahr heißt du nicht mehr Ehring, sondern Ehrenstein, und wirst auf einem Schiff voll jüdischen Flüchtlingen nach Südamerika fahren … Klara, glaub mir, ich hätte ihn nach Strich und Faden verprügelt.«

Klara räusperte sich. »Na ja, wenigstens sind Sie mit dem Leben davongekommen«, sagte sie.

»Ja, das sagen alle.«

»Entschuldigen Sie. Es war dumm, das zu sagen.«

»Nein, lass nur, das war's nicht. Weißt du, das Schwierige war für mich, als Jude zu überleben. Aber deutsch sein, das ging ja nicht mehr.«

»Und deshalb haben Sie beschlossen, kein Deutsch mehr zu sprechen.«

Der Alte nickte. »So fiel es mir jedenfalls leichter.«

»Haben Sie das Gustavo schon einmal erzählt?«

»Dem? Der hört sich so was doch nur an, um es bei der nächsten Gelegenheit gegen mich zu verwenden. Na ja, nichts für ungut.« Er sah nach der Uhr. »Meine Güte, es ist schon nach sieben. Ich habe dich doch viel zu lange aufgehalten.«

Klara half ihm, das Geschirr in die Küche zu bringen, bevor sie ging. Der alte Mann folgte ihr bis zur Tür. Vielleicht ging es vom Rollstuhl aus nicht anders, vielleicht bildete sie es sich nur ein, aber ihr war, als hätte Ehrenstein die Tür hinter ihr zugeknallt.

17

Gustavo war schon zu Hause.

»Klara!« rief er. »Ich habe mir so gewünscht, dass du anrufst.«

»Gehst du heute Nacht ins ›Paracultural‹?«

»Ja.«

»Gut«, sagte Klara.

»Dann bis gleich?«

»Ja, bis gleich.«

»Ich habe darauf gewartet, dass du mich anrufst«, sagte Klara, als sie nebeneinander an der Bar saßen.

»Nachdem ich dich einen ganzen Tag gelangweilt habe?«

»Du mich? Ich dachte, ich hätte dich gelangweilt.«

Ohne den Bart war sein Lachen fast nicht auszuhalten. Es war, als hätte er die letzte Sicherheitsvorkehrung zwischen ihnen beseitigt.

Als sie tanzten, hatte Klara das Gefühl, noch nie sei ihr ein Körper so vertraut gewesen wie Gustavos Körper.

Zurück an der Bar fragte sie ihn: »Pflegst du deinen Vater jeden Morgen und jeden Abend?«

»Mhm.«

»Sag mal, zwischen euch läuft etwas, das nicht gerade angenehm ist, stimmt's?«

»Na ja, da gibt es ein paar Dinge, die sind vor allem ihm unangenehm.«

»Macht es dir was aus, dass er Jude ist?«

»Ach du meine Güte. Das bedeutet hier gar nichts. Er könnte auch Schotte oder Türke sein.«

Sie bezweifelte, dass sie ihm das einfach so glauben konnte. Er nahm ihre Hand und sah ihr dabei in die Augen. »Hör zu, es gibt nichts an meinem Vater, was mich stört. Er ist vollkommen in Ordnung so, wie er ist. Er ist ein alter, kauziger Mann, der an seiner Heimat hängt. Er benimmt sich einfach nur wie einer, der noch immer in eine alte Geliebte verknallt ist. Sie hat ihn zum Teufel geschickt, aber er rennt ihr immer noch hinterher wie ein Idiot.«

»Na, ich weiß nicht, ob man das so vergleichen kann.«

Gustavo fuhr sich mit einer Hand durchs Haar.

»Ich sehe schon, dass ihr euch gut versteht. Was um Himmels willen ist denn so schlimm daran, die Dinge so einfach wie möglich zu sehen? Alle meine Freunde kommen zu mir, wenn sie einen Rat brauchen, nur mein Vater hält mich für einen Idioten.«

»Vielleicht hat es ja mit seinem Verhältnis zu seinem eigenen Vater zu tun«, sagte Klara vorsichtig. »Er hat mir heute eine Geschichte erzählt, wo es um deinen Großvater ging ...«

Gustavo unterbrach sie. »Ach, dieses Ding mit seinem Namen und dieser Uniform, ja die hat er mir schon hundert Mal erzählt. Und? Alle Menschen, die meinen Großvater kannten, haben ihn bewundert. Nicht einer hat ihn für einen Lügner gehalten. Nur mein Vater, sein eigener Sohn, hat ihm nie verziehen. Aber was hätte mein Großvater machen sollen? Es war doch klug, sich als jüdischer Künstler einen typisch deutschen Namen zuzulegen. Er wollte eben seine Familie schützen.«

Dagegen war nichts zu sagen, dachte Klara.

»Hör zu«, fuhr Gustavo fort. »Das ist alles längst vorbei. Und was hab ich davon, wenn mich mein Vater liebt. Wenn du mich küsst, ist mir das viel mehr wert.«

Gustavo beugte sich vor, zog ihr Gesicht mit einem Arm an seines heran und öffnete mit seiner Zunge ihre Lippen.

»Genug geredet«, sagte er, als er seinen Mund wieder von ihrem löste. Er ging zum Parkett. Sie glitt vom Barhocker und folgte ihm.

Mit jeder Runde fühlte ihr Tango sich besser an. Ihre Bewegungen wurden freier, das Spiel ihrer Beine einfallsreicher. Sie hielten immer länger eine perfekte Balance zueinander, und wenn sie das gemeinsame Gleichgewicht mal verloren, benötigten sie nur noch Sekunden, um es wiederzufinden. Sie wurden süchtig nach sich selbst und gönnten sich kaum noch Pausen. Als sie den Saal verließen, war es draußen schon hell und Gustavo fuhr direkt zu seinem Vater, um ihm bei der Morgentoilette zu helfen. Klara blieb unten im Wagen sitzen. Eine warme Helligkeit stieg in den Tag, bald würde daraus eine brütende Hitze werden und gleißendes Licht, das die Augen blendete. Sie dachte daran, wie Gustavo und sie die nächsten Stunden verbringen würden, und schon bei diesem Gedanken verspürte sie einen süßen ziehenden Schmerz. Als Gustavo endlich aus der Tür des Hochhauses kam und sich auf den Fahrersitz schwang, brauchte er sie nur anzusehen, um Bescheid zu wissen. Ein breites Lächeln glitt über seine Lippen.

»Hast du ihm eigentlich gesagt, wer da unten in deinem Auto sitzt und auf dich wartet?« fragte sie.

»Ich bitte dich, Klara. Warum sollte ich ihn denn quälen? ... Vor lauter Eifersucht würde ihn der Schlag gleich noch mal treffen.«

»Ach, Gustavo. Kannst du eigentlich auch mal was ernst nehmen?«

»Das war ernst!« sagte er lachend und gab Gas.

Als sie am Montagvormittag in die Combate de los Pozos zurückkehrte, begrüßte sie Tortuga mit einem Lächeln.

»Na, wie geht es deiner deutschen Tangofreundin.«

»Oh, prima. Wir verstehen uns gut.«

»Das freut mich«, erklärte der Alte und griff dabei nach einem hellbraunen Briefumschlag. »Hier, das ist heute morgen für dich gekommen.«

Klara erkannte die Schrift ihres Vaters. Er hatte »Brasilien« unter Buenos Aires geschrieben. Das war durchgestrichen und in einer fremden Schrift stand nun »Argentinien« darunter.

Klara setzte sich auf ihr Bett und hielt den Umschlag noch eine Weile ungeöffnet in der Hand. Ihr war eingefallen, dass sie ihre Geburtsurkunde noch nie gesehen hatte. Jedenfalls konnte sie sich nicht daran erinnern. Damals, als sie ihren ersten Personalausweis bekommen sollte, hatte ihr Vater darauf bestanden, sich selbst um die Formalitäten zu kümmern. Es war nicht das erste Mal gewesen, dass er auf solchen Dingen bestanden hatte. Damals war sie nicht auf die Idee gekommen, dass er vielleicht ein Geheimnis hüten könnte. Und wenn es so war? Wenn es für alles eine einfache Erklärung gab? Dass ihr Gefühl, sich selbst fremd zu sein, einen ganz einfachen Grund hatte? Vielleicht waren ihre Eltern gar nicht ihre wirklichen Eltern. Und wäre sie nicht nach Argentinien gefahren und auf diesen Dieb gestoßen, hätte sie davon vielleicht niemals erfahren. Eine elektrisierende Hoffnung schoss in ihr hoch. Mit zitternden Fingern öffnete sie den Umschlag und zog zwei Blatt Papier hervor. Das erste war ein kurzer Brief. Klara erkannte die Schrift ihrer Mutter.

»Wir hoffen, dass dir nichts mehr passiert. Deine Eltern«

Das Blatt darunter war die Kopie ihrer Geburtsurkunde. Zeile um Zeile war sorgfältig ausgefüllt. Der Name des Vaters, der Name und Geburtsname der Mutter und auf der letzten Zeile ihr eigener Name. Alles war mit Tinte in Druckbuchstaben geschrieben, ein runder Stempel und eine unleserliche Unterschrift bestätigten amtlich und unabänderlich, dass sie das Kind ihrer Eltern war. Eltern, die ihr wünschten, dass ihr nichts mehr passieren möge.

Klara konnte sich gut vorstellen, wie diese Zeile zustande gekommen war.

Vielleicht hatte es damit angefangen, dass sich die Mutter mit

Papier und Stift hingesetzt und gefragt hatte: »Was soll ich ihr denn schreiben?«

Und der Vater hatte gesagt: »Schreib ihr, dass sie sich uns gegenüber nicht alles herausnehmen kann. Ich meine, wir schicken ihr jetzt, was sie braucht, obwohl sie sich im Ton vergriffen hat. Da soll sie ruhig mal drüber nachdenken.«

Und vielleicht hatte die Mutter dann geschrieben: »Liebe Klara, obwohl du dich im Ton vergriffen hast, schicken wir dir jetzt, was du brauchst ...« und hat es dem Vater gezeigt und der hat sie angeschrien. »So kannst du das doch nicht schreiben.«

»Aber was soll ich dann schreiben?«

»Ich hab's dir doch gesagt, aber wenn's dir nicht passt, dann kannst du dir ja was anderes einfallen lassen.«

Und nun konnte Klara ihre Mutter vor sich sehen, wie sie über dem Blatt saß und grübelte und längst nicht mehr in der Lage war, sich zu fragen, was sie ihrer Tochter eigentlich schreiben wollte, sondern nur noch, was sie schreiben könnte, ohne dass ihr Mann sich noch mehr aufregte. Und dabei kam dann so ein Unsinn heraus. Warum wünschten sie ihr nicht gleich, ein Leben lang tot zu sein?

Klara steckte den Brief in den Umschlag zurück. Er hatte sie müde gemacht. Und außerdem hatte sie die Nacht mit Gustavo erschöpft. Sie legte sich hin und fiel in einen tiefen Schlaf.

18

Bruno lag wach. Obwohl er schon Stunden nicht mehr schlafen konnte, stand er nicht auf. Er tat nichts anderes als in den grauen Himmel zu starren.

Er fragte sich, ob er gerade dabei war, das Letzte, was er hatte, zu verlieren, oder ob er es vielleicht schon verloren hatte.

Am Abend zuvor hatte er mit Norbert in der Ankerklause gesessen, wie immer. Bier stand vor ihnen auf dem Tisch und sie schwiegen. Aber mit einem Mal hatte Bruno dieses Schweigen gestört. Er hatte Norbert Fragen gestellt, aber der hatte nur mit »mhm« oder »nö« geantwortet und selbst nicht den geringsten Versuch gemacht, auch nur ansatzweise irgendetwas zu sagen. Stumm wie ein Fisch saß er neben ihm, und Bruno dachte einen Moment lang, dass er sogar guckte wie ein Fisch. Vielleicht hatte er einen schlechten Tag, das kam vor, aber Bruno hatte trotzdem Lust zu reden, über irgendetwas, es musste nicht einmal was Wichtiges sein.

»Hab ich dir eigentlich schon mal von dem neuen Supervisor aus Hamburg erzählt?« fing er an. Norbert schüttelte den Kopf und so erzählte ihm Bruno von der Schicht, wo er wegen seines langen Fußmarsches vom Treptower Park zu spät ins Callcenter kam. Er schilderte ihm den Wortwechsel vor der versammelten Mannschaft und wie Daniel, bzw. Herr Hansen, ihn schließlich in den Supervisionskasten geholt hatte. »Ich geb mich also geschlagen und trotte dem Typen in seinen Glaskasten nach. Da macht er seine Aktentasche auf, und stell dir mal vor, was er da rausholt ...« Aber weiter kam er nicht. Mit einem Mal fuhr Norbert ihn an.

»Bist du bescheuert? Du willst mir doch jetzt nicht erzählen, dass du dich wirklich auf diesen Job eingelassen hast.«

»Jetzt mal langsam, Norbert. Ich sollte in die Interviews reinhören und gucken, ob sie ihren Kram ordentlich machen, was ist denn daran ...«

»Ich fass es nicht. Bruno, mein Freund, hört seine Kollegen ab und fragt mich, was daran schlimm ist! Jede Form von Bespitzeln macht Angst, verstehst du das nicht?«

»Jetzt krieg dich wieder ein, Norbert. Ich kann nichts dafür, dass du in diesem Stasi-Staat großgeworden bist.«

»Ihr habt euern Verfassungsschutz bis heute nicht abgeschafft!«

»Hör mal, Norbert, dieses Ost-West-Dingens können wir uns sparen. Und jetzt reg dich wieder ab. Es ist bei diesem einen Mal geblieben. Dieser Hansen hat am nächsten Tag noch tierischen Ärger gekriegt, weil er einem freien Mitarbeiter die Arbeit von einem Festangestellten gegeben hat. Er hätte damit eine gefährliche Vertrauensbasis geschafft. Das musst du dir mal reinziehen. Vertrauen soll was Gefährliches sein – und das in einem Laden, der *way of contact* heißt.«

»Ach, und damit ist die Sache für dich geklärt? Die obersten Chefs haben es verboten, und deswegen machst du es nicht mehr.«

»He, hast du nicht gehört? Ich hab nichts GEMACHT! Ich hab sogar mitgekriegt, wie Leute am Telefon ihre Privatgespräche geführt und dabei einen Fragebogen durchgeklickt haben. Ich hab das als OKAY abgespeichert, verstehst du, wovon ich rede?«

»Du hast Leuten bei ihren Privatgesprächen zugehört?«

»Vergiss es einfach.«

Sie hatten geschwiegen. Und nicht mehr aufgehört zu schweigen. Als ihre Biergläser leer waren, hatte Norbert sich erhoben, als wolle er neue holen, aber dann war er einfach rausgegangen. Ohne irgendetwas zu sagen. Nicht mal tschüss.

Bruno hatte sich noch ein Bier geholt. Er setzte sich wieder auf den Eckplatz und starrte in die volle Kneipe. Die Gespräche krachten aneinander wie die Biergläser, man kam hierher, um sich anzuschreien, um so oft wie möglich zu lachen, egal worüber, als hätten die Leute es zu Hause stundenlang vorm Spiegel trainiert, wie man das macht, zu lachen, obwohl man eigentlich gar nichts lustig fand. Brunos Blick fiel in einen matten Spiegel, schwarze Punkte zogen sich über das Glas. Nur ungefähr sah er einen dunklen Typen hinter einem Bierglas. Das Besondere an ihm war, dass es um ihn herum freien Raum gab, während der Rest der Anwesenden aussah, als wären sie dabei, sich ineinander zu verhaken, Gesten, die ineinander griffen, Hände, die sich auf fremde Körperteile legten. Saß er jetzt nicht genauso da wie sein Vater? Allein mit seinem Glas und mit seinem letzten Freund zerstritten. Bruno war aufgestanden, hatte das angelehnte Fenster aufgezogen und sein Glas hinausgeworfen. Das Bier war durch die Luft geflogen und das schwere Glas platschte in den Landwehrkanal. Niemand hatte davon etwas mitbekommen. Dann war Bruno nach Hause gegangen.

Er schaute immer noch aus dem Fenster. Die graue Wolkendecke riss auf und gab ein Stück blassblauen Himmels frei. Bruno konnte nicht länger liegen bleiben. Er wühlte sich aus dem Bett und ging in die Küche. Als der Kaffee fertig war, steckte er sich eine Zigarette an. Vor ihm lag ein Stapel Papier. Klara schrieb in letzter Zeit viel, und er hatte angefangen, sich ihre Selbstgespräche auszudrucken.

Er nahm sich den Brief, den sie als letzten geschrieben hatte, und fing mittendrin an zu lesen.

... was rege ich mich eigentlich so auf? Hat Gustavo nicht Recht? Mit dreißig wird es allmählich Zeit, sich damit abzufinden, dass die Dinge so sind, wie sie sind. Wenn sich meine Eltern gegenseitig in den Wahnsinn treiben, kann ich wohl nichts anderes machen, als ihnen stillschweigend dabei zuzusehen. Ich kann froh sein, dass sie mich nicht so brauchen, wie der alte Ehrenstein seinen Sohn braucht. Dass ich sie nicht jeden Tag sehen muss. Und falls es doch mal so weit kommen sollte – wer weiß, bis dahin kann ich vielleicht sogar begreifen, dass das, was in meinen Augen wie die reinste Hölle aussieht, nichts anderes ist als ein unzerstörbarer Bund, über alle Einwände von außen erhaben.

Am liebsten hätte Bruno ihr zurückgeschrieben. Dann hätte er ihr von seinem Vater erzählt.

Es waren Polizisten, die ihn vom Tod seines Vaters informiert hatten. Sie hatten Brunos Nummer im Speicher seines Telefons gefunden. Es war die letzte, die gewählt worden war. Und der Beamte sagte ihm, der Hörer habe neben dem Toten auf dem Boden gelegen. Bruno griff nach der nächsten Zigarette und rauchte und hatte beim Rauchen das Gefühl, er müsste sich eine Zigarette anstecken. Er war definitiv an einem toten Punkt.

Normalerweise war er an solchen Tagen froh, wenn er einen Job hatte. Aber im Callcenter war Bettina und zeigte ihm, sobald sie ihn sah, dass er der letzte Idiot für sie war. In einer Stunde musste er da wieder hin. Er dachte daran, einen Rotwein zu öffnen, aber so durfte er auf keinen Fall anfangen. Er hatte noch nie vor der Arbeit getrunken.

Sein Anrufbeantworter fiel ihm ein. Jeden Tag hörte er eine Menge von diesen gespeicherten Begrüßungen. Musikaufnahmen, private Sprechgesänge, Lachtiraden, Kinderstimmen. Aus Langeweile hatte er zwischendurch mal sich selbst angerufen. Und war erschrocken. »Hier Bruno. Nachrichten nach dem Signalton.« Wer bis dahin noch was sagen wollte, legte spätestens jetzt den Hörer auf.

Er nahm sich noch einen Kaffee und mit einer neuen Zigarette im Mund hockte er sich vor das Gerät, das auf dem Fußboden stand.

Er sagte sich, dass es am besten wäre, wenn er gar nicht erst nachdachte, wenn er das sagte, was ihm als erstes einfiel. Er drückte auf den Startknopf. »Hi, Norbert. Ich hab auf deinen Anruf gewartet.« Das löschte er sofort. Obwohl es stimmte. Natürlich stimmte es. Einen Moment überlegte er sogar, Norbert anzurufen. Aber das verwarf er gleich wieder. Nach seinem Abgang letzten Abend war es nun wirklich Norberts Angelegenheit, Bescheid zu geben, ob er wieder zu einem normalen Gespräch bereit war. So einfach ließ man Bruno schließlich nicht allein in einer Kneipe sitzen. Bruno zog tief an seiner Zigarette und konzentrierte sich wieder auf den Anrufbeantworter.

Diesmal überlegte er ein bisschen länger, bevor er den Knopf drückte. »Hi, hier ist Bruno, was gibt's?« Das klang auch nicht gerade einladend. Er probierte es noch mal. »Hi, es freut mich, dass du oder Sie anrufen, bin aber zur Zeit nicht da. Können Sie oder du mich eventuell später noch mal …« Was denn nun? Sie oder du? Wer rief ihn überhaupt an außer Norbert? Wenn er sich richtig erinnerte, war das Gerät zum letzten Mal in der vorigen Woche zum Einsatz gekommen, und das war bei seinem eigenen Testanruf gewesen. Er konnte den Anrufbeantworter einfach ausschalten. Er tat es, aber kaum sah er das Standby-Lämpchen verlöschen, merkte er, dass es ihm genauso ging wie Millionen von Telefonbesitzern auf der ganzen Welt. Er war bereit, auf ein Wunder zu warten. Zumindest auf Überraschungen. Also stellte er den Anrufbeantworter wieder an. Das Unvorhergesehene, so hatte er mal in einem Päckchen für Zigarettenpapier gelesen, würde einem nur geschehen, wenn man es für möglich hielt. Vielleicht musste er sich den Anrufer oder besser die Anruferin vorstellen, auf deren Anruf er wartete, um den richtigen Spruch zu finden. Er versuchte es mit Klara, auch wenn seine Vorstellung wieder nicht weiter kam als bis zu ihren schwarzen Haaren und schemenhaften Gesichtszügen. Er schaltete den Anrufbeantworter wieder ein und drückte den Aufnahmeknopf. »Hallo, hier ist Bruno. Schön, dass du anrufst. Bitte hinterlass deine Telefonnummer, ich ruf dich zurück.«

Aber jetzt musste er wirklich los.

19

Bruno fragte sich, was die Supervisoren eigentlich mit ihrem ganzen Geld machten, das sie als Festangestellte verdienten. Seit Wochen trug Michael dasselbe dunkelgrüne Kapuzenshirt. Er stand mitten im Telefonstudio, die Beine in ausgebeulten Jeans gespreizt.

»Bevor ich zur Studie komme, möchte ich euch ein paar allgemeine Sachen sagen.« Er ließ seinen Blick einmal durch die Runde kreisen. Unter seinem Lächeln verschoben sich seine beiden roten Wangenflecken nach oben. Bruno fragte sich jedesmal, was dieser Michael an seinem Job eigentlich so lustig fand.

»Es gibt hier ein paar Regeln, die in letzter Zeit ziemlich verschlampt sind«, fuhr er fort. »Deshalb haben wir uns jetzt für ein zweites Controlling entschieden. Das erste kennt ihr ja schon. Eure Interviews werden in Stichproben abgehört. Als Zweites wird unser Kollege Hansen sich um die Kontakt-Abstinenz im Studio kümmern. Kurz gesagt, ab heute gibt es eine Aufsicht. *Way of contact* ist die Definition für unsere Art der Feldforschung, aber nicht die Bezeichnung für ein Partnervermittlungs-Institut, ich denke, ihr wisst, was ich meine.«

Zustimmendes Kichern. Zumal alle wussten, dass Michael seine neue Freundin hier im Telefonstudio kennen gelernt hatte. »Übrigens scheinen einige den Unterschied zwischen höflichem Gespräch und Anbaggern nicht ganz zu kapieren«, fügte er noch hinzu. »Die Befragten sind für euch tabu! Und wenn sie sich hundert Mal mit euch verabreden wollen. Solange ihr hier drin seid, macht ihr keine privaten Dates mit Probanden aus. Ist das klar?« Er fixierte Bettina, die bis unter die Haarspitzen rot anlief, und wartete, bis sie endlich zaghaft nickte. »Gut«, sagte er, lächelte noch fröhlicher als vorher und wendete sich wieder dem gesamten Studio zu. »Dann kommen wir jetzt mal zur Arbeit.«

Er hielt die Einweisung kurz, im Grunde war sie auch überflüssig, schließlich lasen sie alle Fragen vom Computer ab. Ein Haarshampoo-Hersteller wollte das Interesse an neuen Duftkombinationen testen und im zweiten Teil ging es um die Erfindung einer neuen Eissorte. Kaum war Michael fertig, fingen alle zu telefonieren an. Daniel Hansen stolzierte durch die Reihen, spielte mit seinem Uhrkettchen in der Weste und unterband mit seinen Blicken jedes private Gespräch. Ein Napoleon, dessen Artillerie aus einem Raum voller aneinandergerückter Tische bestand. Störanfällige Computer, die mindestens einmal am Abend abstürzten, lavede Kopfhörer und Telefonanlagen mit schwacher Akkustik, das waren die Geschütze mit denen sein Heer auf Feldforschung ging. Und die Rekruten waren Studenten, die für ihr gutes Gewissen arbeiteten, es aber eigentlich nicht mussten, weil sie Eltern hatten, die ihnen den Lebensunterhalt zahlten. Es war lächerlich, wie sich Daniel aufspielte. Allein ihm dabei zuzusehen war Bruno peinlich. Er hoffte inständig, dass niemand dahinter kam, dass ausgerechnet er, Bruno, diesen Mann jeden zweiten Abend anstelle einer Frau an seine Brust drückte und ihn nach seinen Anweisungen über den Laminatboden seiner Penthouse-Wohnung schob.

Vier Tische weiter, direkt in Brunos Blickfeld, saß Bettina. Trotz der Kälte trug sie einen Pullover mit einem tiefen Ausschnitt. Er war aus weißer flauschiger Wolle.

Und irgendwie wurde Bruno das Gefühl nicht los, sie hatte sich mit ihrem Ausschnitt mit Absicht vor seine Augen gesetzt. Irgendwas musste seit gestern mit ihr passiert sein. Anstatt ihn weiter mit eisigen Blicken zu strafen, hatte sie ihm heute schon mehrmals zugelächelt. Und sobald er sich wegdrehte, spürte er, dass sie ihn mit ihren Blicken fixierte. Als sie aufstand und mit einer Schachtel Zigaretten in der Hand Richtung Flur ging, nutzte er sein Chance.

»He, was soll das, Bettina? Wir sind doch quitt, oder nicht?«

»Was hast du? Ist es verboten, dich anzuschauen?«

»Es NERVT!«

»Tut mir leid, aber wie du die Sache neulich abgebrochen hast, das war auch nicht gerade angenehm.«

»Abgebrochen? Du hast mich rausgeschmissen!«

»Komm, Bruno, spiel nicht den Blödmann. Du wolltest doch gehen. Ich würde sogar sagen, du bist davongelaufen.«

»Und?«

Plötzlich veränderte sich ihr Blick und wurde merkwürdig weich und glänzend.

»Du musst nicht weglaufen«, sagte sie. »Ich hab keine Angst vor großen Gefühlen.«

»Also, ich kann ja nur ahnen, was du mir grad erzählen willst, aber vergiss es. Du hast bestimmt bald wieder einen in der Leitung, dem du denselben Schnee erzählen kannst.«

Sie stöhnte auf. »Mein Gott, ja, es stimmt, ich hab versucht, mich abzulenken. Aber das hat nur dazu beigetragen, dass ich jetzt noch besser als vorher weiß, dass du es bist.«

»Dass ich WER bin?«

»Weißt du, ich hab von uns geträumt«, eröffnete sie ihm. »Und ich glaub, wir sind füreinander bestimmt.«

Sie bekam nicht einmal rote Flecken, als sie das sagte. Makellos schimmerte ihre hellbraune Haut im weißen Ausschnitt.

»Bettina, das hat doch keinen Zweck.«

»Aber wieso, ich merke doch, dass du was für mich empfindest. Schau mal, jetzt zum Beispiel bist du wütend auf mich, aber das könntest du gar nicht sein, wenn ich dir egal wäre.«

»Entschuldige, aber das ist das Bekloppteste, was ich jemals von einer Frau gehört habe.«

»Das ist nur ein Ausdruck deiner Abwehr«, sagte sie. »Aber weißt du, du musst keine Angst haben, dass ich dich gleich wieder verlassen würde. Und es macht mir wirklich nichts aus, dass du zehn Jahre älter bist. Du kannst deine Gefühle ruhig zulassen.«

»Also, gib dir bitte keine Mühe, über meine Gefühle nachzudenken«, sagte er. »Es lohnt sich nicht, weißt du. Ich hab nämlich keine. Nicht mal der Sex mit dir hat mich berührt. Aber tröste dich, das hat nichts mit dir zu tun.«

Er drehte sich um und ging durch den Flur davon. Sie hatte ihm nichts Böses getan, dachte er. Es gab keinen Grund, sie zu verletzen. Vor ihm öffnete sich die Studiotür und Michael kam heraus.

Er entdeckte Bettina sofort. Sie hatte die Ärmel ihres Pullovers über die Hände gezogen und ihr Gesicht in dem weißen Flausch vergraben.

»Was iss'n hier los?«

»Nichts.« Bruno wollte reingehen, aber Michael hielt ihn fest. »Du weißt, wir sehen es nicht gern, wenn die Kontakter was miteinander haben. Zumindest möchten wir nicht, dass was davon zu merken ist.«

»Keine Sorge«, sagte Bruno. »Hier läuft ganz bestimmt nichts.«

Als er Bettinas Schluchzen hörte, zog er schnell die Tür hinter sich zu.

20

Die Tage mit Gustavo waren wie von einer unsichtbaren Hülle umgeben. So, als befänden sich Klara und er in einer gläsernen Halbkugel, und sobald sich der Boden über sie drehte, versanken sie kopfüber in einen Wirbel von Berührungen. Sie taten nichts mehr für sich selbst, jede Bewegung war für den anderen. Sie hielten einander und trafen sich im Innersten ihrer Körper.

In den Nächten gingen sie tanzen, und wenn Gustavo es einrichten konnte, nahmen sie vorher Unterricht. Ihr Tango wurde immer perfekter. Mit anderen Partnern tanzten sie nur, wenn es die Höflichkeit verlangte. Aber selbst dann, so schien es Klara, blieb eine unsichtbare Verbindung zwischen ihnen bestehen. Manchmal glaubte sie sogar, Gustavos Herzschlag durch den ganzen Saal zu hören.

Sobald Gustavo am Morgen die Tür hinter sich schloss, verspürte Klara eine heftige Sehnsucht nach ihm. Sie blieb reglos sitzen, um sich an seine Abwesenheit in den nächsten Stunden zu gewöhnen. Die Zeit, die sie nicht zusammen verbrachten, war Zeit, die sie trennte, sonst nichts. Je näher der zwanzigste Dezember rückte, der Tag, an dem Klara zurückfliegen sollte, umso mehr taten sie so, als käme er nicht, als würde ihre gemeinsame Zeit einen Tag vorher stehen bleiben.

Dass Klara längst angefangen hatte, darüber nachzudenken, verriet sie Gustavo nicht. Vier Tage vor ihrem Rückflug bat sie ihn, eine Nacht allein zu sein. Er verlangte keine Erklärung. Er habe in alles Vertrauen, was sie tue, sagte er.

Tortuga freute sich, Klara wiederzusehen. Sie unterhielten sich den ganzen Abend. Klara wollte ihm von Gustavo erzählen, aber viel wollte der Alte nicht hören. »Ich hab da volles Vertrauen in dich«, sagte er. »Er ist bestimmt ein feiner Kerl.«

Dann holte er einen Band Nietzsche und las ihr vor, was der über die Liebe geschrieben hatte. Ihm fiel ein, dass Hegel und Kant und noch eine Menge anderer Philosophen etwas zu diesem Thema gesagt hatten. Immer wieder stand er vom Tisch auf und lief in seine Bibliothek. Er arbeitete sich bis in die Antike zurück und am Ende des Abends türmten sich die Bücherstapel auf seinem Tisch. Zum Glück fragte er Klara nicht, was ihr am besten gefallen hätte. Sie hatte zugehört, aber alles schon wieder vergessen. Zu sehr war sie mit ihren eigenen Gedanken beschäftigt. Aber von denen wollte sie Tortuga lieber nichts erzählen.

In der Nacht schlief sie kaum. Sie lag auf ihrem schmalen Bett unterm Fenster, das Leinentuch nur bis zum Bauch hoch gezogen, und wälzte sich von einer Seite zur anderen. Als die Sterne am Himmel verblassten und das Licht als Vorbote neuer Hitze heraufzog, stand ihr Entschluss fest.

Sie stand noch vor Tortuga auf, duschte sich, trank einen Kaffee, suchte ihr Flugticket aus dem Schrank, steckte es in die Tasche und ging los.

Als sie Manolos Internet-Café sah, bekam sie Lust, ein paar Zeilen zu schreiben.

Im Grunde ist meine Entscheidung gar nicht so großartig, schrieb sie. *Ich entscheide mich doch nur für das, was sich längst von allein entwickelt hat. Ich wähle, was ich bereits bekommen habe. Mehr nicht. Und ich hebe eine Entscheidung auf, die ich vor zwei Monaten getroffen habe, weil sie dem Lauf der Dinge nicht mehr entspricht.*

Über das Gesicht der Angestellten glitt ein Lächeln, so als würde sie sich über Klara amüsieren. »Ich kann Ihnen das Geld für den Rückflug nicht auszahlen«, sagte sie und ihre Miene war schon wieder sehr ernst. »Das einzige, was ich Ihnen anbieten kann, ist eine Umbuchung. Wir verlängern die Gültigkeit Ihres Tickets auf ein Jahr, innerhalb dieser Zeit können Sie Ihren Rückflugtermin wählen. Es kostet sie nur ein paar Dollar Gebühren.«

»Die spar ich mir lieber«, sagte Klara und ging zur Tür. Das Ticket ließ sie liegen.

»Warten Sie«, sagte die Angestellte. »Und denken Sie mal kurz nach. Sie haben sich gerade erst entschieden zu bleiben, stimmt's? Heute morgen, vermute ich.«

»Ich finde, das geht Sie nichts an.«

»Pardon, aber Sie sind nicht die erste, die so vor mir steht. Ich möchte Ihnen nur sagen: Wenn Ihr Entschluss schon dadurch gefährdet ist, dass Sie Ihr Ticket mitnehmen, dann ist er nicht viel wert.«

Wenn es dieser Frau nur um die Gebühr ging, beherrschte sie ziemlich gute Tricks, dachte Klara.

»Dreißig Dollar für eine Option«, redete sie weiter auf Klara ein. »Und wenn Sie es in einem Jahr verfallen lassen, dann können Sie sich wenigstens sicher sein, dass Ihre Entscheidung richtig war.«

So was Ähnliches hatte vor nicht allzu langer Zeit schon mal jemand zu ihr gesagt. Und der konnte schon jetzt seinen Kopf drauf verwetten, dass Klara nicht mehr zurückkam. Aber dann dachte sie an Gustavo. Und sie konnte sich gut vorstellen, was er dazu sagen würde. »Mir ist es lieber, wenn du hier bleibst, weil du nicht zurückwillst, und nicht, weil du es nicht mehr kannst.« Es war verrückt, wie gut sie ihn kannte.

Sie zog die dreißig Dollar aus ihrer Geldbörse und steckte ein paar Minuten später das Ticket mit den Vermerken der Angestellten wieder in ihre Handtasche. Im Seitenfach klapperte Gustavos Wohnungsschlüssel.

Auf dem Heimweg ging sie in den Supermarkt. Es musste etwas ganz Besonderes sein, womit sie Gustavo heute Abend empfing.

»Tragen Sie selbst oder sollen wir es bringen?« fragte die Kassiererin mit einem Blick auf den vollen Einkaufswagen. Der Lieferservice war kostenlos und würde in zwei Stunden da sein.

»Bringen Sie es bitte.« Klara nahm ihre Karte mit dem Kassenbon entgegen und ging wieder hinaus auf die Straße. Es war erst früher Nachmittag. Sie hatte noch Zeit, um einen Bummel durch die Santa Fé zu machen.

In zehn Boutiquen zog sie Kleider an und aus, bis sie endlich das richtige fand. Es war aus rotem Chiffon und auf beiden Seiten tief ausgeschnitten. Klara öffnete den Kabinenvorhang und ging zum Spiegel.

Die Verkäuferin strahlte sie an. Sie war stark geschminkt, und

Klara fand, dass die vielen Falten in ihrem Gesicht dadurch mehr betont als kaschiert wurden.

»Wenn du das zum Fest anziehst«, sagte sie, »werden dich alle für den Weihnachtsengel persönlich halten.«

Sie musste eine ziemlich erotische Vorstellung von Engeln haben, dachte Klara. Kurz darauf fiel das kleine Häufchen Stoff auf den weißen Boden einer riesigen Papiertasche. Mit dem luftigen Paket in der Hand betrat Klara die Straße. Vor einer Ampel hatte sich ein langer Stau gebildet, und es erhob sich ein Lärm wie im Fußballstadion, wenn die eigenen Stürmer gerade auf das gegnerische Tor zuspielen.

21

Gustavo ließ auf sich warten und Klara war froh darüber. In der Küche dauerte alles viel länger als sonst. Ständig fiel ihr etwas herunter, das Kartoffelwasser kochte über. Manchmal vergaß sie einfach, was sie machen wollte, und starrte durch die Küchenluke nach oben. Am Ende der vier Schachtwände leuchtete ein winziges himmelblaues Viereck. Sie fing an zu singen. Das tat sie oft, wenn sie Angst hatte. Sie sang *›el dia que me quieras‹* und *›palomita blanca‹*, die einzigen Tangos, die sie auswendig kannte.

Der Saft einer Tomate spritzte beim Schneiden auf das neue Kleid. Vor Verzweiflung hätte sie am liebsten geweint. Aber sie riss sich zusammen, bearbeitete das Kleid mit Wasser und Fön, dann legte sie eine CD mit Chacareras ein. In einem Lied wurden zwei Liebende besungen, die weit voneinander entfernt leben mussten. *»Una carta, mi amor«*, klagte eine Männerstimme. So würde sie sich fühlen, wenn sie jeden Tag auf eine E-Mail von Gustavo warten müsste. Sie summte die Lieder mit, während sie die Schüssel mit Salat füllte, Avocado- und Olivenpaste anrührte, Brot aufschnitt. Als alles fertig war, war Gustavo immer noch nicht zurück. Sie zündete die Kerzen an, wartete, trank ein Glas Wein, rauchte. Nach einer Weile hatte sie das Gefühl zu schweben. Ihr war, als triebe sie gerade zwischen Himmel und Hölle dahin.

Endlich hörte sie den Aufzug und Gustavos Schritte auf dem Flur. Als er den Schlüssel im Schloss drehte, spürte sie das Rasseln auf ihrer Haut.

Verwirrt musterte er den gedeckten Tisch.

»Ich dachte, wir hätten noch drei Tage Zeit bis zum Abschied.«

»Es soll auch kein Abschied sein.« Sie lächelte ihn an, aber sein Gesicht blieb ernst. Seine dunklen Augen waren ohne Glanz. Die blonden Haare klebten an seinem Kopf. Er sah völlig erschöpft aus und schien nicht einmal ihr Kleid zu bemerken.

»Was ist los?«, fragte Klara. »Setz dich doch.«

Sie schenkte ihm Wein ein und wartete. Er presste seine Lippen zusammen. Manchmal war sie einfach zu schnell. Sie wusste das.

»Soll ich erst einmal die Steaks braten?«

Er nickte.

Sie ging in die Küche und riss die Luke auf, damit der Bratendunst abziehen konnte. Sie rieb die Bratpfanne mit einem Stück Speck aus, so wie Gustavo es ihr gezeigt hatte, wartete, bis der Speck sich aufgelöst hatte, warf die beiden Scheiben Fleisch auf das Eisen und beobachtete die Poren. Sobald das Blut heraustrat, salzte sie das Fleisch. Die Kruste schloss sich und über den Fasern bildeten sich dunkelrote Pfützen. Noch wenige Sekunden, dann musste sie das Fleisch wenden. Ihr war, als hinge alles davon ab, wie gut ihr diese Steaks gelangen. Laut zischte das Fett, als sie die rohen Seiten auf die Pfanne legte. Im Zimmer hatte Gustavo eine neue CD aufgelegt. Salontangos. Musik, die einen vorwärtstrieb, die keinen Stillstand zuließ. Vielleicht war das gut so. Als sie die Steaks brachte, drückte er seine Zigarette aus und räumte den Aschenbecher vom Tisch. Er hatte die Salate auf beide Teller verteilt.

Sie hob das Fleisch aus der Pfanne.

»Sehr gut«, sagte er nach dem ersten Bissen. Aber Klara merkte, dass er sich anstrengen musste, um sie zu loben.

»Was ist los, Gustavo?«

»Mein Vater hat einen Revolver für mich gekauft.«

Klara legte Messer und Gabel hin.

»Du hast ihn nicht genommen«, sagte sie.

»Natürlich nicht.«

Er fuhr sich mit beiden Händen durch sein Haar. Die Strähnen stachen wie Stroh zwischen seinen Fingern hervor. »Mein Gott, er hat wirklich nicht gerade viel Geld. Ich möchte nicht wissen, wie viel er für dieses Ding bezahlt hat. Stell dir vor: Er hat es auf den Tisch gelegt und gesagt: Hier, dein Weihnachtsgeschenk. Papa, sag ich zu ihm. Weihnachten ist das Fest des Friedens, verstehst du, was ich meine? Und außerdem, ist es noch eine ganze Woche bis dahin. Warum wartest du nicht wenigstens die Zeit ab mit deinem Geschenk? Und weißt du, was er antwortet? Ich würde ihm noch mal dankbar sein, dass er mir dieses Ding gekauft hat. Ach ...« Er warf seine Hand durch die Luft. »Was erzähl ich dir das alles. Ich hab das Ding nicht genommen und werde es auch nicht nehmen. Basta.«

Er säbelte ein großes Stück von seinem Steak und verschlang es mit zwei, drei Kaubewegungen. »Und ich wäre froh, wenn ich ihn mal ein paar Tage nicht sehen müsste«, setzte er hinzu.

Klara nickte. »Das kann ich verstehen.«

Sie aßen schweigend zu Ende. Gustavo war zu sehr mit sich beschäftigt, um dieses Schweigen überhaupt zu bemerken.

»Ich könnte das für dich machen«, sagte sie.

»Was könntest du machen?«

»Ich könnte deinen Vater pflegen. Sieh mal, ich hab überhaupt nichts zu tun. Ich faulenze den ganzen Tag, während du schuftest.«

»Aber warum solltest du das denn machen? Ich glaub nicht, dass er sich drüber freuen würde, wenn du ihm beim Waschen hilfst. Er hat immer drauf gewartet, dass du ihn noch mal besuchst.« Gustavo schob den leeren Teller von sich. »Ich an deiner Stelle wüsste auch was Besseres, als diesen Stinkstiefel zu besuchen. Aber du fliegst ja sowieso in drei Tagen.«

»Gustavo, ich hab mir überlegt ...« Aber weiter kam sie nicht.

»Nein, und überhaupt, jetzt hab ich ganz vergessen, dir das Wichtigste zu erzählen. Eigentlich wollte ich es dir gleich zuerst sagen. Ich hab die nächsten Tage freigenommen. Bis zu deiner Abreise muss ich nicht mehr arbeiten.«

»Das ist schön«, sagte sie, nahm seinen leeren Teller und trug ihn mit ihrem in die Küche. Sie zog die Küchentür hinter sich zu. Sie musste die Dinge vollkommen falsch gesehen haben. Wie kam sie überhaupt darauf, dass Gustavo sich wünschte, sie würde bleiben. Nicht ein einziges Mal hatte er irgendetwas gesagt, das darauf auch nur hindeutete. Ihre Abreise schien für ihn so unabänderlich wie der Sonnenuntergang. Sie wusch das Geschirr ab, kochte Kaffee und holte den Flan aus dem Kühlschrank. Sie verteilte den Pudding auf zwei Teller und verzierte ihn mit Minzeblättern. Erst als sie den Kaffee in die Tassen füllte, begriff sie, dass Gustavo sie einfach nicht darum bitten konnte zu bleiben. Nur ein Idiot, der sich für nichts verantwortlich fühlte, hätte eine Frau aus Deutschland gebeten, jetzt in Argentinien zu bleiben. Die halbe Stadt rechnete mit dem Ausbruch eines Bürgerkrieges. Sie trug das Tablett mit dem Dessert und dem Kaffee zum Tisch.

Er sah auf.

»Was für ein Kleid, kleines Herz. Entschuldige, ich hab das

eben gar nicht bemerkt. Die Tänzer in Berlin werden umfallen, wenn du so auftauchst.«

»Ach, ich weiß nicht. Ich fürchte, es gibt überhaupt nichts, was deutsche Tänzer zum Umfallen bringt.«

»Die Ärmsten«, erwiderte er und ließ seinen Blick auf ihr liegen, ohne den leisesten Kommentar. Noch nie zuvor hatte jemand sie so angesehen, sie so vollkommen akzeptiert.

Er griff nach seinem Zigarettenpäckchen, bot ihr eine an, nahm sich selbst eine, gab ihr Feuer. Sie konzentrierte sich auf die Glut an ihrer Zigarette und sein Blick, der auf ihr lag, wurde schärfer. *»Que pasó?«* fragte er und wartete. Noch hatte sie nichts gesagt. Noch konnte sie ihr Ticket auch wieder zurückbuchen lassen. Die Glut kroch am weißen Papier ihrer Zigarette entlang. Was, wenn Gustavo entsetzt war von ihrem Entschluss, wenn sie für ihn wirklich nichts weiter war als eine Affäre und er froh war, dass bald wieder Ruhe einkehrte. Aber einmal im Leben musste man alles riskieren, dachte sie und drückte ihre Zigarette aus.

»Ich bleibe hier«, sagte sie.

»Du meinst, noch ein paar Wochen.«

»Nein. Ich meine, ich will hier leben.«

»Corazon.« Er stand auf, er lief ein paar Schritte, soweit das in der kleinen Wohnung möglich war, setzte sich, stand wieder auf, kam zu ihr, nahm sie in die Arme, ließ sie wieder los, setzte sich vor sie, starrte sie an. Ganz langsam begann er zu nicken. »Gut«, sagte er. »Wenn du willst. Wenn du es dir wirklich gut überlegt hast. Gut«, sagte er.

Dann stand er wieder auf, um sie in die Arme zu nehmen.

»Corazoncito mio«, flüsterte er. »Mein kleines Herz.«

An diesem Abend gingen sie zu keiner Milonga. Sie breiteten die Matratze im Zimmer aus und legten sich nebeneinander. Sie hielten sich fest, sie nahmen sich gegenseitig in Schutz. Und das war so wichtig, dass sogar das Begehren in ihren Körpern schwieg, dass Klaras Schoß nichts verlangte und auch Gustavos Geschlecht den Frieden teilte, den sie miteinander schlossen, in diesem einen Moment.

22

Gestern sind wir wieder tanzen gegangen, las Bruno. Klara hatte lange nicht geschrieben, aber jetzt war das Fenster bis zum unteren Rand mit Zeilen gefüllt. Bruno holte sich einen Kaffee von der Theke, machte es sich bequem und las weiter.

Wir haben schon eine Stunde getanzt, da fragte mich Gustavo mit einem Mal: »Woran denkst du, wenn wir miteinander tanzen.«

Ich hatte gerade an meine Eltern gedacht und mir vorgestellt, wie sie sich aufregen werden, wenn sie meinen Brief erhalten. Und ich dachte, dass es mir egal ist. Ich habe kein schlechtes Gewissen mehr, weil ich tue, was ich für richtig halte. »Ich weiß, dass sie gern eine andere Tochter als mich hätten«, sagte ich zu Gustavo. »Und es tut mir auch leid, dass ich das nicht für sie sein kann.«

Gustavo schwieg. Es sah aus, als ob ihm nicht gefiel, was ich gesagt hatte. Ich fügte hinzu, dass das alles ja auch nicht so schlimm sei. Schließlich gibt es ja meine beiden Schwestern. Auch, wenn ich sie nie leiden konnte, weil sie sich immer über mich lustig gemacht haben, jetzt bin ich doch froh, dass sie da sind und dass sie so sind, wie sie sind. Hätten meine Eltern nur mich, sie würden wahrscheinlich sehr unglücklich sein. Das versuchte ich Gustavo zu erklären, aber er unterbrach mich.

»Wenn es so wäre, dann wäre alles anders und du würdest sie nicht allein lassen!« Er war mit einem Mal wütend. Ich fragte ihn, warum.

»Es gefällt mir überhaupt nicht, dass du in meinen Armen über alles nachdenkst, was dir gerade in den Kopf kommt«, sagte er. Er meinte, dass es schwer genug sei, in einem vollen Saal zu tanzen. Er könne es sich jedenfalls nicht leisten, beim Tanzen über seinen Vater nachzudenken.

»Aber mein Körper ist vollkommen auf dich konzentriert«, sagte ich. »Und wenn meine Gedanken beim Tanzen in Bewegung geraten, das ist doch nichts Schlechtes. Und außerdem ist das doch nur so, weil du mich so wunderbar führst.«

»Na fein«, sagte er. »Das ist aber nicht gerade das, was ich erreichen will.«

»Was willst du denn erreichen?«, fragte ich, und er fuhr mich an: »Was fragst du so? Dass wir zu zweit nur EINEN Tango tanzen und nicht jeder sein Tänzchen macht! Darum geht es ja wohl, oder nicht? Warum schließt du eigentlich nie die Augen beim Tanzen?«

Ich erzählte ihm, dass in Berlin mal ein Mann sauer auf mich war, weil ich die Augen geschlossen hatte. Er meinte, so würde ich die gesamte Verantwortung ihm allein überlassen.

»Berlin ist vorbei«, blaffte Gustavo mich an.

Ich hatte keine Lust mehr. Gustavo sagte auch nichts und starrte nur eine Weile beleidigt vor sich hin. Dann fragte er plötzlich: »Bist du dir wirklich sicher, Klara, dass du hier bleiben willst?«

»Wieso fragst du das?«

Er sagte: »Ich hab das Gefühl, du willst dich nur über mich lustig machen. Du nimmst dir jetzt alles, was du kriegen kannst, und wenn du genug hast, dann nimmst du dein Ticket und haust wieder ab.«

»Also, wenn's darum geht, das Ticket kannst du gerne haben«, sagte ich.

»Quatsch, natürlich geht's nicht darum«, sagte er und fuhr wieder einmal mit der Hand durch die Luft, als wollte er etwas

wegschleudern. Gustavo sieht unheimlich aus, wenn er wütend ist. Vielleicht liegt es an den braunen Augen und dem blonden Haar, ich weiß nicht, jedenfalls konnte ich ihn keine Sekunde länger ansehen.

Ich sagte ziemlich leise: »Ich würde dir ja gern beweisen, dass ich's ernst meine. Aber ich weiß nicht, wie ich das tun kann.«

Er zog mich vom Stuhl hoch.

»Schließ die Augen«, befahl er mir. Ich tat es. Er fing an zu tanzen, aber ich stolperte schon beim ersten Schritt.

»Wovor hast du Angst?« fuhr er mich wieder an. »Denkst du, dass ich nicht richtig führen kann?«

Ich schüttelte den Kopf.

»Dann LASS dich führen!« sagte er.

Ich schloss die Augen wieder. Und mit der Zeit ging es. Nach ein paar Tangos fühlte ich mich sogar sicherer, wenn ich die Augen zu hatte. Er hatte Recht. Auf diese Art nahm ich seine Impulse viel deutlicher auf. Der Raum und die anderen Tänzer verschwanden im Dunkeln. Und meine und seine Schritte waren das einzige, was noch existierte. Wir haben bis zum letzten Tango getanzt. Gustavo hat nicht ein einziges Mal gelacht. Und als wir nach Hause gingen, haben wir die ganze Zeit geschwiegen. Aber mit einem Mal, kurz bevor wir zu Hause waren, hat er meine Hand genommen und im Fahrstuhl zog er mich an sich. »Wir gehören zusammen«, hat er mir ins Ohr geflüstert. »Versprich mir, dass das nicht mehr aufhören wird.«

Ich hab es ihm versprochen.

Ich werde keine Nachrichten mehr an mich selbst schreiben. Ich brauche sie nicht mehr. Ich gehöre zu Gustavo. Und es ist nicht mehr notwendig, Worte für alles zu finden.

Bruno ließ seinen Kaffee stehen und ging hinaus. Es war eisig kalt und er war froh, als er die U-Bahn-Station erreicht hatte. Der Bahnsteig lag direkt unterm Kaufhaus. Massen von Leuten strömten aneinander vorbei. Die meisten waren mit Taschen und Tüten bepackt. Auf glänzendem Papier leuchteten bunte Kugeln, Stiefel und Weihnachtsmänner. Als die U-Bahn hielt, drängten sich die Leute alle auf einmal ins Abteil. Die ganze Fahrt über drückte jemand seine Tasche in Brunos Seite und unterhielt sich mit einem anderen Mann in aufgeregtem, schnellen Spanisch. Bruno fragte sich, ob Klara schon genauso schnell sprach. In ihren letzten Notizen hatte sie fast nur noch von Buenos Aires geschrieben. Von der Armut der Leute und von ihren Demonstrationen. Bruno war froh gewesen, dass ihr Horizont nicht bei ein paar Tangoschritten aufhörte. Aber dass sie sich darauf vorbereitet hatte, dort zu bleiben, damit hatte er nicht gerechnet. Warum dachte er eigentlich nie daran, dass er einen Menschen verlieren konnte? fragte er sich jetzt. Er hatte doch schon so viele verloren. Irgendwann waren sie einfach weg, und für ihn war es zu spät, noch irgendetwas zu tun. Wenn er Klara jetzt schreiben würde, dass es ihn gab, sie würde es nicht einmal mehr lesen. Wozu fuhr er überhaupt noch zu Daniel? Der einzige Grund, warum er diese Tangoschritte lernen wollte, hatte sich gerade aus seinem Leben verabschiedet. Bruno könnte genauso gut an der nächsten Haltestelle aussteigen. Aber er hätte nicht gewusst, wohin er sonst gehen sollte. »Als Tangotänzer bist du gerettet«, hatte Pauline mal gesagt. »Wenn du Angst hast, ins Leere zu fallen, dann wirst du hier aufgefangen. Aber du darfst Rettung nicht mit Geborgenheit verwechseln. Dann wärst du verloren.«

Daniel empfing ihn nach argentinischer Sitte mit Umarmung und Wangenkuss. Derselbe Mann hatte Bruno erst gestern Abend in zynischem Ton gefragt: »Sind wir noch im Dienst, Herr Kirschberg?«, weil Bruno nach einem anstrengenden Telefonat aus dem Fenster geschaut hatte. Bisher war dieser Job wie ein Spiel für Bruno gewesen. Je mehr Leute man herumkriegte und je schneller man mit ihnen sprach, umso mehr Geld verdiente man. Pausen gingen auf das eigene Risiko. Mit seiner Aufsicht machte Daniel dieses Spiel zunichte und jeden Tag hasste ihn Bruno ein bisschen mehr dafür. Aber jetzt ließ er sich von ihm auf die Wange küssen. Er überlegte, ob er was dazu sagen sollte, aber da klingelte es.

Daniel ging ohne sichtliche Verwunderung zum Türöffner.

»Erwartest du jemanden?«

»Jahaa«, machte Daniel im Hamburger Singsang. »Hab ich dir das nicht gesagt? Du bekommst eine Tanzpartnerin. Ich kann dir nichts mehr beibringen, wenn du nur mit mir tanzt. Du brauchst eine Frau.«

Bevor Bruno etwas erwidern konnte, hörten sie den Fahrstuhl, dann das Klacken hoher Absätze, Daniel öffnete die Tür.

Bruno und Bettina starrten sich an.

»Du hättest mir sagen sollen, dass ER das ist«, schrie sie auf.

»Du hast mich nicht gefragt«, sagte Daniel. »Was hast du gegen Bruno? Ich dachte, ich hätte euch schon mal nebeneinander sitzen sehen.«

Bruno musste an sich halten. Die glaubten doch nicht im Ernst, dass er ihnen diese Nummer abnahm. »Hey, was soll das. Es ist ja wohl sonnenklar, wer das hier eingefädelt hat. Bettina, jetzt hör mir mal zu, es hat keinen Zweck.«

»Wovon redest du?«

»Hej komm, wie lange hast du gebraucht, um herauszukriegen, dass ich diesen Unterricht nehme. Und was kriegt Daniel für diese Aktion?«

»Das hättest du wohl gerne.« Sie drehte sich zu Daniel: »Kann ich mal wissen, was du damit bezweckst, mich mit diesem Idioten zusammenzubringen. Bei *WOC* dürfte sich ja wohl herumgesprochen haben ...« Sie verstummte.

»Der Klatsch bei *WOC* interessiert mich nicht«, sagte Daniel. »Du hast eine wunderbare Achse. Das ist das einzige, was ich von dir weiß.«

»Ach nee«, staunte Bruno. »Machst du eigentlich für alle Mädchen, die sich aufrecht halten können, den Kuppler?«

»Hör mal, sie hat als Kind Ballett-Unterricht genommen und immer vom Pax de Deux geträumt. Was Besseres kannst du wirklich nicht kriegen.«

»Also, ich geh dann mal wieder«, fuhr Bettina dazwischen. »Und Ihr solltet vielleicht lieber Rennpferde züchten oder so was.«

Sie riss die Tür wieder auf, aber Daniel hielt sie am Arm fest. »He, jetzt bleib doch mal hier. Ich hatte wirklich keine Ahnung, dass da zwischen euch was ...«

»Vergiss es, da läuft gar nichts«, fauchte Bettina.

»Warum regst du dich dann so auf?«

»Sag mal, Daniel«, mischte sich Bruno ein. »Hast du eigentlich was zu trinken, einen Schluck Wasser oder so?«

Daniel kapierte, ließ Bettina los und verschwand in der Küche.

»Hör mal, Bettina«, sagte Bruno. »Jetzt verrat mir wenigstens, wie du das hier rausgekriegt hast?«

»Sag mal, spinnst du? Glaubst du im Ernst, nach deiner Nummer auf dem Flur würde ich noch irgendeinen Gedanken an dich verschwenden. Du bist wirklich das arroganteste Arschloch, das ich kenne.«

»Hey, ist ja gut. Ich hab nicht mal gewusst, dass er 'ne Partnerin für mich suchen wollte.«

Bettina hatte ihre Hände in ihre kurze Lederjacke gestopft und stierte mit zusammengezogenen Brauen an die Wand.

»Dass du tanzen lernst, hätte ich ja nicht von dir gedacht.« Sie warf ihm einen geringschätzigen Blick zu. »Kannst du das überhaupt?«

Jetzt nahm Bruno seinen Mantel vom Haken.

Daniel kam mit einer Karaffe und drei Gläsern zurück.

»Also, jetzt bleibt mal locker, Kinder. Es ist doch kein Problem, wenn ihr euch aus irgendeinem Grund nicht leiden könnt. Ihr müsst euch ja nicht lieben, um miteinander zu tanzen.«

»Von mir aus«, sagte Bettina. »Mir ist das egal.«

»Okay«, sagte Bruno und hängte seinen Mantel wieder an die Garderobe. »Okay.«

»Na, fein.« Daniel rieb sich die Hände. »Dann zieht mal eure Tanzschuhe an.«

Zuerst sollten sie nichts anderes tun, als nebeneinander hergehen, sich auf ihre Füße konzentrieren und den Kopf heben. Wenn sie mit erhobenem Kopf geradeaus schauten, sahen sie durch Daniels Panoramafenster die Fassaden des Nikolaiviertels. Unter den Reihen der nächtlich schwarzen Fenster sickerte ein lahmer Verkehr dahin. Auf der anderen Seite ihres Übungsraums hing ein riesiges Poster von Buenos Aires an der Wand. In der Mitte stand ein weißes, schlankes Denkmal, der Obelisk, um den mit rotweißen Lichtern der Nachtverkehr kurvte. Dort würde der Verkehr niemals stillstehen, hatte Daniel behauptet.

Nachdem Bruno und Bettina ein paar Mal zwischen dem echten und dem fotografierten Städtepanorama hin und her balanciert waren, sollten sie sich zum Tanzen umarmen. Ein Mann und eine Frau, die vor Wochen miteinander geschlafen hatten, und nun saß ihnen in allen Gliedern die Aufregung, dass sie sich blöd anstellen könnten.

Bettina fühlte sich viel leichter als Daniel an, aber es war trotzdem nicht einfach, mit ihr zu tanzen. Als Bruno zum ersten Schritt ansetzte, blieb sie einfach stehen.

»Du musst seine Impulse aufnehmen. Auch wenn du nicht weißt, wohin es geht«, sagte Daniel. »Und, Bruno, du musst sie fester halten. Zeig ihr, was du willst. Du musst schnell entscheiden. Bettina ist die Energie, die du in deinen Armen hältst. Gib ihren Bewegungen eine Form.«

Für Bruno war das Schwerstarbeit. Außerdem hatte er das Gefühl, dass ihre Körper sich erkannt hatten und auf ihre eigene

Weise miteinander sprachen. Wie zwei wütende Katzen, die sich anfauchten. Und dann ging der Streit auch schon los.

»Wohin willst du denn? Ich merk gar nichts.«

»Natürlich merkst du nichts. Du bist ja total verspannt.«

»Hör mal, wenn du mich herumschiebst wie eine Schubkarre, dann muss ich mich ja wohl anspannen.«

Wo blieb der Unterricht eigentlich? Daniel lehnte an seiner Panoramascheibe und grinste.

»Könntest du uns vielleicht helfen?« fragte Bruno.

»Oh, ich dachte, ich lass euch mal merken, auf welche Art es nicht geht.«

»Dafür müssen wir doch nicht zu dir kommen«, sagte Bettina und Bruno nickte.

»Also gut, dann hört mir zu. Bettina, du hörst auf zu denken. Es ist niemand hier, der dich blöd finden kann. Du musst keine Prüfung bestehen und kannst auch nichts falsch machen. Deine Achse ist perfekt. Und Bruno, für dich gilt beinahe dasselbe. Nur dein Kopf muss ein kleines bisschen mehr arbeiten. Denk an einen ganz bestimmten Schritt und setz ihn durch. Und vergiss alles, was nichts mit diesem Schritt und Bettinas Körper zu tun hat.«

Sie tanzten und Daniel rief ihnen seine Ratschläge zu: »Macht weniger. Denkt an eure Achse. Verkrampft euch nicht. Macht noch weniger.«

Beim letzten Tango, und auch nur bei den letzten Takten, hatte Bruno das Gefühl, Bettina genauso stark zu spüren wie sich selbst. Aber da verklangen schon die letzten Töne und Daniel schaltete den CD-Player ab.

»Es war doch gerade so gut. Können wir nicht noch einen ...« sagte Bettina. Daniel fiel ihr ins Wort. »Es ist ein Wunder, dass ihr in der ersten Stunde überhaupt schon so weit gekommen seid.«

Dann schickte er sie hinaus.

»Warum gibt er diesen Unterricht eigentlich kostenlos?« fragte Bettina, als sie in der U-Bahn nebeneinander saßen.

»Wahrscheinlich sind wir so was wie seine Übungsschüler.«

»Man könnte auch Versuchskaninchen sagen. Die Situation ist doch komisch, oder? Überhaupt, ich finde, Daniel ist irgendwie ...«

»... dubios«, sagte Bruno.

»Ja, genau. Dubios. Tolles Wort. Wäre ich nie drauf gekommen.«

Sie verstummte. Bruno musterte sie von der Seite. Sie schien über irgendetwas nachzudenken, und Bruno hätte gern gewusst, ob das was mit ihm zu tun hatte.

»Sag mal, Bettina«, er räusperte sich. »Dieser Traum, von dem du mir erzählt hast, hast du nicht Lust, mir den zu erzählen?«

»Hier in der U-Bahn?«

»Wir können ja zu mir gehen.«

»Ach Bruno. Weißt du, eigentlich bin ich ganz froh, dass wir uns bei Daniel getroffen haben. Es ist mir auch egal, ob es wirklich Zufall war oder nicht. Aber jetzt sehe ich die Dinge klarer.«

»Was erzählst du denn da? Ich hab doch was ganz anderes gefragt.«

»Ja, ich weiß. Aber um ehrlich zu sein, ich weiß nicht mehr, ob ich wirklich von dir geträumt habe. Ich glaube, du bist nicht der, den ich mir vorgestellt habe.«

Die U-Bahn fuhr am Hermann-Platz ein, und sie mussten zusammen aussteigen.

Auf dem Bahnsteig sagte Bettina: »Aber es hat Spaß gemacht, mit dir zu tanzen, wirklich.« Sie reckte sich hoch und drückte ihm einen Kuss auf die Wange. »Tschüss, Bruno.«

»Tschüss, Bettina.«

Sie drehte sich um und lief die Treppe zur anderen Linie hinauf. Bruno sah ihrem Jeanshintern nach, bis er verschwunden war.

Eine leere Zigarettenschachtel lag in seiner Nähe. Er ging hin und kickte sie über den Bahnsteig, dass sie über die Schienen flog. Dann lief er zum Ausgang. Draußen glitzerte die Straße im Frost. In ein paar Tagen war Weihnachten. Bruno hatte nichts weiter vor. Seine Beziehungen waren ausgelaufen wie löchrige Milchtüten. Nichts als Kälte und eine leere Bude standen ihm bevor. Er erlebte das nicht zum ersten Mal. Er würde sich nicht betrinken. Er würde sich ein paar Bücher und Comics zurechtlegen und unter der Bettdecke verschwinden, bis Weihnachten vorbei war. Über so etwas kam man hinweg, das wusste er. Es graute ihm trotzdem davor.

Als er die Tür öffnete, blinkte ihm die Anzeige seines Anrufbeantworters entgegen. Er hatte gleich zwei Anrufe. Beim ersten sagte eine weibliche Computerstimme »Ihre Verbindung wird gehalten. Bitte legen Sie nicht auf«, danach krachte und pfiff es, bis der Piepton für das Ende der Nachricht kam. Die zweite begann mit einem hörbaren Schweigen. »... Hi, hier Norbert. Netter Spruch, alter Junge. Wie sieht's aus? Weihnachten bei mir? Meld dich.«

Am liebsten hätte Bruno gleich zurückgerufen. Aber es war zu spät und ohnehin besser, wenn er bis morgen damit wartete. Schließlich hatte Norbert ihn über zwei Wochen hängen lassen. Bruno spürte, wie sich das Lächeln auf seinem Gesicht ausbreitete. »Ihre Verbindung wird gehalten«, hörte er noch einmal die weibliche Maschinenstimme.

23

Tortuga drückte Klara den schnurlosen Hörer in die Hand. »Ruf sie an«, sagte er. »Jetzt gleich.«

Klara lief mit dem Hörer in ihr ehemaliges Zimmer, um dort in Ruhe mit Hannah sprechen zu können. Es war der neunzehnte Dezember. Ihr Untermietvertrag war zu Ende.

Klara war am Morgen in die *Combate de los Pozos* gekommen, um ihre letzten Sachen zu holen. Als sie Tortuga erzählte, dass sie in der Stadt bleiben würde, sagte er: »Du hast dir keinen guten Zeitpunkt ausgesucht, Klara. Unser Land steht vorm Bankrott.«

»Seit wann kann man sich den Zeitpunkt für die Liebe aussuchen?« fragte sie.

Tortuga lächelte melancholisch. »Weißt du, Klara. Als ich dich zum ersten Mal sah, dachte ich, diese Frau ist eine traurige Frau. Aber nicht, weil ihre Seele traurig ist, sondern weil das Leben sie traurig gemacht hat. Wenn du wirklich dein Glück suchen würdest, dann würdest du nicht hier bleiben.«

Verständnislos sah sie ihn an. »Aber ich habe mein Glück gerade gefunden.«

»Es ist gut, dass du es so siehst«, antwortete er. Dann fragte er sie, was sie zu Weihnachten machen würde. So weit hatte Klara noch gar nicht gedacht.

»Kommt doch zu mir. Ich mach uns ein Essen. Und ich würde deinen Romeo wirklich gern kennen lernen.«

»Ich würde sehr gern kommen, Senor Tortuga. Aber Gustavo muss mit seinem Vater zusammen sein.«

»Der Deutsche mit dem schlechten Spanisch?«

»Genau.«

»Er kann mitkommen.«

»Ich glaube, die Einladung wird ihn freuen. Herr Ehrenstein ist bestimmt froh, wenn er sich mit jemandem über deutsche Philosophen unterhalten kann«, sagte Klara.

»Der Wagner-Dirigent Ehrenstein?«

»Sein Sohn.«

»Ein Jude also.« Tortuga wiegte den Kopf. »Ich weiß nicht, ob das gut geht. Stell dir vor, zwei alte Männer, die glauben, sie wüssten schon alles. Und das junge Paar sitzt die ganze Zeit daneben und macht sich schöne Augen. Vielleicht wäre es gut, wenn wir noch eine Frau dabei hätten. Bei solchen Treffen sollte ein Gleichgewicht herrschen.«

»Ja, warum nicht.«

Der Alte dachte nach. »Es gäbe nur eine Frau, die da hineinpassen würde, aber die kann ich nicht mehr einladen.«

Klara räusperte sich. »Das tut mir leid«, sagte sie verlegen.

»Nein, nein, sie ist nicht tot. Sie hat mich sitzen lassen. Meinst du, in unserem Alter kann man nichts anderes mehr tun, als zu sterben?«

»Oh, natürlich nicht. Ich kenne eine Schauspielerin, die Mitte siebzig ist und vor drei Jahren erst angefangen hat, Theater zu spielen. Sie ist auch eine Deutsche. Ich hab sie mal zufällig im Theater gesehen, an einem Hamlet-Abend, als sie das Heidenröslein gesungen hat.«

»Das ist von Goethe«, warf Tortuga ein.

»Ja, sie hat's trotzdem gesungen, nach der Ophelia-Szene. Und wenn wir sie einladen?«

»Meinetwegen, lad sie ein. Es klingt interessant, obwohl sie wahrscheinlich auch Jüdin ist.«

»Was haben Sie denn gegen Juden?«

»Gar nichts«, sagte Tortuga zerstreut. Und dann hatte er ihr den schnurlosen Hörer gegeben, damit sie Hannah anrief.

Sie stand in ihrem ehemaligen Zimmer. Das Bett war abgezogen, ihr Rucksack lehnte an der Wand. Es hallte im Raum, als sie in den Hörer sprach.

»Natürlich habe ich Zeit«, rief Hannah. »Weihnachten bedeutet mir ja nichts. Außer dass an diesem Tag kein Mensch für irgendwas Zeit hat, keine Theaterproben, keine Vorstellungen, nichts. Also, ich komme sehr gern.«

Zum zweiten Mal lief Klara mit einem Rucksack auf dem Rücken durch die Straße Entre Rios. Sie wusste nicht, ob sie sich täuschte oder ob in den letzten Stunden tatsächlich noch mehr Polizisten auf die Straße gekommen waren. Sie war froh, als ein Bus hielt, der sie direkt in die Juncal-Straße brachte.

Gustavo hatte den ganzen Tag geschlafen. Jetzt federte er durch seine kleine Wohnung und war ganz aus dem Häuschen.

»Du bist ein Engel. Weißt du, wie ich mit meinem Alten die letzten beiden Jahre Weihnachten gefeiert habe? Wir sind jedes Jahr fast gestorben vor Trübsal. Weißt du was, heute gehen wir ins ›Paracultural‹. Was soll ich anziehen, meine Schöne? Und dann sagen wir es allen, dass du hier bleibst. War morgen nicht der Tag, an dem du fliegen wolltest? Dein Flugzeug düst los und du bleibst hier. Das müssen wir doch feiern.«

Als sie kurz vor Mitternacht zur Bushaltestelle gingen, fiel es auch Gustavo auf. »Irgendwas stimmt nicht. Wieso sind so wenig Leute unterwegs?«

Ein Polizist hielt sie an und fragte, wohin sie wollten.

»Ins Palermo-Viertel. Warum? Ist das verboten?«

Der Polizist antwortete ihm nicht und winkte sie weiter.

Sie warteten ewig, ehe ein Bus kam. Kaum waren sie eingestiegen, gab der Fahrer Gas. Außer ihnen fuhren nur drei Leute, die jeder für sich saßen und aus dem Fenster starrten.

Gustavo legte seinen Arm um Klara und beugte sich zu ihr. *»Corazoncito, mio.«*

Sie schaute auf die geschwungene Linie zwischen seinen Lippen.

»Weißt du, wie glücklich du mich machst«, sagte er. »Weißt du das?« Sie nickte. Lächelte. Lehnte sich an seine Schulter. Aber das Gefühl des Glücks wollte nicht aufkommen.

Als sie ausstiegen, sahen sie schon von weitem, dass die Tür des ›Paracultural‹ nicht beleuchtet war. Der Barkeeper saß auf der Schwelle und sah ihnen entgegen.

»Hallo, wie geht's?«

»Gut. Und euch?«

»Gut. Wunderbar. Weißt du was? Klara bleibt hier.«

»Hej. Das ist toll. Wirklich.«

»Was ist los? Ist heute keine Milonga?«

»Nein. Es ist Ausnahmezustand.«

»Wie?«

»Der Präsident hat den Ausnahmezustand verhängt.«

Sie setzten sich neben ihn.

»Es ist besser, ihr geht wieder nach Hause. Ich glaube, dass nach zehn keiner mehr auf der Straße sein soll. Bis jetzt weiß noch keiner so richtig, was Ausnahmezustand eigentlich heißt.«

»Die, die ein Gedächtnis haben, wissen es schon«, sagte Gustavo.

»Geht«, sagte der Barkeeper leise. »Ich bleib hier, um allen Bescheid zu sagen, und wenn eine Streife kommt, verzieh ich mich.«

»Pass auf dich auf«, sagte Gustavo.

Sie standen auf und gingen los. »Wenn Ausnahmezustand ist, fährt man besser nicht mit dem Bus«, sagte Gustavo.

»Warum?«

»Man sollte nirgendwo sein, wo man nicht mehr rauskommt.«

Gustavo drückte ihre Hand so fest, dass es wehtat. Klara brachte kein Wort hervor. Eine Gruppe von Leuten kam aus einer Seitenstraße. Gustavo legte einen Arm um Klaras Schultern und hielt sie ganz fest. Als fürchte er, sie könnte ihm entrissen werden.

»He, wir protestieren«, rief ihnen einer aus der Gruppe zu. »Kommt mit.«

»Protest gegen den Ausnahmezustand?« rief Gustavo zurück. »Seid ihr lebensmüde?«

»Und du? Willst du dich noch länger von Verbrechern regieren lassen, die so tun, als wärst du der Verbrecher?«

»Ich bin für dieses Mädchen verantwortlich. Wenn ihr versteht, was ich meine.«

»Lass ihn«, rief einer, und dann waren sie vorbei.

Die Gruppe lief die schnurgerade Straße weiter. Klara und Gustavo sahen sie noch lange. Ein paar Straßenecken später stießen noch ein paar mehr Leute zu ihnen.

Gustavos Schritt beschleunigte sich immer mehr. Er hatte Klara wieder an der Hand gefasst. Seine Finger waren kalt. Sie lief neben ihm her, und obwohl niemand zu sehen war, gab sie sich Mühe, nicht so auszusehen wie jemand, der rannte.

Als sie die Juncal-Straße endlich erreicht hatten, sahen sie ein paar hundert Meter weiter eine Kolonne von Mannschaftswagen, die über die Callao fuhren.

Das Dröhnen der Lastwagen fuhr ihr in die Glieder. Klara blieb stehen.

»Komm rein«, befahl Gustavo und zerrte sie in den Hausflur.

Im Fahrstuhl sagte er: »Entschuldige. Ich wollte dir nicht wehtun. Aber jetzt ist alles in Ordnung. Mach dir keine Sorgen.«

Er schloss seine Wohnungstür zweimal ab, zündete Kerzen an, legte eine Tango-CD auf und holte eine Flasche Weißwein aus dem Kühlschrank.

Klara klappte die Matratze auf und setzte sich darauf. Den Rücken an die Wand gelehnt. Gustavo hockte sich neben sie.

Sie stießen an. »Auf dich«, sagte Gustavo. Er strich ihr eine Strähne aus der Stirn. »Hast du große Angst gehabt?«

»Es ging. Und du?«

»Nein.«

»Bist du wütend?«

»Ich hätte nicht gedacht, dass sie das noch mal machen.«

Er steckte sich eine Zigarette an. Nach jedem Zug fixierte er die Glut, die am Papier entlangkroch.

»Die Jungs sind wahnsinnig«, sagte er endlich. »Ich weiß, was Ausnahmezustand bedeutet. Ich weiß es. Du siehst, wie sie ganz in deiner Nähe jemanden hinter ein Haus zerren. Du denkst, es wird schon seine Richtigkeit haben. Er wird schon was auf dem Kerbholz gehabt haben. Du hörst einen Schuss. Dann kommen sie wieder hervor. Sie schauen sich um, sie prüfen, ob es jemand wagt, ihnen in die Augen zu sehen. Du drehst dich weg. Und dann kannst du dir selbst jahrelang nicht mehr in die Augen sehen.«

Klara rechnete nach. In der schlimmsten Zeit der Diktatur musste Gustavo um die dreizehn Jahre alt gewesen sein.

»Hast du damals jemanden verloren?« fragte sie.

»Muss man erst jemanden verlieren, um zu begreifen, dass Gewalt sinnlos ist. Wir haben alle jemanden verloren.«

»Gustavo?«

»Mhm.«

»Wenn ich nicht da wäre – würdest du zum Protest gehen?«

»Du bist da.«

»Sollen wir mal Nachrichten hören? Im Radio oder im Fernseher?«

»Nein.«

Sie hörten die Tango-CD bis zum Ende ohne zu sprechen. Sie rauchten. Aus der Ferne hörten sie Geräusche. Es waren Schüsse.

»Das muss nichts heißen«, sagte Gustavo. »Weihnachten machen wir hier Feuerwerk, wie zu Sylvester. Manche Leute probieren ihre Knaller schon vorher aus.«

Er stand auf, schloss das Fenster und legte eine neue CD ein.

»Erzähl mir von dir«, sagte Gustavo. »Du hast auch in einer Diktatur gelebt. Wie war es bei euch?«

»Es war lächerlich. Im Vergleich.«

»Gewalt ist niemals lächerlich.«

»Ich hab nur ein einziges Mal Gewalt erlebt. Also, das heißt, einen Polizei-Einsatz.«

»Erzähl.«

Gustavo stellte die Klimaanlage an. Ihr Brummen übertönte die letzten dumpfen Töne von draußen und Klara erzählte.

Es war Ende der achtziger Jahre. Sie hatte noch in Leipzig studiert. Es war ein Samstag, sie war gerade aus der Bibliothek gekommen und noch einmal in die Innenstadt gefahren. Sie hatte sich damals oft einsam gefühlt und war ins Stadtzentrum gefahren, obwohl sie wusste, dass dort überhaupt nichts mehr sein würde. Die Geschäfte schlossen gegen Mittag und danach war alles wie ausgestorben. Aber an diesem Samstag war alles anders. Der Markt und die Fußgängerzonen waren voll von Straßenkünstlern und Leuten, die ihnen zuschauten. Klara traute ihren Augen und Ohren nicht. Mittelalterliche Musik, Zauberkünstler, Artisten, Gaukler, Streichquartette gaben nebeneinander ihre Vorstellungen. Sie stellte sich ins Publikum, lachte und applaudierte. Zuerst kam sie sich komisch dabei vor. Als wäre sie selbst Teil eines Puppenspiels. Sie sah um sich. Den anderen Menschen schien es ähnlich zu gehen. Zaghaft lächelten sie sich an. Aber allmählich wurde sie lockerer. Es war, als würde sich etwas in ihr befreien, das lange festgehangen hatte und jetzt eine Zeit brauchte, um sich wieder bewegen zu können.

Bis zu dem Moment, als die Mannschaftswagen auf den Marktplatz gerollt waren. Klara sah nicht einen einzigen, der fortging. Die Leute gaben den Straßenkünstlern Verstärkung, sangen mit, wo man mitsingen konnte, applaudierten und übertrafen sich mit ihren Zurufen. Die Polizisten stiegen aus und blieben vor ihren Wagen stehen. Sie taten nichts. Sie schienen darauf zu warten, dass die Leute verschwanden. Aber das geschah nicht, im Gegenteil, es kamen immer mehr. Und dann fuhr der erste Wagen los, langsam rollte er mitten in ein Streichquartett hinein. Erst im letzten Moment nahmen die Musiker ihre Instrumente unter die Arme und liefen weg. Die Polizisten sprangen vom Wagen und machten Jagd auf sie. Überall war die

Jagd auf die Künstler eröffnet – und auf alle, die sie verteidigten. Klara lief nicht fort. Aber sie verteidigte auch niemanden. Unfähig zu einer Reaktion verfolgte sie das Geschehen. In ihrer Nähe hatte eine alte Frau gestanden, reglos wie sie.

Und dann war diese Sache mit dem Cellisten passiert. Ein Polizist wollte den Musiker auf den Wagen hinaufbugsieren. Der umschloss mit beiden Armen sein Cello, aber um auf den Wagen zu kommen, hätte er seine Arme gebraucht. Ohne zu begreifen, warum sein Opfer nicht tun konnte, was er verlangte, fing der Polizist an, mit dem Gummiknüppel auf den Musiker einzuschlagen. Der umklammerte schützend sein Instrument. Da hatte die alte Frau ihren Stock gehoben, war auf den Polizisten zugegangen und hatte ihn angeschrien: »Würdest du das mit deinem Bruder machen? Schämen solltest du dich, du dummer Junge.«

Der Polizist hatte den Cellisten losgelassen. Der hob sein Instrument zu den Leuten hinauf, die schon auf dem Wagen waren und ihm die Arme entgegenstreckten. Dann kletterte er selbst auf den Wagen.

»Kein Polizist hat es gewagt, der alten Frau etwas zu tun«, sagte Klara.

»Und was haben sie mit den Musikern gemacht?«

»Ein paar kamen in Haft. Aber die meisten Leute wurden bloß aus der Stadt gefahren und irgendwo auf einem Feld abgeladen. Die haben einen Tag gebraucht, bis sie wieder zurück waren.«

Gustavo lachte. »Das war alles?«

»Ja. Ich sag doch, du kannst das nicht vergleichen.«

»Ist dir auch etwas passiert?«

»Nein. Gar nichts. Aber später habe ich mir immer vorgenommen, dass ich nie wieder so passiv sein wollte. Ich wollte mir ein Beispiel an dieser alten Frau nehmen. Ich will Courage haben, wenn's drauf ankommt, verstehst du?«

»Ich glaube, die alte Frau hat gespürt, dass ihr niemand etwas tun wird. Nur deshalb konnte sie so mutig sein. Bei uns sind es auch alte Frauen, die solche Proteste anführen. Die Mütter der Verschwundenen. Aber am Anfang haben die Militärs nicht mal vor ihnen Halt gemacht.«

Er starrte ins Leere. Die Klimaanlage dröhnte. Sie ging Klara auf die Nerven. Außerdem war es schon so kalt im Zimmer geworden, dass sie fror. Aber sie wagte es nicht, Gustavo zu bitten, er solle die Anlage herunterschalten.

Er fragte: »Hast du noch mehr Geschichten aus eurem komischen Land, wo man Musiker von der Straße aufsammelt, um sie auf ein Feld zu fahren?«

Er kicherte.

»Tut mir leid«, sagte Klara. »Aber mir fällt nichts mehr ein. Ich kann mich sowieso kaum noch an etwas erinnern.«

»Ich hab mir später auch ein paar Dinge nicht mehr vorstellen können«, sagte Gustavo.

Sie hörten jetzt Schüsse, obwohl die Fenster geschlossen waren und die Klimaanlage unablässig dröhnte. Klara zitterte vor Kälte. Gustavo nahm sie in seine Arme und zog eine Decke über sie.

»Jetzt musst du es dir noch mal überlegen, ob du bleibst«, sagte er. Klara drückte sich hoch und setzte sich rittlings auf seinen Schoß.

»Nein, das muss ich nicht. Wir haben uns hier gefunden. Und ausgerechnet jetzt. So ist es nun mal. Für uns ist doch sowieso seit Wochen Ausnahmezustand, oder nicht?«

Ohne ihn zu fragen schaltete sie die Klimaanlage herunter, und dann fing sie in aller Sorgfalt an, ihn auszuziehen. Sie begann bei den Socken. Küsste jeden einzelnen Zeh. Sie hatte alle Zeit der Welt.

Bis zum Nachmittag des nächsten Tages verließ Klara die Matratze nicht. Gustavo tat etwas mit ihr, das noch nie ein

Mann mit ihr getan hatte. Bei keinem zuvor hätte sie es zugelassen. Bei ihm wurde aus dem Zulassen Verlangen. Am Morgen, als Gustavo aufstand, um zu seinem Vater zu gehen, fiel Klara in einen tiefen Schlaf. Und als er sich wieder zu ihr legte, wurde sie nur für eine Sekunde wach.

Martinshörner weckten sie auf. Eine ganze Kolonne Krankenwagen fuhr durch die Juncal. Klara fühlte sich schwer und weich, eine pulsierende Masse, voll von süßlichem Gefühl. Es tat ihr gut, sich zu duschen, ein Kleid anzuziehen, sich die Haare zu kämmen, zu schminken, und ihrem Körper wieder Konturen zu geben.

»Wenn man wüsste, ob man überhaupt hinauskann«, sagte Gustavo.

Warum macht so ein Mund eigentlich auch Worte? dachte Klara.

»Mach doch den Fernseher an«, sagte sie.

Er drückte auf den Schalter. Auf dem Bildschirm entstand ein wackeliges, verschattetes Bild von den Menschenmassen, die von der Plaza de Mayo bis zur Nueve de Julio auf der Straße wimmelten. Polizisten drangen an den Rändern ein. Geschrei, Töpfeschlagen, Wasserwerfer, die Kamera hielt auf Verletzte oder Tote, die auf der Straße lagen. Es war eine Direktübertragung. Was sie auf dem Bildschirm sahen, fand nicht mehr als zwei Kilometer von ihnen entfernt wirklich statt. Wieder drangen Martinshörner durch das geschlossene Fenster.

Gustavo schaltete den Ton leise und ging in die Küche. Klara räumte den Tisch auf. Sie hätte jetzt jede Möglichkeit ergriffen, etwas sauber zu machen, irgendeine Ordnung zu schaffen, um dieses komische Gefühl zu vergessen, das sich in ihr breit machte.

Gustavo kam mit einem vollen Tablett herein.

»Mach es aus, wenn du dich fürchtest!«

»Ich fürchte mich nicht. Wir sind doch nicht dort. Aber schau mal, was ist das?«

Noch immer schlugen Polizisten auf die Demonstranten ein, aber Tausende von Händen hatten sich erhoben. Die Leute jubelten.

Gustavo stellte den Ton wieder an. Der Kommentator sprach so schnell, dass Klara nicht mitkam. Gustavo setzte sich. Ungläubig schüttelte er den Kopf.

»Das hätte ich nicht gedacht. Wirklich nicht.«

»Was ist los?«

»Der Präsident hat abgedankt. Der Ausnahmezustand ist aufgehoben.«

»Warum prügelt die Polizei weiter?«

»Sie haben noch keine neuen Befehle bekommen.«

Als sie anfingen zu essen, schaltete Gustavo den Fernseher aus.

»Freust du dich?« fragte Klara.

»Zumindest bin ich froh, dass du dein erstes Weihnachtsfest bei uns nicht in einer Militärdiktatur erlebst.«

»Warum sagst du *bei uns*, als wäre ich immer noch ein Gast?«

»Was soll ich denn sonst sagen?«

»Es ist das erste Weihnachten in meiner neuen Heimat«, sagte Klara.

»Also gut.« Gustavo lächelte. »Dann bin ich froh, dass du keine Angst haben musst in deiner Heimat.«

24

Am vierundzwanzigsten Dezember hatte Argentinien bereits den zweiten Nachfolgepräsidenten. Die Demonstrationen, Plünderungen und Barrikaden hielten an. Seit den Unruhen auf der Plaza de Mayo hatte es offiziell etwa dreißig Tote gegeben. Die Dunkelziffer wurde weit höher geschätzt. Alle rechneten mit einer Inflation, die Banken hatten die privaten Konten eingefroren. Trotz alldem ging Klara in ihrem roten Kleid zur *Combate de los Pozos*, um ihre Entscheidung zu feiern, dass sie in Buenos Aires bleiben würde. Als sie die Nummer 484 betrat, hörte sie schon auf der Treppe die pathetische Musik, die aus der offenen Wohnungstür drang.

»Tristan und Isolde«, erklärte Tortuga und küsste Klara auf die Wange.

Er ging ihr in die Küche voraus, wo Gemüse, Brot und rohes Fleisch auf der Arbeitsplatte lagen. Auf dem Herd stand ein großer Topf auf der Flamme.

Tortuga gab Klara eine Schürze und bat sie, das Gemüse vorzubereiten. Er selbst kümmerte sich um das Fleisch, das er mit Gewürzen spickte und in die Röhre schob, rührte Saucen und Cremes an. Sie sprachen nicht, hörten Wagners Musik und konzentrierten sich auf das, was sie in ihren Händen hatten.

Bei der gleichmäßigen Bewegung des Karottenschälens verlangsamten sich Klaras Gedanken, bis sie ganz pausierten und sie nichts anderes mehr tat, als dem Gemüseschäler zuzuschauen, der die raue Schale von dem saftigen orangeroten Wurzelfleisch trennte. Der Chorgesang in ›Tristan und Isolde‹ schwoll an und gleichzeitig begann das Wasser im großen Topf zu brodeln und ließ den Deckel klappern.

»Deine Eltern werden sich große Sorgen um dich machen«, sagte Tortuga mit einem Mal.

»Das haben sie getan. Aber jetzt sind sie beruhigt. Ich habe sie heute angerufen.«

»Was sagen sie zu deiner Entscheidung?«

»Du wirst schon wissen, was du tust.«

»Sie versuchen, sich abzufinden. Glaub bloß nicht, dass das so einfach ist.«

»Haben Sie Kinder?«

Er nickte. »Eine Tochter. Sie lebt in Kanada und ist so alt wie du.«

Klara schälte die Zwiebel weiter, feucht glänzte das weiße Fleisch unter der Schale. Endlich nahm Tortuga den klappernden Deckel ab. Das Brodeln des Wassers erfüllte die ganze Küche. ›Tristan und Isolde‹ war inzwischen verklungen. Tortuga wischte sich seine Hände an der Schürze ab und ging hinaus. Als er zurückkam, hatte er eine Schildkröte in der Hand. Er hob sie an den Hinterbeinen über den Topf, die Vorderbeine ruderten in der Luft, das Tier hob den Kopf nach oben.

»Was machen Sie da?« wollte Klara schreien, aber sie brachte kein Wort hervor. Sie drehte sich um und hörte ein lautes und furchtbares Zischen. Und dann hörte sie, wie der Deckel sich wieder schloss.

Ohne ihr irgendetwas zu erklären, begann der Alte die geschälten Kartoffeln zu vierteln. Klara hackte auf ihrer Zwiebel herum. Sie beugte sich tief über das Messer, damit ihr noch mehr Tränen kamen. So spürte sie ihre Übelkeit nicht.

»Sie war schon fünfzig«, erklärte Tortuga. »Vielleicht hätte sie hundert Jahre alt werden können. Diese übrigen fünfzig Jahre schlummern noch als Energie in ihrem Fleisch und durch das kochende Wasser bleibt uns diese Energie erhalten. Aber nur, wenn man das Tier lebend hineinwirft. Ich weiß, dass es nicht schön anzusehen war. Aber es ist nicht grausam. In der Natur geschehen noch viel grausamere Dinge.«

Wieder hörten sie eine Weile nichts als die Geräusche im Inneren des Topfes. In das Brodeln mischte sich ein Klopfen, das musste der Panzer sein, der gegen die Topfwände schlug. Später hob der Alte den Deckel hoch, in der Hand hatte er eine riesige Zange, mit der er das Tier aus dem Wasser fischte.

»Ich werde jetzt den Panzer aufsägen und das Fleisch herausholen«, sagte er. »Geh nach draußen. Der Anblick ist nichts für dich.«

Klara ging in das Zimmer, in dem sie gewohnt hatte. Der alte Herr musste zusammen mit Estela umgeräumt haben. Die Ledersitzgruppe stand jetzt hier und daneben war noch ein kleines Bücherregal. Auf dem Glastisch, der zwischen dem Sofa und den Sesseln stand, lag ein Buch. ›Mi lucha‹ las Klara und erschrak. Noch nie hatte sie dieses Buch vor sich gesehen, noch nie in ihren Händen gehabt. Sie hatte nicht gewusst, dass es eine Übersetzung ins Spanische gab. Aus der Küche hörte sie die Geräusche der Säge. Ein hohles Ratschen drang zu ihr herüber. Wieso las Tortuga ›Mein Kampf‹? Zögernd fasste Klara das Buch an. Es war nicht einmal besonders alt. Die Seiten hatten nur einen ganz leichten gelblichen Schimmer, die Schrift war modern. Sie schlug es auf und versuchte, die ersten Zeilen zu lesen. Aber ihr gelang keine sinnvolle Übersetzung. Das Spanisch klang merkwürdig, einige Worte waren ihr fremd. In der DDR hatte man Leute dafür verhaftet, weil man dieses Buch bei ihnen zu Hause gefunden hatte. Als Klara noch Geschichte studierte, hatte sie eine Hausarbeit über die Sprache des »Dritten Reiches« geschrieben. Es schien ihr dafür notwendig, wenigstens ein paar Seiten von ›Mein Kampf‹ im Original zu lesen.

In der Deutschen Bücherei gab es ein so genanntes Gift-Kabinett, wo man offiziell verbotene Bücher unter Aufsicht lesen konnte, und das nur, wenn man den Nachweis für den wissenschaftlichen Zweck erbrachte. Aber nicht einmal dort und trotz der schriftlichen Bestätigung ihres Mentors durfte sie es lesen. Als befürchte man in den Zeilen noch immer magische Kräfte, deren Gefährlichkeit nicht einmal Geschichtsstudenten widerstehen könnten.

Klara hatte sich darüber aufgeregt und der junge Mann von der Ausleihe hatte sie beiseite genommen. Er meinte, sie solle doch einfach auf dem Dachboden ihrer Großeltern nachsehen. Aber ihre Großeltern hatten dieses Buch mit Sicherheit nicht mehr. Die Eltern der Mutter waren in einem Treck aus Tschechien gekommen. Und die Eltern des Vaters hatten nach Gründung der DDR alle verbotenen Bücher im Ofen verbrannt. Das wusste Klara ganz sicher. Schließlich hatte ihr Vater ihr immer wieder erzählt, dass er als Junge vor dem Ofen gestanden hatte und mit ansehen musste, wie Klaras Großvater seine Karl-May-Bücher in die Flammen schob. ›Mein Kampf‹ war zu diesem Zeitpunkt wahrscheinlich längst verkohlt gewesen.

Der Typ aus der Deutschen Bücherei hatte zu Klara gesagt, wenn es ihr nur um die Sprache ginge, solle sie halt ein Parteiprogramm der SED lesen. Die Sprache, in der diese Dinger geschrieben seien, sei doch ganz ähnlich. Er grinste vor Übermut, als er das sagte.

Klara hatte es aufgegeben. Und später hatte sie nicht mehr darüber nachgedacht, dass sie dieses Buch einmal lesen wollte. Wie sie überhaupt über vieles, was sie jahrelang beschäftigt hatte, nie wieder nachdachte. Sie hatte gerade ihr Vordiplom gemacht, als die DDR sich aufgelöst hatte, und später war ihr auch dieses Vordiplom wieder aberkannt worden. Sie hätte mit dem Geschichtsstudium noch einmal von vorn beginnen müssen. Aber sie hatte ihren Glauben an die Wissenschaftlichkeit dieses Faches verloren.

Noch immer betrachtete sie das Buch auf dem Glastisch und überlegte, ob sie Tortuga fragen sollte, warum er es las, und vor allem, warum er es nicht wegräumte. Er wusste doch genau, wen er heute Abend erwartete. Hatte er es absichtlich hingelegt? Aber was bezweckte er damit? Immer schneller ging die Säge in der Küche, ein hoher Ton, wie hohes heiseres Atmen, drang zu ihr.

Sie konnte das Buch einfach wegräumen. Sie nahm es und schob es in ein Bücherregal, mit der offenen Seite nach außen. Aber sie spürte, dass dieser Eingriff in Tortugas Haus unzulässig war. Sie legte das Buch zurück auf die Glasplatte. Das einzige, was ihr zulässig erschien, war, es umzudrehen. Mit der Titelseite nach unten und dem Buchrücken zum Fenster ausgerichtet, dorthin wo niemand sitzen würde.

Aus der Küche drang ein lautes Krachen, dann war es still.

»Fertig«, rief Tortuga und Klara ging zu ihm zurück.

Während sie ihm beim Kochen half, den Tisch deckte und Geschirr abwusch, dachte sie darüber nach, wie sie ihn auf dieses Buch ansprechen konnte. Aber jedesmal, wenn sich ihre Blicke begegneten, lächelte Tortuga so zufrieden, dass sie es verschob. Als es um halb neun klingelte, war sie immer noch nicht dazu gekommen.

»Pünktlich auf die Minute«, rief Tortuga fröhlich und ging zur Wechselsprechanlage. *»Quien es?«* Er drückte auf den Summer und stellte sich auf der Türschwelle in Positur.

»Aber Sie müssen mit hinunterkommen.«

»Wieso?«

»Hab ich Ihnen nicht gesagt, dass Senor Ehrenstein im Rollstuhl sitzt?«

»Nein, hast du nicht, aber das hättest du tun müssen!« sagte der alte Herr und Klara erschrak über den Vorwurf in seiner Stimme. Sie hätte die Sache gern geklärt, aber dafür war keine Zeit.

Es war eine mühselige Aktion, den Rollstuhl hinaufzuhieven, und während der ganzen Zeit sagte Tortuga kein Wort. Erst als sie oben angekommen waren, begrüßte er seine beiden Gäste, zog sich aber gleich wieder in seine Küche zurück.

»Was hat er?« flüsterte Gustavo.

»Ach, nichts«, behauptete Klara. »Ihm ist wohl nur eingefallen, was er beim Kochen vergessen hat.« Sie zog Gustavo mit sich. »Komm, ich zeig dir das Zimmer, in dem ich gewohnt habe.«

»Wir kommen gleich wieder«, rief Gustavo seinem Vater zu.

Kaum hatten sie die Tür hinter sich geschlossen, nahm er sie in die Arme. »Mein kleines Herz, wie sehr ich dich vermisst habe.«

Klara lachte. »Wir waren nicht länger als fünf Stunden getrennt.«

»Fünf mal eine ewige Ewigkeit.«

»Und wie geht es dir?« fragte sie. »Alles in Ordnung?«

»Ja, alles bestens. Und dir?«

»Gut. Sehr gut«, sagte sie, aber Gustavo ließ sich nichts vormachen.

»Bist du sicher?« fragte er.

»Ja, schon. Außer dass ich fürchte, dass der Abend ein Reinfall wird. Dein Vater und Tortuga und dann noch Hannah, das passt überhaupt nicht zusammen.«

»Da warst du gestern noch ganz anderer Meinung.«

»Ja, da hab ich ein paar Sachen von Tortuga noch nicht gewusst. Er ist total nett, aber irgendwie ist er auch, wie soll ich das sagen – ein ... Provokateur.«

»Klara, ich glaub, du denkst manchmal ein bisschen zu viel. Hör mal, das sind erwachsene Menschen. Und ich bin ja auch noch da.«

Sie mussten zu seinem Vater zurück. Klara setzte sich neben Gustavo und lächelte den alten Ehrenstein an. Der lächelte zurück und räusperte sich.

»Senor Tortuga wird gleich kommen«, sagte sie. »Und die Senora, die wir noch eingeladen haben, muss auch jeden Moment hier sein.«

Sätze, denen man nichts hinzufügen konnte. Klaras Blick fiel auf das Terrarium. Die Schildkröten rührten sich nicht. Hatte der Verlust ihrer *companera* sie in Schock versetzt? Oder trauerten sie? Vielleicht war es eine Art Respekthandlung, so was wie eine körperliche Schweigeminute, und vielleicht dauerten die bei Schildkröten mehrere Stunden. Endlich kam Tortuga herein.

»Klara, was ist los, willst du deinen Gästen keinen Wein einschenken?«

Er nahm die offene Flasche selbst in die Hand, um die Gläser zu füllen. Dann setzte er sich und hob sein Glas. »Nun, auf was trinken wir?«

»Auf die Frauen natürlich«, sagte Gustavo.

»Auf die Frauen und auf unsere Geduld«, erwiderte der Alte. Sie tranken. »Warum kann sie nicht pünktlich sein? Ich denke, sie ist eine Deutsche?« fragte Tortuga.

Als Klara das Glas zurückstellte, sah sie die Abdrücke, die ihre Finger hinterlassen hatten.

»Hoffentlich ist ihr nichts passiert«, sagte sie.

»Was soll ihr denn passieren?« fragte Gustavo. »Hast du nicht gesagt, sie kommt mit dem Auto?«

Ehrenstein stöhnte auf. »Was ihr passieren soll, fragt er. Als hätten wir in den letzten Tagen nicht den blanken Krieg auf der Straße gehabt.«

»Einen Ausnahmezustand, der nicht mal zwanzig Stunden gedauert hat, Papa. Ich glaube, wir können ernsthaft daran glauben, dass sich in diesem Land was verändert.«

»Was soll sich verändern? Die Namen der Präsidenten wechseln, das ist alles. Und nicht einmal das bedeutet was. Die gehören doch sowieso alle zur selben Kaste, oder was meinen Sie, Senor Tortuga.«

»Wenn Sie gestatten, Senor Ehrenstein, möchte ich dazu erst einmal nichts sagen. Die Lage ist betrüblich genug und wir warten gerade auf eine Frau, die uns hinhält. Wir sollten uns ein angenehmeres Thema suchen. Für den Anfang zumindest.« Aber da klingelte es schon und Tortuga und Klara standen gleichzeitig auf, um Hannah entgegenzugehen.

Bald hörten sie ihr Schnaufen. »Mein Gott, diese Treppe ist zwar wunderschön, aber nichts für meine künstlichen Hüften«, rief sie.

»Entschuldigt die Verspätung. Ich war mit meiner Tochter im Chatroom. Sie lebt in Deutschland, wisst ihr. Sie will sich scheiden lassen und da musste ich mir doch ein bisschen Zeit für sie nehmen. Nicht wahr?«

Sie begrüßte Klara und Gustavo auf spanisch, bei Ehrenstein

ging sie zum Deutschen über. »Sie sind doch der Oboenspieler aus dem ›Teatro Colon‹!«

Zum ersten Mal sah Klara den alten Mann lächeln. »Sie können sich erinnern? Es ist Jahrzehnte her.«

»In Wirklichkeit bin ich ja auch ganz vergesslich. Aber ich liebe Oboe. Da hab ich mir die Spieler immer ein bisschen genauer angeschaut.«

Tortuga beobachtete Hannah aufmerksam, und als sie, immer noch auf deutsch, zu Klara sagte: »Mein Gott, zwei so interessante Männer in meinem Alter. Du willst mich doch nicht etwa verkuppeln?«, lächelte er, als hätte er sie verstanden. Er ging zu ihrem Platz, um ihr den Stuhl zurückzuschieben.

Dann ging er in die Küche, und kam mit der Suppenterrine zurück. Gustavo fragte Hannah nach ihren Theaterproben aus und Hannah erzählte ihm alles, was er wissen wollte. Die alten Herren verfolgten das Gespräch mit verhaltenem Lächeln, und einmal sah Klara, wie sie sich gegenseitig zuzwinkerten. Sie selbst hörte kaum hin. Sie war viel zu sehr mit der Suppe beschäftigt. Der Geschmack war sehr streng. Während sie Löffel um Löffel hinunterwürgte, sah sie immer wieder nach den Schildkröten im Terrarium. Ihr war, als würden die Tiere sie allesamt aus den Augenwinkeln beobachten.

Das Gespräch hatte sich inzwischen von Hannahs Laienschauspiel zum »Teatro Colon« bewegt. Tortuga und Hannah waren leidenschaftliche Konzertgänger und zusammen mit Ehrenstein schwelgten sie in Erinnerungen an berühmte Solisten. Jeder Name löste neue Begeisterung aus. »*Que bueno, que maravilloso era el.*«

Wie sehr Klara dieses »*Que bueno!*« mochte. Das Leben, das schwierig genug war, wurde auf diese Weise zu einem steinigen Feld, auf dem lauter schöne Dinge versteckt waren und darauf warteten, dass man sie entdeckte und vor Freude darüber laut aufjauchzte. »*Que me gusta esa forma de vivir!*« dachte Klara auf spanisch und lächelte über die Angst, die sie noch bis eben gehabt hatte. Der Abend lief hervorragend. Sie streckte die Beine unterm Tisch aus, betrachtete Gustavo und die alten Herrschaften und spürte eine grenzenlose Zuneigung.

Tortuga ging es genauso. Als sie das Geschirr in die Küche trugen, brach er für seine Verhältnisse in eine wahre Hymne aus. »Sehr gute Menschen sind das. Sehr gute Menschen. Obwohl es Juden sind. Aber wie sollst du auch schlechte Menschen kennen lernen, meine Liebe.«

Er holte den Flan aus dem Kühlschrank und übergab ihn ihr zum Servieren. Dabei legte er eine Hand auf ihren freien Rücken. Sie spürte seinen kühlen Händedruck noch, als sie schon wieder im Flur war.

Hannah kam ihr auf dem Weg zum Bad entgegen. »Einen guten Geschmack hast du, mein liebes Kind. Ein netter Bursche, dein Gustavo, wirklich. Er wird todunglücklich sein, wenn du fort bist. Das weißt du, nicht wahr? Todunglücklich.«

Klara nickte und ging schnell weiter, damit Hannah ihr Lächeln nicht sah.

Als wieder alle am Tisch saßen, begannen Ehrenstein, Hannah und Gustavo, das Essen zu loben. Es schien eine Art Ritual zu sein, mit dem man sich hier für eine solche Einladung bedankte. Sie fingen beim Dessert an, schwärmten dann noch einmal vom Braten und dem Gemüse, überboten sich an Komplimenten für die Quiche und kamen zum Schluss zur Vorsuppe.

»Woraus war sie eigentlich?« fragte Ehrenstein. »Sie hat mir sehr gut geschmeckt, obwohl ich mich die ganze Zeit gefragt habe, was ich da eigentlich esse.«

Tortuga stützte seine Ellbogen auf und legte sein Kinn auf die verschränkten Fäuste.

»Nun, was meint ihr?« Sie hatten sich inzwischen das Du angeboten. »Klara muss natürlich still sein.«

Sie rieten alles vom Froschschenkel bis zum Ochsenschwanz.

Niemand kam drauf und Tortuga grinste immer fröhlicher vor sich hin.

»Es ist seltsam, aber das, was euch allen als erstes einfallen müsste, darauf kommt ihr nicht. Vielleicht, weil es euch so grotesk erscheint. Aber gerade die grotesken Dinge liegen auf der Hand. Die meisten sind es bloß nicht gewohnt, ihrer ersten Eingebung zu trauen.«

Hannah musterte ihn mit einem seltsamen Blick. Ehrenstein dachte so angestrengt nach, dass er beim Denken die Lippen bewegte. Dann warf er sich in seine Lehne zurück. »Keine Ahnung.«

Nur Gustavo verstand den Hinweis, wenn auch erst spät. Nach einigem Grübeln schlug er sich auf die Stirn. »Natürlich, bei Senor Tortuga gibt es Schildkrötensuppe, was sonst. Dort steht ja auch die Vorratskammer.« Er lachte, aber niemand lachte mit.

»Na hör mal, Gustavo. Du glaubst doch nicht im Ernst, dass Carlos seine Schildkröten schlachtet. Er hat sicher eine Dose genommen«, sagte der alte Ehrenstein.

»Nein. Gustavo hat recht. Euch zu Ehren habe ich eins von meinen Tieren gekocht. Wenn es euch beruhigt, es war die älteste.«

Hannah griff sich an den Hals. Als Gustavo ihr Wein nachschenken wollte, bedeckte sie ihr Glas mit der Hand.

Schweigend sahen sie zu, wie Gustavo die anderen Gläser nachfüllte. Als er fertig war, räusperte er sich. »Das ist interessant, Carlos. Bist du denn so leidenschaftlich mit diesen Schildkröten verbunden, dass du sogar deinen Namen ändern lassen hast? Wie geht das denn? Ich würde auch gern Gustavo Tango heißen.«

»Natürlich, darauf wartest du ja nur. Als letztes auch noch deinen deutschen Namen aufzugeben«, fuhr sein Vater ihn an.

Tortuga hatte immer noch sein Kinn auf den Fäusten. Die

Kerze vor ihm warf einen unheimlichen Schatten über sein Gesicht. Seine Falten sahen doppelt so wulstig wie sonst aus.

»Das ist genau die richtige Frage, Gustavo. Mit dem Namen fing alles an. Und vielleicht seid ihr weniger entsetzt, wenn ich euch die ganze Geschichte erzähle. Als ich ein Kind war, brachte mir mein Name viel Spott ein. Nicht nur, dass ich so hieß, ich hatte schon als kleiner Junge diese zwei Falten unter den Augen. Für alle war ich nur die Schildkröte. Natürlich wollte ich wissen, woher dieser Name kam. Ihr habt bestimmt schon gehört, dass es in Buenos Aires von Namensforschern nur so wimmelt. Ich hab eine Menge von ihnen kennen gelernt. Aber nicht einer konnte mir eine befriedigende Auskunft erteilen. Ich fing an, mich für das Tier selbst zu interessieren. Ich bin sogar nach Galapagos geflogen, um die größten Exemplare der Welt zu sehen. Ich mochte sie alle. Ich wollte sie um mich haben und schaffte mir ein Terrarium an. Aber es reichte mir immer noch nicht. Zumindest hatte ich das Gefühl, dass ich noch nicht am Ziel war. Ich war schon Mitte vierzig, als mir jemand von diesem Eingeborenenstamm im Norden erzählte. Ich habe ihn besucht. Die Schildkröte ist dort ein heiliges Tier. Der Stamm glaubt, wenn man dieses Tier isst, dann verbindet man sich mit der Erde, auf der dieses Tier lebt. Bei den Indios habe ich meine erste Schildkröte gegessen und danach, ob ihr es glaubt oder nicht, habe ich von meinen Vorfahren geträumt. Sie haben mit Indianern am Lagerfeuer gesessen, genauso wie ich es getan hatte. Und das, das hat mein ganzes Leben verändert. Zum ersten Mal habe ich mich auf argentinischem Boden zu Hause gefühlt. Nun ja, und seitdem koche ich zu besonderen Anlässen eine Schildkröte. Heute ist so ein Anlass. Wir haben eine Person unter uns, der ich von ganzem Herzen wünsche, dass sie die Energie einer argentinischen Schildkröte in sich aufnehmen kann.«

Klara sah, wie Ehrenstein mit halb offenem Mund zugehört

hatte und Tortuga jetzt mit geröteten Wangen ansah, als fühle er sich gemeint.

Aber Tortuga blickte sie an und schien zu erwarten, dass sie seine Rede mit der Bekanntgabe ihres Entschlusses krönte.

»Das ist aber ein ganz schöner Hokuspokus, den du da erzählst«, sagte Hannah. »Als ob es genügte, ein bestimmtes Fleisch zu essen, um in einem anderen Land klar zu kommen. Ein halbes Leben kann dabei draufgehen, wenn ihr versteht, was ich meine, und bei manchen reicht nicht mal ein ganzes.«

»Ich finde Carlos' Geschichte interessant«, sagte Gustavo.

Ich glaube nicht ein Wort davon, dachte Klara, aber sie sagte nichts.

Ehrenstein räusperte sich. »Es wäre ja schön, wenn es so einfach wäre. Wer weiß, vielleicht gehe ich ja sogar zur nächsten Präsidentenwahl.« Er kicherte.

Hannah schob ihren Dessert-Teller weg. »Wisst ihr, was ich glaube? Carlos hat sich einfach nur eine hübsche Geschichte ausgedacht, um uns seine kulinarischen Vorlieben schmackhaft zu machen. Aber ich finde, Carlos, du hättest uns vorher sagen müssen, was wir da essen.«

»Du hättest mich danach fragen können«, erwiderte Tortuga.

Sie sahen sich einen Moment in die Augen. Feindselig oder prüfend, Klara konnte es nicht erkennen. Ehrenstein blickte auf seine Beine und Gustavo sah verstohlen nach den Schildkröten, die sich mit leisem Knirschen über den Kies bewegten.

Tortuga unterbrach die Stille: »Ich glaube, das Essen hat euch ein bisschen schwer gemacht. Ihr solltet euch bewegen. Klara, führ die Gäste doch in den Salon. Ich werde uns einen Kaffee machen. Und wenn ihr wollt, kann Klara euch auch zuerst die Bibliothek zeigen.«

»Gute Idee«, rief Hannah aus. »Sehr gute Idee.«

Erlöst standen sie auf. Jeder schien froh, dem Thema Schildkröte entkommen zu sein. Klara allerdings dachte schon an das Buch, das im Salon auf dem Tisch lag, und mit dem kläglichen Trost, dass noch so etwas wie eine Galgenfrist verblieb, öffnete sie die Tür zum Flur.

Hermann folgte ihr als erster. Er schob seinen Rollstuhl allein voran, während Gustavo Hannah an den Arm nahm und sie beim Gehen stützte.

In der Bibliothek war bald jeder für sich in die Betrachtung der Sammlung vertieft. Hannah rief: »Er muss die gesamte Literatur der Rio de la Plata-Staaten besitzen. Seht mal. Lauter Originale. Das ist großartig.«

Hermann schloss sich an. »Und hier! Eine Gesamtausgabe von Nietzsche. Auf spanisch! Sieh mal an. Ich wusste gar nicht, dass es das gibt.«

Auch Gustavo zog begeistert ein Buch aus dem Regal. »Schau mal, Klara. Diesen Roman von Roberto Arlt, ›Die sieben Verrückten‹, den musst du unbedingt lesen. Wenn du das gelesen hast, wunderst du dich hier über nichts mehr.«

Über ihnen erklang ein machtvoller Akkord. Sie sahen auf und entdeckten die Lautsprecher, die über den Regalen angebracht waren. Mit erhobenen Köpfen lauschten sie.

»Bach«, kommentierte Hermann. »Aber was ist das für ein Chor?«

Die Frage stellten sich alle vier. Die Stimmen schienen sich zwar irgendwie in Bass, Tenor, Alt und Sopran aufzuteilen, aber es war nicht zu erkennen, ob es Männer, Frauen oder Kinder waren, die da sangen. Schweigend ging die kleine Gesellschaft in den Salon. Sie setzten sich in die breiten Ledermöbel und hörten weiter der Musik zu. Klara behielt sie alle im Blick. Ihr entging auch nicht, dass Hannah das Buch auf dem Tisch entdeckte. Draußen war es dunkel geworden und im schwarzen Fensterglas erschien der Titel in Spiegelschrift. Verstohlen schielte Klara nach Hannahs Gesicht, aber sie konnte in den vielen kleinen Fältchen keine bestimmte Reaktion erkennen.

Tortuga kam mit einem Silbertablett voller Tassen herein. Die Musik lief noch immer.

»Was ist das?« rief Gustavo ihm neugierig entgegen.

»Phantastisch nicht wahr. Es sind Eingeborene aus dem Norden. Missionare haben ihnen diese Musik beigebracht.« Er goss die kleinen Tassen voll. »Aber das war nur möglich, weil sie vorher eine primitive Kultur hatten«, erklärte er währenddessen. »Weil sie unschuldig waren und unverdorben, so dass sie die Musik von Bach in diese Reinheit umsetzen konnten. Nur wenn sich ausgereifte Kulturen miteinander vermischen, missrät alles.«

Niemand sagte etwas dazu. Gustavo verteilte die Silberlöffel, die auf dem Tablett liegen geblieben waren, während Carlos aus einem Schrank eine Likörflasche und ein kleines Tablett mit sechs Gläschen holte.

»Zum Beispiel, wenn man in einem Shakespeare-Stück ein Goethe-Gedicht zitiert«, fügte Tortuga hinzu. »Das ist eine typisch jüdische Aktion, nicht wahr? Obwohl Goethe nicht einmal jüdisches Kulturgut ist. Aber sich in eine vorhandene Kultur mit etwas Fremdem einzunisten, das ist jüdisch.« Er schenkte fünf Gläser voll und sah Hannah und Ehrenstein abwartend an.

Klara spürte ihren Herzschlag im Hals. Es würde wohl nur noch Sekunden dauern, bis der Streit losging. Gustavo, der neben ihr saß, beschäftigte sich damit, Milch in seinen Kaffee zu gießen und umzurühren. Für eine Sekunde kam er Klara vor wie ein Idiot. Bis er aufschaute und mit einem Blick das angespannte Schweigen erfasste. Er zog seine Hand zurück zu seinem Körper und legte sie auf seine Beine, eine Geste, die Klara an das deutsche Wort »sich zusammennehmen« erinnerte. Er nahm auch seinen Blick wieder von den Anwesenden.

»Was habt ihr?« fragte Carlos. »Ihr seid doch beide Juden. Ich dachte, ihr könnt mir dazu etwas sagen.«

»Das einzige, was ich dir dazu sagen kann, ist, dass dieser Gedanke dumm ist«, sagte Hannah. Sie sagte es sehr ruhig. Klara hielt weiter den Atem an.

»Und was findest du daran dumm?« fragte Carlos ebenso ruhig, geradezu neugierig.

»Das ist ganz einfach«, sagte Ehrenstein. »Die Deutschen waren dumm, solche Menschen wie meinen Vater fortzujagen. Es gab keine deutsche Kultur ohne Juden, verstehst du Carlos? Und wenn du mit mir redest, dann redest du mit einem Deutschen, wenn ich bitten darf. Meine Vorfahren waren länger in Deutschland als deine in Argentinien.« Ein Hustenanfall hinderte ihn daran, weiterzusprechen. Gustavo klopfte ihm auf den Rücken, aber der Alte stieß ihn mit einer brüsken Geste beiseite.

Carlos zündete sich eine Zigarette an und wartete, bis sein Gast sich beruhigt hatte. »Aber seht euch doch mal an, was hier in den letzten Monaten passiert ist. Die Banken bestehlen ihre eigenen Landsleute. Das Volk hungert und denkt an nichts anderes mehr als daran, dass es den Bauch voll kriegen muss. Es gibt keine Ideen, keine Ideale. Das Wort Volksgenosse haben die Leute hier nie gehört.«

»Glaubst du denn ernsthaft, der Mann, der das Buch geschrieben hat, das auf deinem Tisch liegt, der hätte solche Probleme gelöst?« fragte Hannah. »Ich finde es übrigens ein bisschen unhöflich, dass du das Buch da liegen lässt.«

»Ein bisschen unhöflich? Das ist blanker Antisemitismus!« schrie Klara auf.

Die anderen starrten sie erschrocken an. Endlich räusperte sich Gustavo. »Warum schreist du denn so?«

»Carlos hat Hannah verboten, ein Goethe-Gedicht vorzutragen, bloß weil sie Jüdin ist. Das ist ungeheuerlich.«

»Er hat es mir nicht verboten.«

»Er hat gesagt, du hättest dich typisch jüdisch verhalten.«

»Ach, das hat er gesagt, weil er so verrückt ist, dieses Buch da ernst zu nehmen. Ich kenne es. Immer, wenn ich mich als junges Mädchen über unsere Auswanderung beschwert habe, hat mein Vater mich gezwungen, es zu lesen. Das war seine schlimmste Strafe. Es ist furchtbar schlecht geschrieben.«

»Da hast du recht«, sagte Tortuga und lachte. »Aber was drinsteht, das interessiert mich trotzdem. Ich versuche den Autor vom Politiker zu trennen. Als Politiker hat er ein bisschen übertrieben, das gebe ich zu.«

»Ein bisschen übertrieben?« wiederholte Klara. Sie zitterte.

»Waren deine Eltern denn Juden?« fragte Hermann.

»Nein.« Klara wollte noch etwas sagen, aber sie wusste nicht, wie sie anfangen sollte. Brauchte Tortuga wirklich eine Erklärung, wie viel »ein bisschen« gewesen war? Das konnte sie nicht glauben. Aber warum sagten die anderen denn nichts mehr? Sie versuchte einen Schluck Kaffee zu nehmen, aber die Tasse schlingerte in ihrer Hand und sie stellte sie klappernd zurück.

Tortuga bot Zigaretten an. Ehrenstein und Gustavo bedienten sich. Sie schwiegen und sahen Klara abwartend an, und Klara hatte das Gefühl, bald keine Luft mehr zu bekommen.

»Vielleicht waren ihre Eltern Nazis«, sagte Hannah leise und wandte sich dann an Klara. »War es so? Es muss schrecklich sein, solche Eltern zu haben. Vielleicht hilft es dir ja, wenn du uns von ihnen erzählst.«

»Meine Eltern waren damals viel zu klein.«

Was war hier los? Klara hatte Hannah und Ehrenstein verteidigen wollen und jetzt taten die so, als wäre sie diejenige, um die man sich kümmern musste.

»Aber Carlos hat dich doch angegriffen, Hannah!« sagte sie. »Er hat dich doch beleidigt. Er liest ›Mein Kampf‹! Es *interessiert* ihn!«

»Ich verstehe das auch nicht. Sonst hat er so einen guten Geschmack«, antwortete Hannah. Klara wusste nicht mehr weiter.

Gustavo fing an, in seiner Hosentasche zu wühlen. Klara hörte ein leises Knacken, dann zog er seine Hand hervor, warf sich etwas in den Mund und trank von seinem Wasserglas. Beim Schlucken sauste sein Adamsapfel hoch und runter.

Sie schwiegen wieder. Wollten sie nicht mehr mit Klara sprechen? War ihre Anwesenheit der Grund, weshalb niemand etwas sagte?

»Entschuldigt mich.« Klara stand auf, als müsse sie zur Toilette. Sie ging ins Esszimmer. Sie fühlte sich elend. Die Menschen, die dort drüben saßen, kamen ihr entsetzlich fremd vor. Sogar Gustavo.

Sie behandelten sie, als hätte sie eine Krankheit. Zu keinem vernünftigen Gedanken mehr fähig, starrte Klara ins Terrarium. Aber dort regte sich nichts. Die Schildkröten hatten Kopf und Beine zum Schlafen unter ihre Panzer gezogen und lagen wie große Steine auf dem Kies. Jemand öffnete die Tür. Es war Gustavo. Er setzte sich neben Klara und zog sie an sich. Sie wusste nicht, warum er das tat.

»Was hast du eben zu dir genommen?« fragte sie.

»Eine Schmerztablette.«

»Warum, was hast du?«

»Ich halte eure Schmerzen nicht aus.«

»Das versteh ich nicht.«

Er hob die Schultern. »Das war schon als Kind so bei mir. Wenn sich ein anderes Kind in meiner Nähe das Knie aufgeschlagen hat, dann hat meins so wehgetan, dass ich heulen musste. Manchmal hab ich sogar lauter geschrien als das Kind selbst. Ich kann nichts dagegen machen.«

»Und obwohl es nicht deine eigenen Schmerzen sind, nimmst du Tabletten dagegen?«

»Warum denn nicht. Sie helfen mir doch. Nimmst du denn nie welche?«

»Nein. Mir wird schlecht davon.«

»Arme Liebste.«

Klara sah auf den Esstisch. Tortuga hatte ihn blitzblank geräumt. In der Mitte stand sogar schon wieder eine Vase mit frischen Blumen. Das polierte Holz schimmerte im Laternenlicht, das durchs Fenster fiel.

»Welche Schmerzen meinst du denn?« fragte Klara. »Hannah und deinen Vater scheint es doch nicht im Geringsten zu stören, was Carlos zu ihnen sagt.«

»Was Carlos sagt, das sind sie gewohnt. Aber deine Worte, die tun ihnen weh. Vor allem, dass du so schreist. Als du das erste Mal laut geworden bist, da lief meinem Vater ein Schauer den Rücken hinunter, heiß und kalt. Weißt du, ich wasche ihn jeden Morgen und jeden Abend. Da spüre ich das eben.«

»Aber ich verstehe nicht, warum sie Carlos nicht widersprechen.«

»Aber das tun sie doch.«

»So?«

»Hast du das nicht gehört?«

Sie zuckte mit den Schultern. »Nein.«

»Und Carlos, kannst du den gar nicht verstehen?« fragte Gustavo.

»Jemanden, der seine Gäste als Juden beschimpft. Niemals.«

Gustavo seufzte. »Er beschimpft sie doch nicht. *Corazon*, der Mensch, den ich im Moment am wenigsten verstehe, bist du.«

»Warum bist du mir dann hinterhergekommen?«

»Ich hab deinen Körper gehört, der nach meinem gerufen hat.«

»Dann hat er das gemacht, ohne mich vorher zu fragen.«

»Das kann sein, Klara. Aber ich schwöre, dass ich ihn gehört habe. Ich könnte am anderen Ende der Welt in Narkose liegen und würde ihn immer noch hören.«

Es gab wohl keine Situation, in der Gustavo sich nicht einen *Piropo* für sie ausdenken würde, dachte Klara.

»Wie sieht es aus«, fragte er. »Können wir wieder zurück?«

Er hielt sie ein Stück von sich weg, um sie anzuschauen. Er sah nervös aus. Mit einem Mal begriff Klara, dass sie diejenige war, die den Abend gesprengt hatte, dass sie genau das getan hatte, was sie von den anderen befürchtet hatte.

Es war ihr peinlich. Vor allem gegenüber Tortuga. Als sie nebeneinander durch den Flur gingen, fuhr Gustavo mit seinem Finger über ihren nackten Rücken.

»Schrei nicht mehr«, sagte er. »Du bist viel zu schön dafür.«

Sie öffneten die Tür zum Salon.

»Ah, da seid ihr ja wieder«, rief Hannah. »Ich hab gerade von meiner Tochter erzählt.«

Klara setzte sich dicht neben Gustavo. Seit sie den Raum wieder betreten hatten, spürte sie Tortugas Blicke, die auf ihr ruhten und sie voller Neugier verfolgten. Sie wollte aufschauen und ihn anlächeln, aber sie schaffte es nicht. Er hatte nicht einmal das Buch vom Tisch geräumt.

Hannah sagte: »Meine Tochter war auch so eine Engagierte. Genauso wie Klara. Manchmal habe ich gedacht, vielleicht hätte sie sich nicht so im Untergrund engagiert, wenn ich und mein Mann eine andere Geschichte gehabt hätten. Aber vielleicht ist dieser Gedanke ja falsch. Deine Eltern waren ja auch keine Juden, Klara.«

»Nein. Sie waren kleine Kinder im Krieg.«

Wieder verging eine ganze Zeit, ohne dass jemand etwas sagte. Aber Klara schien die einzige zu sein, die das sofort nervös machte.

Endlich fragte Gustavo: »Was war denn mit deiner Tochter, Hannah?«

»Ach, willst du das wirklich wissen? Sie ist tot. Aber an ihrer Stelle habe ich ein neues Kind. Meinen Enkel. Ein wunderbarer Junge. Er ist jetzt dreiundzwanzig und schon so klug. Manchmal denken wir, er ist ein Heiliger. Wir sind so froh, dass er gerettet worden ist.«

»Wie wurde er denn gerettet?« fragte Tortuga.

Hannah blinzelte ihm zu. »Willst du im Ernst, dass eine Jüdin dir eine Weihnachtsgeschichte erzählt?«

»Ich bitte darum.«

Die drei Alten lachten. Dieses Lachen war ironisch und versöhnlich und, wenn Klara sich nicht täuschte, bei allen dreien ein bisschen verliebt.

Hannah warnte sie: »Es ist keine schöne Geschichte, das sage ich euch gleich.«

»Wer hat schon eine schöne Geschichten zu erzählen«, erwiderte Hermann und setzte hinzu: »Erzähl.«

»Es war während der Militärdiktatur. Mein Mann hatte rausbekommen, dass sie Sachen für den Untergrund gemacht hat, und sie gebeten, auszuziehen. Er sagte, sie würde ihre Geschwister zu sehr in Gefahr bringen. Sie hat das sofort akzeptiert. Aber ich glaube, sie hatte furchtbare Sehnsucht nach uns. Deswegen hat sie wohl auch so schnell das Baby bekommen. Sie war achtzehn, als sie den Kleinen bekam. Ich hab mich mit ihr getroffen, ohne dass mein Mann davon wusste. Eines Tages, wir waren gerade von einer Ferienreise zurück, bekam ich einen Anruf von einer Frau, die ich nicht kannte, ob ich in das Haus meiner Tochter kommen könnte. Es ginge um meinen Enkel. Ich hörte an der Stimme, dass diese Frau Angst hatte. Ihr wisst, wie die Zeiten damals waren. Ich fuhr also sofort dahin.

Es war die Nachbarin von meiner Tochter. Ein paar Tage vorher ist sie nachts von Schreien aufgewacht. Dann ist ein Auto weggefahren und sie hat nur noch den Kleinen gehört. Sie ist rübergekommen. Die Wohnung war total verwüstet. Der Kleine lag in seinem Bettchen. Er muss furchtbar geweint haben. Wahrscheinlich wollten sie ihn noch holen. Manchmal haben sie zuerst die Eltern weggebracht und dann die Kinder. Die Nachbarin hat ihn genommen und ist mit ihm abgehauen. Zuerst war sie bei uns. Aber da wir nicht zu Hause waren, hat sie sich bei einer Freundin versteckt, um zu warten, bis wir zurück sind. Sie muss eine schreckliche Zeit durchgemacht haben. Sie hat mir das alles im Haus meiner Tochter erzählt, immer mit dem Kleinen auf dem Arm. Sie wollte wissen, was sie mit den Sachen machen sollte. Ich war vorher noch nie im Haus meiner Tochter gewesen. Es war sehr ärmlich. Ihre Sachen lagen einfach herum. Ich sah die Lederjacke, die wir ihr mal zu Weihnachten geschenkt haben, und die Pullover, die ich ihr gestrickt habe. Und diese Nachbarin, die war so furchtbar arm. Ich hätte ihr am liebsten die ganzen Sachen von meiner Tochter gegeben. Ich wusste doch, was los war. Ich wusste, dass ich meine Tochter nie wiedersehen würde. Aber ich konnte doch ihre Sachen nicht so einfach verschenken. Wenigstens die Lederjacke, dachte ich. Aber die Nachbarin, die hätte das nicht verstanden. Später habe ich die ganzen Sachen weggeworfen. Und dabei dachte ich noch einmal, ich hätte sie dieser Frau geben müssen. Sie hat meinen Enkel gerettet. Und jetzt, wenn mich jemand nach dem Tod meiner Tochter fragt, da fällt mir immer als erstes diese Jacke ein. Ist das nicht komisch?«

»Und weißt du, was deiner Tochter passiert ist?« fragte Gustavo leise.

»Nein, das weiß ich nicht«, antwortete Hannah. »Und eins sage ich euch, auch wenn ihr das vielleicht nicht versteht. Ich will es nicht wissen. Ich will es verdammt noch mal nicht wissen.«

Sie schwiegen. Die Geschichte der Verschleppten füllte den Raum, ohne dass ein einziges Wort fiel.

»*Lo siento*«, sagte Tortuga.

»Wenn es dir leidtut, dann mach dir noch mal ein paar Gedanken zu diesem Buch da. Es ist die Bibel der Militärs gewesen. Und es ist genauso dumm wie diese Leute.«

»Aber Carlos ist nicht dumm«, widersprach Hermann leise. »Und ich weiß, was ihm fehlt. Mit Löffeln auf Töpfe zu schlagen ist kein politisches Programm. Aber so lange ein Argentinier zu essen hat, so lange versucht er mit dem Chaos klar zu kommen und ist darauf auch noch stolz. Man kann ihnen das letzte Hemd rauben und sie sagen immer noch: *No hay problemas.*«

Gustavo erwiderte: »Du hast doch gerade gehört, was hier mit Idealisten passiert ist.«

»Ach, das ist doch keine Entschuldigung dafür, dass du dich von jedem Banditen ausrauben lässt. Wisst ihr, Gustavo ist auch so einer. Wenn er glaubt, er verteidige seinen Stolz, ist es in Wirklichkeit nur seine Eitelkeit. Er…«

»Hermann«, unterbrach ihn Tortuga. »Sprich nicht schlecht über deinen Sohn.«

»Das finde ich auch«, sagte Hannah. »Das hat er wirklich nicht verdient. Schau mal, wie rührend er sich um Klara kümmert. Ist alles wieder in Ordnung, Mädel? Ich weiß ja nicht, worüber du dich so geärgert hast. Aber ich fürchte, wir können dir da wirklich nicht helfen. Wir haben ja leider keine Zeit mehr, uns noch mal zu treffen. Ich finde es schade, dass du bald fährst.«

»Seht ihr«, sagte Ehrenstein. »Wenn mein Sohn was auf der Pfanne hätte, dann gäbe es sogar eine Chance, dass sie bleiben würde.«

»Weißt du, Papa, es ist nicht immer alles so mies, wie es dir vorkommt.«

Ehrenstein winkte ab und Gustavo verstummte, ohne ihn aus den Augen zu lassen. Tortuga und Hannah verstanden. Und sie fixierten den alten Ehrenstein so lange, bis er es merkte und Gustavo fragend ansah. »Bitte?«

»Manchmal sind die Dinge anders, als du denkst«, sagte Gustavo. »Manchmal sind sie besser.«

»Wie meinst du das?«

»Was glaubst du, warum wir dieses Essen heute machen?« fragte Gustavo.

Ehrenstein hielt die Reifen seines Rollstuhls umklammert. »Wie meinst du das? Was stellst du für blöde Fragen?«

»Jetzt sag schon, was glaubst du: Warum sind wir hier?«

Klara, Hannah und Tortuga beobachteten Vater und Sohn gespannt. Gustavo ließ nicht locker: »Sag es mir doch einfach: Was glaubst du, was wir hier feiern? Das kann doch nicht so schwer sein.«

»Soll das ein Spiel sein?«

»Ja, gut, nehmen wir an, es ist ein Spiel. Also?«

»Naja, Weihnachten eben?«

»Und warum mit Klara, Hannah und Carlos?«

»Damit niemand zu Weihnachten alleine ist, was weiß ich? Klara, was soll das, was ist los mit ihm?«

Gustavos Lippen spielten miteinander, als suchten sie auf diese Art die nächsten Worte. »Und kannst du dir nicht vorstellen, Papa, dass du dir manchmal etwas wünschen könntest, das sogar in Erfüllung gehen kann?«

Klara spürte, wie ihre Mundwinkel zuckten. Je länger Gustavo den Moment hinauszögerte, umso größer wurde der Druck in ihr. Sie hörte sich in Gedanken rufen: »Halt, zurück, Gustavo, lass uns das alles noch mal durchdenken. Lass uns noch einmal über alles reden!«

Aber in diesem Moment nahm Gustavo ihre Hand und sagte: »Klara bleibt hier, und nächstes Jahr werden wir heiraten.«

»Ach, wie goldig«, rief Hannah.

»Lasst uns darauf anstoßen«, forderte Tortuga sie auf und nach und nach erschienen fünf Gläser über dem Tisch und klirrten aneinander.

»Alles Glück für euch beide«, sagte Tortuga und zwinkerte Klara zu, so dass sie einfach nicht anders konnte, als lächeln. Sie schluckte ihren Likör hinunter. Alle Aufmerksamkeit richtete sich auf Hermann. Der bedeckte sein Gesicht mit einer Serviette und kicherte oder schluchzte, es war nicht zu erkennen. »Ich kann's nicht glauben«, drang es hinter der Serviette hervor. »Mein Sohn wird eine Deutsche heiraten.«

Er wischte sich das Gesicht ab, hob den Kopf und blickte sie mit seinen feuchten Augen an. Hannah nickte ihm zu: »Na, lieber Freund. Es gibt bestimmt Dinge, die schwerer zu glauben sind als das hier. Du wirst dich schon dran gewöhnen.«

»Aber wie wollt ihr das anstellen?« fragte Hermann. »Deine Wohnung ist doch viel zu klein, und überhaupt ...«

»Keine Sorge, ich hab mir schon was überlegt.«

Tortuga stand auf, um das Geschirr abzuräumen, und Hannah half ihm dabei.

»Wenn die Inflation kommt«, sagte Gustavo, »kann man meistens ganz billige Apartments kaufen. Das war beim letzten Mal auch so. Und Klara kann Deutschunterricht geben. Es gibt viele Leute, die jetzt nach Deutschland wollen.«

Klara staunte. Über solche Dinge hatten sie noch gar nicht gesprochen. Aber Gustavo war eben immer einen Schritt weiter als sie. Sie musste sich nur drauf verlassen.

Um Mitternacht hörten sie das hohe Pfeifen der Raketen. Sie standen auf und zu fünft drängten sie sich an die Fenster des Salons, um das Feuerwerk zu betrachten.

»Darauf, dass uns der Bürgerkrieg erspart geblieben ist«, sagte Tortuga und sie stießen noch einmal miteinander an.

Kurz darauf drängte Hermann zum Aufbruch. »Ihr habt doch gesagt, ihr wollt noch Tangotanzen gehen. Dann müsst ihr langsam mal los, oder nicht?«

Gustavo lachte. »Seit wann machst du dir Sorgen darum, ob ich rechtzeitig zum Tango komme?«

»Naja. Wenn das jetzt auch schon in Deutschland getanzt wird…«, brummte der Alte verlegen.

Hannah blieb noch eine Weile bei Tortuga. Schließlich könne man ihm doch den Abwasch nicht allein überlassen.

Als der Lieferwagen durch das Belgrano-Viertel rollte, war Gustavos Vater schon eingeschlafen. Aus dem Rollstuhl drang sein leises Schnarchen nach vorne.

Noch immer pfiffen Schüsse durch die Nacht und Explosionen versprengten sich am Himmel.

»Klarita«, sagte Gustavo. »Ich würde dich auch lieben, wenn du eine Argentinierin wärst. Das weißt du, nicht wahr? Dass wir meinen Vater glücklich machen, ist Zufall, sonst nichts.«

Warum sagte er das? Sie wäre nicht einmal auf die Idee gekommen, so etwas zu denken. Sie wollte ihn schon fragen, aber heute Nacht war genug geredet worden, fand sie. Schließlich hatten sie und er noch ihr ganzes Leben vor sich, um sich zu verstehen.

»Natürlich weiß ich das, Gustavo«, antwortete sie. »Und du? Weißt du, dass ich wirklich nur hier bleibe, weil ich dich liebe? Aus keinem anderen Grund?«

»Ja, das weiß ich. Natürlich weiß ich das«, sagte er und ganz in der Nähe krachte eine Salve von Böllerschüssen los.

25

Stille Nacht in Berlin. Schon nachmittags um fünf waren die Straßen leer, die Geschäfte zu, die Leute zu Hause, jeder dort, wo er hingehörte. Bruno war auf dem Weg zu Norbert.

Der Fernseher in der U-Bahn teilte ihm mit, dass der Jahresumsatz gegenüber dem Vorjahr schon wieder gesunken war. Alle paar Meter hing so ein Monitor von der Decke; wenn

Bruno sich in den richtigen Winkel setzte, konnte er drei Mal Rezessionsklage simultan gucken. Am Alex stieg er um. Auf dem Bahnsteig hatten es sich ein paar Obdachlose gemütlich gemacht. Sie hockten um eine leere Schnapsflasche, in der ein Tannenzweig steckte. Eine Frau versuchte aus Stanniolpapier lange Streifen zu reißen und an den Nadeln festzumachen. Das einzige, was dabei herauskam, war, dass die Nadeln mit dem Papier herunterfielen.

»Mann bist du blöde, is doch klar, dass det nich klappt.«

»Häng dich nich rein. Iss eben Weiberkram.«

Einer der Männer entdeckte Bruno und schrie: »Oh, guckt mal, jetzt kommt die Bescherung. Hallo Weihnachtsmann. Haste ma 'ne Mark? Ick sach dir ooch 'n Gedicht auf.«

Bruno gab ihm eine.

»Haste nich noch eine? Weißt doch, inner Woche sind die Dinger nur noch 'nen Fuffziger wert. Dann is alles Euro.«

Zum Glück kam gleich eine Bahn. Im Abteil saß nur eine alte Frau. Sie hatte eine große Tasche neben den Beinen stehen und lächelte ihn an. »Na, auch so spät dran, junger Mann? Ich dachte ja schon, es fährt gar nichts mehr. Stellen Sie sich mal vor: Sieben Enkel und die Oma bleibt aus. Das gäbe ein Geschrei. Sie haben wohl noch keine Kinder? Sieht man Ihnen nämlich ein bisschen an, wissense. Aber das wird noch. Heutzutage fangen sie ja alle viel später an als wir damals. Aber dafür werden sie ja auch mal viel älter, nicht wahr?«

Sie mussten an derselben Station aussteigen und Bruno trug der Frau die Tasche bis vor die Tür. Die Mark, die sie ihm geben wollte, lehnte er ab. Als er an Norberts Haustür klingelte, fühlte er sich irgendwie besänftigt.

Norbert öffnete ihm die Tür mit einem Topflappen in der Hand. Im letzten Jahr hatten sie Tiefkühlpizza in den Ofen geschoben. Aber diesmal dampfte es aus zwei Töpfen und im Backofen stand eine Bratpfanne im Lichtschein.

Es roch wie zu Zeiten, als in Brunos Kindheit noch alles so war, wie es sein sollte.

»Wann hast du das denn gelernt?« fragte er.

»Ist doch egal, oder? Hauptsache, es schmeckt. Setz dich und mach den Wein auf.«

Norbert schöpfte eine heiße, rotbraune Flüssigkeit in zwei Suppenteller und stellte sie auf den Tisch.

»Ochsenschwanzsuppe«, sagte er. »Na, jetzt staun nicht so. Die hab ich im ›Lafayette‹ gekauft. In einer Flasche.«

»Seit wann gehst du denn in französische Kaufhäuser?«

Norbert antwortete nicht.

Nach der Suppe hob er einen Gänsebraten aus dem Ofen und aus den Töpfen fischte er Klöße und Rotkohl. Es schmeckte phantastisch, aber Bruno hatte die ganze Zeit das Gefühl, dass sie das falsche Personal für diese Inszenierung waren. Und irgendwie stimmte auch der Text nicht. Er verstand nicht, warum Norbert es so spannend fand, über die Zubereitung von Braten zu sprechen, über den Unterschied zwischen Supermarkt- und Bio-Fleisch und dann über die Lage der Märkischen Bauern nach der Rinderwahnkrise. Bruno warf ein, was er wusste. Aber er wurde das Gefühl nicht los, dass sie miteinander redeten, als hätte sie jemand zu diesem Essen gezwungen.

Als sie fertig waren, setzte Norbert Espresso auf. Das Geschirr ließ er auf dem Tisch stehen. Er ging in sein Schlaf-Wohnzimmer und startete den CD-Player. Bruno erkannte Miles Davis, ›Kind of Blue‹. *So what?* fragten die Bläser. Norbert kam mit einem Schachspiel zurück.

Ohne Kommentar stellte Bruno die Bauern auf. Lieber Holzfiguren rücken, als über Rinderwahn reden, dachte er. Sie hatten erst eine halbe Stunde gespielt, als Norbert sich plötzlich gegen die Stuhllehne warf.

»Ich hab keinen Bock mehr. Es reicht.«

»He, was ist denn jetzt schon wieder los?«

»Warum greifst du nicht an, Bruno? Deine Dame steht auf ihrem Feld rum wie angeklebt.«

»Ist doch meine Sache.«

»Leute, die ständig in Deckung gehen, sind langweilig auf die Dauer, kapierst du?«

»Ach nee, und was ist mit Leuten, die weglaufen?«

»Warum hast du nicht angerufen?«

»DU hast mich sitzen lassen.«

»Ich hab dich dreimal gefragt, warum du diesen Job gemacht hast, und keine Antwort bekommen. Nur Ausreden.«

»Willst du etwa behaupten, an deinem Job ist alles astrein? Guck dir doch mal an, was für Videos du an Kinder verkaufst. Da würde ich aber auch mal drüber nachdenken.«

»Dann denk doch drüber nach. Frag mich doch mal was.«

Bruno hatte wirklich keine Lust auf so was. Er stand auf und griff nach seinem Mantel. »Schönen Dank auch fürs Essen.«

Mit einem Mal griff Norbert nach seinem leeren Glas. Er holte aus und knallte es an die Wand über dem Tisch. Die Scherben platzten auseinander. Ein paar Glassplitter landeten auf den Essensresten.

»Weißte, woher das Wort Scheitern kommt?« fragte Norbert. »Wenn ein Boot gegen eine Felswand knallt, dann zerbricht es in Scheite.«

Er bohrte seinen Korkenzieher in die nächste Flasche Rotwein und zerrte ihn mit einem lauten Plopp wieder raus.

»Siehste. Jetzt sagste wieder nix.«

Norbert stand auf, schob ihn ein Stück zur Seite und griff sich ein neues Glas aus dem Küchenschrank. Er setzte sich wieder hin und schenkte ein, in beiden Gläsern stieg der Rotwein bis zum Rand.

»Glotz mich nicht so an.«

Bruno wurde kalt. Es hatte mal jemanden gegeben, der hatte das jeden zweiten Tag zu ihm gesagt. »Glotz mich nicht so an.«

Und er, Bruno, der sich sonst nie was gefallen ließ, hatte das eingesteckt. Und hatte sich noch viel mehr angehört, weil er dachte, wenn einer, an dem man hing, wütend war, dann musste das so sein. Aber wenn der fertig war und aufstand und ging, dann war Bruno selbst plötzlich nichts mehr. Und das Schlimmste war, dass er dann auch keine Kraft mehr hatte, noch irgendetwas aus sich rauszuholen. Aber der, an den Bruno dachte, war tot. Und sein Freund Norbert saß vor ihm und schwieg und nahm mit zwei Fingern halbherzig eine Scherbe vom Tisch und versenkte sie in einen Soßenfleck.

Bruno legte seinen Mantel zurück, ging in Norberts Schlaf-Wohnzimmer und machte ›Kind of Blue‹ wieder an. Leise Basstöne bereiteten das Thema vor. *So what.*

Als Bruno zurück in die Küche kam, holte er einmal tief Luft und dann sagte er:

»So redest du nicht mit mir, ist das klar?«

Er setzte sich wieder hin und war erstaunt, wie einfach das gewesen war.

Norbert ging zum Wasserhahn und hielt seinen offenen Mund unter die Leitung. Als er wieder hochkam, vergrub er seine Hände in den Hosentaschen. »Du hast recht.« Er zerrte eine Hand wieder aus der Tasche, nahm sich einen Glaskrug, ließ ihn mit Wasser voll laufen und stellte den Krug auf den Tisch.

»Von mir aus brauchst du bis morgen früh nichts sagen. Ich weiß, dass du kein Idiot bist. Tut mir leid. Ich hab grad 'ne blöde Sache zu laufen.«

Er trank ein Glas Wasser in einem Zug aus.

»Weißt du was? Ich würde dir gern 'ne Geschichte erzählen. Eine Weihnachtsgeschichte sozusagen. Okay?«

»Okay«, sagte Bruno.

Sie steckten sich Zigaretten an. Norbert guckte auf die geschlossenen Türen seines Küchenschranks.

»Der Held ist Philosophiestudent in der DDR, ein Jahr vorm Examen. Seit einem Jahr hat er 'ne Freundin. Es ist das ganz große Ding, weißt du, und sie ist von ihm schwanger. Er hat ein bisschen Schiss, aber es ist gut so. Alles läuft, wie es sein muss. Also, dieser Typ sitzt in der Mensa und isst Kartoffelbrei. Da setzt sich einer zu ihm, der schon ein paar Jährchen älter ist. So einer mit grauen Schläfen. Er sagt, er wäre Gasthörer, weil sie ihn zum offiziellen Studium nicht zugelassen haben. Irgendwie haben sie dieselbe Wellenlänge. Der Gasthörer lädt ihn zu sich nach Hause ein. Er hat die gesamte Philosophie-Reihe von Suhrkamp. Komplett, verstehst du. Er schenkt ihm einen Band Kierkegaard, den hat er doppelt, sagt er. Und dann, dann fängt er an, ihn über die Leute in der Seminargruppe auszufragen. Unser Held kapiert. Situation X. Irgendwie hat er es schon befürchtet. Er sagt, er macht so was nicht. Der Offizier bietet Geld und verspricht ihm, dass die Sache zeitlich begrenzt sein wird, und er verspricht ihm auch, dass er richtigen Ärger bekommt, wenn er nicht mitmacht, dass er durchs Examen fallen wird, zum Beispiel. Unser Held denkt an seine Freundin. Ärger kann er nicht gebrauchen, Geld schon. Als der Offizier das Honorar verdoppelt, lässt er sich breitschlagen. Alle paar Tage soll er über die Leute aus seiner Seminargruppe berichten. Es ist völlig bescheuert. Der Offizier ist ein ganz Scharfer, passt ihn ständig ab und wird total hysterisch, wenn der Student ihm mal sagt, dass es nichts zu berichten gibt. Unser Held kriegt Alpträume. Er fängt an zu trinken. Heimlich. Bis sein Kind zur Welt kommt. Ein Junge. Plötzlich hat er dieses Kind in den Händen, so winzig, und das guckt ihn an, als hätte es grad 'ne Reise durchs Universum hinter sich. Obwohl es ja noch gar nicht gucken kann. Da begreift er, was er zu tun hat. Er geht zu seinem V-Mann und macht Schluss. Die ganzen Drohungen, Bestechungsversuche, Beleidigungen, das ist ihm alles egal. Der V-Mann verfolgt ihn, der Typ bleibt hart. Und stell dir vor, er kommt durch. Einfach so. Sie lassen ihn nicht mal durchs Examen rauschen. Er wird Assistent an der Uni. Die haben nicht eine von ihren Drohungen wahr gemacht. Er ist total froh, dass seine Frau von dem ganzen Mist nichts mitgekriegt hat.«

Norbert machte eine Pause, ein Klaviersolo kam aus seiner Stube. Ein nervöses, unheimliches Tastenhämmern.

»Du ahnst schon, was kommt«, sagte er. »Klar. Erst mal kommt die Wende. Noch drei Jahre geht alles gut. Der Typ macht seinen Doktor, sie ihr Diplom. Der Kleine wächst heran. Sie waren die drei Menschen, die jeden Tag hundert Mal gelacht haben, weißt du. Klar, es gab Tage, wo es ein paar Mal weniger war, aber die waren wirklich selten. Bis zu dem Tag, wo jemand seinen Namen in seiner Akte gelesen hat. Er reißt sich zusammen und erzählt seiner Frau davon, bevor sie es von woanders erfährt. Er denkt, dass sie es schon verzeihen wird. Schließlich hat er die Sache ja selbst beendet. Aber sie, sie hat nur eine einzige Frage. Sie will wissen, warum er ihr damals nichts erzählt hat. Er sagt irgendwas. Ich wollte dich schonen. Du warst doch schon schwanger. Als er am nächsten Tag nach Hause kommt, ist sie weg. Mit dem Kind. Ein Brief auf dem Küchentisch. Dass sie über alles nachdenken muss. Er soll sie nicht suchen. Sie wird sich wieder bei ihm melden. Er wartet. Ein Jahr lang. Erst dann fängt er an, sie zu suchen. Aber es hat keinen Zweck. Das einzige, was dabei herauskommt, ist der Verdacht, dass sie ins Ausland gegangen ist. Weit weg. Südamerika oder so. Und dann verliert er auch seinen Job an der Uni.«

»Wegen der Sache mit dem V-Mann?«

»Genau.« Norbert teilte den Rest der Flasche auf.

»Brauchst nicht so mitleidig zu gucken. Klar war ich ’ne Zeit völlig fertig. Ich hab sogar ’ne Therapie gemacht. Bis vor zwei Wochen hab ich gedacht, ich bin drüber weg. Ich hab mir immer gesagt: Das, was das Leben mir zu bieten hatte, das hab ich schon bekommen. Ich war nur zu blöd, es festzuhalten. Ich dachte, ich hätte mich abgefunden. Und dann kommt so ein Brief. Von einem Notar aus Frankreich. Ich soll zwei Sachen unterschreiben. Meine Scheidung. Und die Einwilligung zur Adoption.«

Die Musik war wieder aus. Nur die Boxen von Norberts Anlage brummten. Als ob die Zeit im Leerlauf war und dabei ihr eigenes Geräusch machte.

»In den letzten Tagen ist mir 'ne Menge klar geworden, Bruno. Damals, als sie weggegangen ist, hat sie mir eine Chance gegeben. Ich hätte sie suchen müssen. Vom ersten Tag an. Aber ich hab's nicht begriffen. Ich war immer noch hinter meiner Mauer. Ich weiß nicht, ob du verstehst, was ich meine. Sie, sie hat das erkannt. Ich glaube, sie wollte mich auf die Probe stellen. Aber ich Idiot, ich hab einfach akzeptiert, dass sie den Kontakt abgebrochen hat. Einfach so. Das war immer noch normal für mich. Verstehst du?« Norbert stand auf und ging raus. Als er zurückkam, lief Miles Davis zum dritten Mal.

»Was mach ich jetzt? Ich kann doch diese Zettel nicht einfach so unterschreiben. Das erste, was ich dachte, war, dass ich jetzt weiß, wo meine Frau ist. Und mein Kind. Ich will sie wiedersehen, verstehst du. Was hältst du davon?«

»Das fragst du mich? Ausgerechnet mich?«

»Wen sonst?«

»Norbert, ich bin der komplette Beziehungsidiot. Ich bring's nicht mal zu einer ordentlichen Affäre. Was soll ich dir denn raten?«

»Wenn ich's wüsste, würde ich dich nicht fragen. Versuch halt, es dir vorzustellen.«

Norbert stand auf und ließ Wasser ins Spülbecken. Er schob Suppenteller und Besteck in den Schaum, aber dann drehte er mit einem Mal den Hahn ab, lief nach nebenan und schaltete auf höchste Lautstärke. Miles Davis hatte ›Blue in Green‹ erreicht. Die Trompete war grausam traurig und laut. Das Klavier klimperte winzige Trost-Töne dazu, aber Norbert heulte nicht. Leute wie Brunos Vater heulten. Norbert setzte sich auf sein Bett und starrte geradeaus, als hätte er beschlossen zu Stein zu werden.

Bruno kümmerte sich um die Küche. Er kratzte die mit Glas gespickten Kloßstücke von den Tellern und machte sich an den Abwasch. Erst, als er das letzte Messer sauber in den Schrank geräumt hatte und der Tisch wieder glänzte, ging er zu Norbert und setzte sich neben ihn. Die ganze Zeit hatte er über seine Antwort nachgedacht.

»Du musst sie sehen, bevor du unterschreibst, das ist ganz klar«, sagte er.

Norbert nickte. »Ich will sie gar nicht zurückhaben, Bruno, verstehst du. Es ist nur. Ich wüsste nicht einmal, von wem ich mich scheiden lasse.«

Bruno nickte. »Und du musst an deinen Sohn denken.«

»Ich weiß ja nicht mal mehr, wie der aussieht. Ein dreizehnjähriger Franzose. O Gott.«

»Der weiß auch nicht, wie DU aussiehst«, sagte Bruno.

Norbert stand auf und stellte mit einem Ruck die Musik aus.

»Lass uns irgendwohin gehen. Ich halt es hier nicht mehr aus.«

Als sie den Kottbusser Damm hinunter marschierten, war es so kalt, dass ihnen die Härchen in der Nase gefroren. Alle Kneipen waren dicht. Nicht mal das ›Jojo‹ hatte offen. Das ›Ballhaus Rixdorf‹ war ihre einzige Chance. Als sie durch die Toreinfahrt kamen, sah Bruno tatsächlich Licht in den Fenstern.

Auf der Treppe erklärte er Norbert: »Ist ein bisschen was Ungewöhnliches, aber sie haben ganz guten Rotwein.«

Er öffnete die Stahltür und schob den schweren Filzvorhang zur Seite. Es war nicht sehr voll. Auf der Tanzfläche, die im Halbdunkel schimmerte, waren höchstens zehn Paare.

Bevor Bruno von jemandem entdeckt werden konnte, schob er Norbert in die nächste dunkle Ecke. Zur Feier des Tages kam sogar ein Kellner an den Tisch, sonst musste man immer zur Bar gehen. Sie bestellten eine Flasche Rotwein und Mineralwasser. Norbert starrte einige Minuten auf die Tanzfläche.

»Tango«, kommentierte Bruno. »Wie gesagt, das beste an dieser Szene ist, dass es in jeder Nacht einen Laden gibt, der auf hat. Muss wohl so eine Art Sucht sein.«

»Also, ich könnte das nicht«, sagte Norbert. »Ich meine, wenn ich bei einer Frau schon mal so weit wäre wie die es sind, da würde ich sie doch nicht mehr loslassen.«

»Ja, das ist völlig bekloppt«, sagte Bruno. »Ich find halt nur die Atmosphäre ganz nett.«

»Ist sie auch«, meinte Norbert. »Ich meine, Bekloppte kann man ja überall sehen, aber die hier sehen wenigstens gut aus.«

»Und man muss sich nicht anschreien, wie in 'ner Disco.«

»Ja, das ist auch nicht schlecht«, sagte Norbert. Dann schwiegen sie und hörten der Musik zu, ein *Tango nuevo*. Ein einziger Ton wurde von einem ganzen Streichorchester in die Länge gezogen. Dann spielten die Geigen ein paar schnelle Takte nach, es war, als würde einem jemand erzählen, dass man in diesem Leben nichts anderes zu tun hatte, als von einem Desaster ins nächste zu rennen, und man konnte schon von Glück reden, wenn man zwischendurch wenigstens mal ein paar Minuten Zeit fand, um in Ruhe darüber zu weinen. Bruno sah verstohlen zu Norbert. Der hatte sein erstes Glas geleert, schenkte sich das nächste ein, und tatsächlich, er wischte sich mit einem Ärmel über die Augen. Bruno wünschte ihm, dass seine Tränen ein paar Gramm des Gewichtes mitnahmen, das auf ihm lasten musste.

Bruno streckte die Beine aus. Er hatte keine Frau, an die er denken konnte, wenn er diese Musik hörte. Der einzige Mensch, nach dem er Sehnsucht hatte, war er selbst. Aber er fand diesen Gedanken zu absurd, um ihn ernsthaft denken zu können, schließlich saß er mit sich selbst auf einem Stuhl herum.

Er merkte, dass jemand ihm zuwinkte. Es war Pauline und neben ihr saß noch jemand, den er kannte. Bettina. Sie guckten zu ihm herüber, steckten die Köpfe zusammen und kicherten.

Er musste das Schlimmste verhindern, es ging Norbert wirklich nichts an, dass er Tango tanzte. Er stand auf, bevor sie zu ihnen kommen konnten.

»Entschuldige mich, Norbert, ich muss mal kurz da rüber, da ist eine Kollegin von mir, ich muss ihr wohl mal zu Weihnachten gratulieren, du weißt schon.«

Norbert nickte. »Lass dich nicht aufhalten.«

Sie lächelten ihm entgegen. Pauline hatte ihre dunklen Haare hochgesteckt, Bettina trug ihre blonden Haare zum ersten Mal offen, was ihr umwerfend gut stand. Bruno begrüßte sie mit Wangenküssen.

»Was macht ihr denn hier? Wieso sitzt ihr nicht bei euern Eltern vor dem Fernseher?«

»Gute Frage«, stöhnte Bettina. »Bis um zehn hab ich's dort ausgehalten. Aber als meine Mutter zum vierten Mal anfing abzuwaschen, bin ich gegangen. Ihr könnt euch nicht vorstellen. Den ganzen Tag geht es nur um dieses verdammte Essen. Kochen, Abwaschen, Tisch decken, abdecken, abwaschen und die ganze Zeit kriegen sie den Mund nicht auf.«

Pauline lachte. »Das bin ich los. Meine Eltern wissen nicht mal, wo ich jetzt wohne. Und wie sieht's bei dir aus?«

»Noch besser, meine sind beide tot«, sagte Bruno und lächelte.

Bestürzt sahen die Mädchen ihn an. Er hörte auf zu lächeln. Vielleicht war er wirklich nichts anderes als ein gefühlloses Arschloch, dachte er. Sie hörten gar nicht mehr auf, betreten zu schweigen.

»Naja, jedenfalls ist es doch ganz gut, dass es heute diesen Ball hier gibt, oder nicht?« sagte Bettina endlich. Sie nickten und guckten zu dritt auf den mickrigen Weihnachtsbaum, der neben dem DJ-Pult stand. Fünf silberne Kugeln und eine Handvoll roter Lamettafäden waren alles, was er an Schmuck zu tragen hatte.

Bettina hatte die Beine übereinander geschlagen und wippte mit dem Fuß.

»Tanzt du mit mir?« fragte sie Bruno, und Pauline schob nach: »Oder mit mir?«

Sie lehnten sich in ihren Stühlen zurück und warteten lächelnd auf Brunos Entscheidung. Tangotheater, dachte Bruno. Er spürte Norberts Blicke und sah sich kurz nach ihm um. Er schien darauf zu warten, dass Bruno ihn nachholte oder zurückkam.

»Was schielst du denn immer zu deinem Freund?« fragte Bettina. »Kannst du den nicht mal zehn Minuten allein lassen?«

Sie guckte Bruno vorwurfsvoll an. Zum Glück. Um ein Haar hätte er es sich wirklich mit Norbert verdorben.

»Weißt du. Ich will ihn gar nicht allein lassen«, sagte Bruno und wollte gehen, aber da stand plötzlich Pauline auf. »Natürlich willst du das«, sagte sie einfach und legte ihren Arm um seinen Hals. Sie hatte recht. Wieso war es ihm eigentlich so wichtig, ob Norbert ihn für einen Idioten hielt oder nicht. Er legte seinen Arm um Pauline. Sie drehten ein paar Runden. Immer, wenn sie an Norbert vorbeikamen, vermied es Bruno, zu ihm zu sehen. Pauline plauderte. »Das fühlt sich wirklich gut an, mein Gott, Daniel hat ganze Arbeit geleistet. Aber ich hab ja von Anfang an gesagt, dass du ein Naturtalent bist.«

Bruno konnte nicht aufhören, an Norbert zu denken, bis er sich zwang, ihn einfach aus seinem Bewusstsein zu streichen. Von da an lief die Sache wie von selbst. Er tanzte mit Pauline und dann mit Bettina und wieder mit Pauline. Er wusste nicht, wie viel Zeit vergangen war, als Pauline zu ihm sagte: »Du solltest dich mal um deinen Kumpel kümmern. Er ist grad rausgegangen.«

Und dann war alles wieder da. Norbert. Noch vor wenigen Stunden hatte er ausgesehen, als wäre er imstande, sich umzubringen. Bruno hatte ihm die Schuhe hinstellen müssen, damit er sich anzog. Bruno war seine letzte Rettung gewesen. Und jetzt hatte Bruno nichts Besseres zu tun gehabt, als ihn komplett aus seinen Gedanken zu streichen. Bruno warf sich seinen Mantel über und rannte in den Hof hinunter. Kein Norbert weit und breit. Er lief zum Kottbusser Damm, rannte die Straße hoch und wieder runter. Nichts. Sollte er Richtung Kanal laufen? Vielleicht stand Norbert grad auf der Brücke. Oder er stand auf der Kreuzung am Herrmann-Platz und suchte sich einen schönen Schlitten aus, dem er vor die Räder laufen konnte. »NORBERT«, schrie Bruno.

In der Toreinfahrt zum ›Ballhaus‹ tauchte eine schmale Silhouette auf: »He, jetzt mal halblang, ich war ein bisschen frische Luft schnappen. Was hast du denn gedacht? Dass ich mich umbringe, weil du heimlich Tango tanzt?«

Er hielt ihm seine Zigaretten hin. »Hör mal, Bruno. Ich hab ja keine Ahnung, was dir in deinem Leben so alles passiert ist. Aber besonders viel traust du deinen Freunden nicht zu, oder?«

Sie gingen ins Haus und setzten sich auf die Treppenstufen.

»Was denkst du denn von mir? Dass ich dich auslache, weil du tanzen lernst? Meine Güte. Das tut doch niemandem weh.«

Bruno musste erst noch ein paar Züge von seiner Zigarette nehmen, bevor er sich beruhigt hatte. Dann sagte er: »Na, vielleicht erinnerst du dich mal an unseren letzten Abend in der ›Ankerklause‹, als ich angefangen hab, dir von diesem Job zu erzählen. Du hast einmal das Wort *Abhören* aufgeschnappt und dann war Schluss mit deinem Verständnis.«

»Bruno, das war der Tag, an dem ich den Brief von diesem

Notar gekriegt hab. Da hätte mich jede Geschichte, die in so eine Richtung gegangen wäre, zum Wahnsinn getrieben. Das hatte nichts mit dir zu tun. Wirklich nicht.«

»Klingt sehr beruhigend.«

Norbert rückte an ihn heran und legte seinen Arm um ihn.

»He, Bruno. Was ist denn los mit dir?«

Dieser Arm auf seiner Schulter kam so unerwartet. Bruno wusste ja, dass er sich so was wünschte, und er sagte sich auch, dass das gut war, wenn Norbert das einfach so machte, aber trotz allem merkte er, wie sich seine Schultern zusammenzogen. Norbert musste es gemerkt haben. Er nahm seinen Arm wieder weg. Sie standen auf und gingen hoch.

»Es sieht übrigens richtig gut aus, wenn du tanzt«, sagte Norbert und schob Bruno die Tür auf.

Sie setzten sich an ihren Tisch zurück. Bettina und Pauline lehnten in den Armen von Männern, die ihre Väter hätten sein können. Es lief ein Tangowalzer, der von einer Frau gesungen wurde. Im Refrain wiederholte sie den Reim *»hiciste und triste«*.

»Jetzt muss ich dich das aber noch mal fragen«, sagte Norbert. »Wie kannst du diese Mädels denn wieder loslassen? Ich meine, die sehen doch wirklich beide nicht übel aus.«

»Wir wissen einfach, dass alles nur Ersatz ist. Du nimmst dir irgendjemanden und bildest dir ein, dass du dir drei Minuten lang einig bist. Aber es ist auch klar, dass es nicht stimmt. Es ist nur ein Deal.«

»Einig? Worüber denn?«

»Wie soll ich das sagen? Darüber, dass du eigentlich von dem ganz großen Ding träumst, dass du es entweder noch nicht gefunden oder schon wieder verloren hast, und darüber, dass der Tanzpartner nicht der ist, den du gesucht hast.«

»Na, so kommt man aus dem Träumen aber auch nicht mehr raus, oder?«

Plötzlich standen die beiden Mädchen an ihrem Tisch.

»Stören wir?« fragte Bettina und ließ sich neben Bruno nieder. Pauline setzte sich zu Norbert.

»Stimmt es, dass du nicht tanzt?« fragte sie ihn.

»Ja, das stimmt. Und ich glaube auch nicht, dass ich das lernen will«, sagte Norbert.

Sie sahen sich in die Augen, und das war einer von diesen Momenten, in denen die Zeit einen unsichtbaren Salto schlägt. Bruno und Bettina begriffen das sofort. Pauline und Norbert brauchten allerdings noch Stunden, um darauf zu kommen, dass mit ihnen gerade etwas Wichtiges geschah. Bruno und Bettina hielten es jedenfalls für besser, die beiden allein zu lassen. Aber als der DJ die letzten drei Takte ankündigte, saßen sie immer noch da und redeten und machten dabei ziemlich gleichgültige Gesichter.

Bruno hatte noch nie so viele Stunden hintereinander getanzt. Irgendwann hatte er aufgehört, über seine Schritte nachzudenken, und nach dem letzten Tango ging er so zufrieden wie nie zuvor von der Tanzfläche. Er hielt Bettinas Hand, als sie zu ihrem Tisch zurückkamen. Die Stühle, auf denen Pauline und Norbert gesessen hatten, waren leer. Sie mussten gegangen sein, als das letzte Stück lief.

»Und was machen WIR jetzt?« fragte Bettina.

»Bist du nicht müde?«

»Nicht mehr, und du?«

»Auch nicht«, sagte Bruno.

Sie gingen zusammen hinaus. Es hatte geschneit. Auf dem Bürgersteig leuchtete eine glatte weiße Decke.

»Wir könnten spazieren gehen«, sagte Bruno. »Es wird bald wieder hell.«

»Ist mir alles recht. Hauptsache, ich muss nicht in meine Bude, wo keiner ist. Sonntags und an Feiertagen finde ich es dort einfach schrecklich.«

»Du kannst mit zu mir kommen«, sagte Bruno.

Sie schüttelte den Kopf. »Nein, das will ich nicht mehr.«

Sie gingen los. Bis zur Brücke und dann am Kanal entlang. Sie hörten ihren Füßen zu, die im Schnee knirschten. Mit einem Mal blieb Bettina stehen. In der Nähe war eine Bank. Sie ging dorthin und setzte sich. Sie starrte einfach geradeaus. Bruno ging zu ihr.

»Was ist los mit dir? Kann ich dir helfen.«

Sie schüttelte den Kopf. In ihren Augen sammelten sich Tränen, quollen langsam über und bildeten ein Rinnsal auf ihrer Wange.

»He, was ist? Hab ich irgendetwas falsch gemacht?«

Sie schüttelte noch mal den Kopf, holte tief Luft und sagte: »Es hat mit dir nichts zu tun. Wirklich, du kannst kein bisschen dafür.«

Das war heute schon das zweite Mal. Bruno fragte sich, ob es auf dieser Welt überhaupt irgendwas gab, das mit ihm zu tun hatte. Er setzte sich neben sie. Er nahm sie fest in den Arm, so fest, wie es sich Norbert vorhin nicht getraut hatte. Wahrscheinlich hatte sie einfach zu viel Rotwein getrunken. »Hör zu«, sagte er. »Ich will nichts von dir, aber ich werde auch nicht tatenlos warten, bis wir hier beide erfroren sind. Du kommst jetzt mit zu mir, legst dich schlafen und morgen guckst du dir die Welt noch mal neu an. O.k.?«

Sie nickte wie ein kleines Kind.

Auf dem Nachhauseweg sagte sie kein Wort. Als sie in der Wohnung standen, musterte sie eine Weile sein Bett. Es war breit genug für zwei.

»Ein anderes hab ich nicht«, sagte Bruno. »Und ich werde auch nicht wegen dir auf dem Fußboden schlafen.«

Bettina sagte immer noch nichts, zog sich bis auf ihr T-Shirt und den Slip aus und kroch unter seine Decke. Als er sich neben sie legte, schlang sie ihren Arm um ihn. »Immer, wenn ich betrunken bin, hab ich das Gefühl, ich wäre ganz allein auf der

Welt«, sagte sie. »Vergiss es einfach.« Kurz darauf spürte er ihren Atem warm und gleichmäßig an seinem Hals.

Bruno dachte an Klara und daran, dass es Unsinn war, an sie zu denken. Sie war eine Fremde und würde nicht mehr zurückkommen. Er hatte die Augen geschlossen und spürte Bettinas Körper an seiner Seite. Er hatte nichts anderes auf dieser Welt, das ihm so vertraut war.

26

Gustavos Arm lag noch immer auf Klaras Bauch. In ein paar Minuten würde sein Wecker klingeln, er würde aufwachen und den frühen Abbruch seines Schlafes mit einem gelassenen Seufzer hinnehmen. Wegen der Hitze hatte er das Leinentuch von sich geschoben, zerknüllt war es neben seine Beine gerutscht. Die ganze Nacht hatten sie dicht beieinander gelegen. Klara hatte sich an ihn geschmiegt und seinem Atem gelauscht. Ihre Gedanken hielten sie gnadenlos wach. Geld? hatte Gustavo sie gestern gefragt; warum soll mir Geld etwas bedeuten? Ich hab es nicht erfunden. Der einunddreißigste Dezember begann, und sie hatten nichts. Gustavos Kunden hatten nicht gezahlt. Sie hatten zu wenig Umsatz gemacht oder waren geplündert worden. Manche hatten ihm eine Ersatzwährung angeboten, von der man nie wusste, wo sie akzeptiert wurde und wo nicht. Gustavo schrieb Rechnungen. Argentinien hatte zum fünften Mal seine Regierung gewechselt. Das Land hatte seinen Bankrott erklärt. Jeden Tag erwartete man die Entwertung des Peso. Gerüchte jagten sich. Die eingefrorenen Privatkonten seien verloren. Das Geld, das die Leute gespart hätten, bekämen sie nie mehr zurück.

Der Staat bestahl seine Bürger. Die Ärmsten steckten Autos in Brand. Seit zwei Tagen versuchte Klara, mit ihrer Karte Geld vom Automaten abzuheben. Gustavo bestand darauf, dass sie es nur in seiner Begleitung tat. Was überflüssig war, denn sie kam jedesmal nur bis zu dem Moment, wo sie die Höhe des Betrages eingab. Dann wurde der Vorgang abgebrochen. Einmal waren sie in die Bank an einen Schalter gegangen, aber auch der Angestellte zahlte nichts aus. »Es ist kein Geld da«, erklärte er. »Vielleicht morgen wieder, wenn sie neues gedruckt haben.« Als Klara ihm ihr Problem mit dem Automaten erklärte, sagte er: »Vielleicht hat Argentinien einen Trick gefunden, dein Geld in sein Schuldenloch zu saugen, genauso wie unseres.« Gustavo hatte ihm geraten, nicht so einen Unsinn zu erzählen, und der Angestellte rief ihm nach: »Du hast wohl geglaubt, mit einem Mädchen aus Europa hättest du ausgesorgt?«

»Idiot«, knurrte Gustavo und schleuderte seine Hand durch die Luft. Vielleicht hatte er das Gespräch wirklich schon wieder vergessen. Jedenfalls schien es ihm zu gelingen, nicht an das zu denken, woran er nichts ändern konnte. Er warf's hinter sich, mit seinen wilden Handbewegungen. Und nachts lag er auf dem Rücken und schlief. Noch zwei Minuten, bis der Wecker klingelte. Er würde aufstehen, seine Touren machen. Bis vier oder fünf Uhr am Nachmittag und dann zu seinem Vater kommen. Sie wollten gemeinsam bei ihm essen. Klara wollte kochen, sie hatte lange über das Menü nachgedacht, hatte Hannah besucht, die deutsche Kochbücher besaß. Sie hatte sich Rezepte herausgesucht und Listen mit Zutaten aufgestellt, die sie am Morgen kaufen wollte, alles sollte frisch sein. Umsonst. Sie konnten nicht bezahlen. Außer Toastbrot hatten sie nichts mehr.

Der Wecker klingelte, Gustavo drehte sich um, schlug ihn aus, jeden Morgen dieselbe Bewegung, drehte sich dann zu ihr. Er sah ihr an, dass sie kaum geschlafen hatte. Er seufzte und zog sie an sich wie ein Kind. »*Corazoncito*. Alles wird gut, kleines Herz.«

Aber sie war eben kein Kind. Sie empfand Scham für ihre

Ängstlichkeit. Sie musste solche Unsicherheiten ertragen können, sie hatte sich dafür entschieden und es ärgerte sie, wenn Gustavo merkte, dass es ihr nicht gelang.

»Schau mal, Klarita. Es ist Morgen, acht Uhr. Bis heute Abend können noch eine Menge Dinge passieren. Vielleicht hat einer von meinen Kunden gestern Nachmittag das große Geschäft gemacht. Warum nicht? Auch hier kaufen die Leute vor den Feiertagen mehr ein. Vielleicht haben die Leute nur ein bisschen gezögert und heute bekommt Gustavo von allen seinen Kunden einen Haufen Geld und kehrt als reicher Mann nach Hause zurück.« Er stand auf, zog sich seine Hose an und ging in die Küche.

»Und außerdem hat der heilige Gustavo bis dahin zaubern gelernt«, rief Klara ihm nach. Sie gab sich Mühe, lustig zu klingen. »... und er kann verschlossene Tore öffnen. Denn das müsste er, weil heute Abend alle Läden schon geschlossen haben.«

Gustavo kam aus der Küche zurück, warf sich ein T-Shirt über und ging raus, Klara hörte seine Schritte, dann den Fahrstuhl. Sie stand auf, ging selbst in die Küche, das Brotfach war leer. Gustavo hatte vergessen, am Abend ein Päckchen Toastbrot mit heraufzubringen. Sie setzte die Kaffeemaschine in Gang, stellte Frühstücksgeschirr auf den Tisch. Sie dachte, dass sie das schon längst hätte machen können, anstatt ihren Grübeleien nachzuhängen.

Gustavo kam zurück, legte das Päckchen mit dem geschnittenen Weißbrot auf den Tisch. Klara griff nach dem Päckchen, um zwei Scheiben hervorzuangeln und in den Toaster zu stecken. Zwischen den Scheiben steckte eine Fünfzig-Dollar-Note.

Gustavo war im Bad.

»Was soll das?« fragte sie, als er wieder herauskam.

»Was soll was?«

»Das kannst du nicht machen! Du brauchst diesen Schein im Auto.«

»Was für einen Schein?«

»Gustavo. Der Schein, den du ins Brot gesteckt hast.«

»Du hast Geld im Brot gefunden? He, Klarita, du bist eine Glücksfee.«

Er federte auf sie zu und nahm sie in die Arme.

»Mein Engel findet fünfzig Dollar!« rief er. »Sylvester ist gerettet.«

»Hör auf zu spinnen.« Er ließ sie los. Er setzte sich, bestrich seinen Toast mit Marmelade. Die Lippen aufeinander gepresst. Sie wäre am liebsten aufgestanden und weggegangen. Aber in Gustavos Wohnung gab es kein zweites Zimmer, in dem sie für eine Weile verschwinden konnte.

Sie blieb sitzen. Zähe Minuten vergingen.

Gustavo sagte: »Das durfte noch keine Frau zu mir sagen. Nicht eine.«

Sie hätte sich entschuldigen müssen. Aber sie wollte nicht. Es war unmöglich, mit Gustavos Sicherheitsdollars einkaufen zu gehen, aber es war auch unmöglich, nicht einkaufen zu gehen. Wäre es nur um sie beide gegangen, sie hätten kein Problem damit gehabt. Es ging um Gustavos Vater. Der alte Mann hätte es nicht ausgehalten, den Sylvesterabend bei Toastbrot und Tee zu verbringen. Die Lage war schwierig und Gustavos Gerede von Engeln und Feen war Klara auf die Nerven gegangen.

»Ich könnte deinen Vater fragen, ob er uns Geld borgt«, sagte sie.

Gustavo machte eine komische Bewegung mit seinem Zeigefinger, wie manche Eltern es machen, wenn sie ihren Kindern verbieten, ein Messer in die Hand zu nehmen. Klara konnte diese Geste nicht ausstehen.

»Nein, mein Herzchen, das können wir nicht tun«, sagte er.

»Warum nicht?« Sie hatte ihn angeschrien.

»Hör mal zu, Klara. Du bist neu hier, du machst dich wegen Dingen verrückt, die für uns ganz normal sind. Wenn ich auf alles, was dir Sorgen macht, Rücksicht nehmen würde, dann würden wir bald im Chaos landen. Und im Übrigen ist es bei uns so, dass unsere Frauen Vertrauen zu ihren Männern haben. Wenn wir etwas entscheiden, akzeptieren sie es. Kann sein, dass es bei euch anders läuft. Aber hier ist es so. Also nimm das Geld und kauf ein, für meinen Vater und für uns. Alles klar? *Entendes?«*

Er fragte es, als müsse er wirklich daran zweifeln, dass sie ihn verstand. Als hätte sie nicht in den letzten acht Wochen jeden Tag mehrere Stunden Spanisch gelernt, damit sie ihn verstehen konnte. Ihn, der trotz seines Vaters außer »ich liebe dich« kein Wort Deutsch konnte.

Sie erwiderte nichts. Nickte nur. *»Bien«*, sagte er und gab ihr einen flüchtigen Kuss auf die Wange. Keine Umarmung, Schritte, dann knallte die Fahrstuhltür zu. Durch das offene Fenster hörte sie, wie er den Motor startete und Gas gab.

Ihr war, als hätte er ihre ganze Kraft mitgenommen. Sie blieb am Tisch sitzen. Vielleicht dachte Gustavo jetzt dasselbe wie sie. Dass sie sich geirrt hatten, dass es doch nichts wurde mit ihnen. Sie schenkte sich noch einen Kaffee ein. Vor ihr auf dem Tisch lag das Päckchen Toast. Sie las das Wort *»rico«*. Das bedeutete auch »reich«.

Der Geldschein lag auf dem Tisch. Gewichtloses Papier, von Brotkrümeln getragen, schwebte es um Haaresbreite über der Tischplatte. Sie wollte nicht, dass sie sich geirrt hatte. Sie wollte, dass es mit ihnen etwas wurde. Und er wollte es auch. Das wusste sie. Und wahrscheinlich hatte er recht. Klara musste ihm vertrauen. Es gab keinen anderen Weg für sie beide. Und wenn sie es sich genau überlegte, war ihre Angst doch auch unbegründet. Zwar stimmte es, dass die Überfälle und Barrikaden immer noch zunahmen, aber erstens würde Gustavo heute vorsichtiger denn je sein und alle Gefahrenzonen umfahren, und warum sollte nicht schon der erste Supermarkt, den er anlieferte, die Lieferung bezahlen, wie es sich gehörte. Wahrscheinlich lag schon in einer Stunde wieder ein Geldschein im Handschuhfach.

Es war kleinlich von ihr gewesen, sich nicht zu entschuldigen. Sie würde es tun, heute Abend, wenn sie sich wiedersahen. Bis dahin würde Gustavo den Streit wahrscheinlich längst vergessen haben. Es gab nichts Zuverlässigeres als die Freude, mit der er sie jedes Mal begrüßte und in die Arme schloss, wenn sie sich wiedersahen. Sie musste lächeln, wenn sie daran dachte. Sie zog die Brotscheibe aus dem Toaster, bestrich sie mit dem letzten Rest Butter und biss hinein. Während das Brot beim Kauen in ihrem Kopf krachte, schrieb sie eine Einkaufsliste. Neben jedem Posten notierte sie den ungefähren Preis.

Es war am besten, sich vorher alles auszurechnen und jeden einzelnen Posten genau zu überlegen. Sie konnte nicht erst im Supermarkt anfangen, darüber nachzudenken, auf welche Dinge sie am ehesten verzichten konnte.

Nach einer Stunde war ihre Liste fertig. Sie zog sich für den Abend an, da sie mit den Einkäufen direkt zu Hermann gehen würde. Sie wählte nicht das rote Kleid, sondern ein getupftes, taubenblaues, dessen einziger Reiz darin bestand, dass es ihre Figur betonte. Es schloss am Hals und ließ nur ihre Arme frei.

Als sie zur Callao-Straße kam, sah sie etwas Merkwürdiges. Weiße Schnipsel rieselten aus dem Fenster eines Wohnblocks herab. Es musste mindestens der zwanzigste Stock sein, beim Fallen verteilten sich die Schnipsel in der Luft. Vielleicht waren es Kinder, die von ihren Großeltern Geschichten vom Schnee im europäischen Winter gehört hatten und ein Spiel daraus machten. Aber als Klara die Kreuzung an der Avenida Corrientes erreichte, sah sie aus allen Fenstern solche Papierflocken rieseln. Der Bürgersteig war an manchen Stellen bereits mit einer Schicht von Schnipseln bedeckt. Klara bückte sich, um ein paar davon aufzuheben. Es waren Fetzen aus Kalenderseiten, Notizen, Termine, Verabredungen. Die Büroangestellten verabschiedeten sich vom alten Geschäftsjahr. Sie warfen den Schnee von gestern in die Luft.

Klara dachte an die Sammlung ihrer Notizbücher, die in einem Schrank in ihrer Berliner Wohnung lag. Seit Jahren hob sie ihre Agendas auf. Sie hatte die Vorstellung, dass sie sich eines Tages gern an vergangene Jahre erinnern würde und ihr diese Kalender dabei helfen könnten. Aber bisher hatte sie nicht ein einziges Mal in einen hineingeschaut.

Diese Sitte, die Vergangenheit klein zu reißen und fröhlich aus dem Fenster segeln zu lassen, gefiel ihr mit einem Mal sehr. Gerade hatte direkt über ihr jemand seinen »Schnee« ausgekippt. Ein paar Schnipsel segelten auf ihr Kleid. Sie pflückte sie herunter. Auf einem, ein Kalenderblatt vom 30. Oktober, hatte jemand das Wort »Deadline« notiert.

Vielleicht war das die Lösung ihres Problems. Klara dachte seit Tagen darüber nach, was sie mit ihrer Berliner Wohnung anstellen sollte. Alles, was darin herumstand, war nicht die Transportkosten wert, um es nachzuholen. Sie hatte überlegt, ob sie jemanden bitten könnte, einen Untermieter für ihre Wohnung zu suchen. Aber wie sollte das laufen? Wollte sie, dass ihre Möbel vorerst in den Keller geschafft wurden, sollten sie verkauft werden oder einfach entsorgt?

Sie wischte sich neue Papierschnipsel von den Schultern. Es war alles ganz einfach, dachte sie und ging zum nächstbesten *Locutorio*. Sie rief Tortuga an und ließ sich die Nummer von Horacio geben. Horacio freute sich, als sie ihm sagte, dass sie bleiben würde. Klara schlug ihm vor, sich um die Auflösung ihrer Wohnung zu kümmern, und bot ihm an, dass er dafür die Mietkaution behalten durfte. Horacio lebte von seinem Privatunterricht und war froh über jeden Auftrag, der Geld brachte. Natürlich nahm er ihr Angebot an. Noch im *Locutorio* schrieb Klara ihre Kündigung an die Hausverwaltung und eine Vollmacht für Horacio. Sie steckte die Umschläge in den nächsten

Briefkasten. Es war wie beim Tangotanzen, dachte sie. Man musste den Moment finden, wo sich Leidenschaft und Leichtigkeit berührten, und der Bewegung folgen, die daraus entstand. Ohne Angst zu haben. Dann werden die schwersten Schritte plötzlich ganz einfach. Seit der Trennung von Konrad wurde ihr Leben von dieser Bewegung bestimmt. Sie hob den Kopf. Immer wieder flogen neue federleichte Lawinen aus den Fenstern und verstreuten sich über den blauen Himmel. Klara fiel die Melodie von ›Palomita Blanca‹ ein. Sie summte den Tango vor sich hin und ging weiter und hatte ihn noch im Ohr, als sie mit zwei vollen Einkaufstaschen bei Ehrenstein ankam.

27

»Prost Neujahr«, murmelte Bruno dem Kühlschrank zu. Der schüttelte sich kurz und brummte zurück. Er hatte nichts, als ein halbvolles Glas Marmelade zu bieten. Bruno machte die Tür wieder zu. Nicht mal Zwieback war da. Als er gestern Nachmittag einkaufen wollte, hatte der Supermarkt schon geschlossen, und heute war Feiertag. Er hätte vorher dran denken sollen, dann wären sie zu Bettina gegangen.

Sie waren erst heute Morgen aus dem ›Ballhaus‹ zurückgekommen. Er, Bettina, Norbert und Pauline hatten dort Sylvester gefeiert. Norbert hielt Pauline die ganze Zeit vom Tanzen ab, aber sie schwor Bruno, dass ihr das überhaupt nichts ausmache. »Ich hab mich genug mit Männern im Kreis gedreht. Du ahnst gar nicht, wie sehr ich das genieße, stundenlang vor Norbert zu sitzen und ihn anzuschauen, wenn er redet.«

Dass Norbert stundenlang reden konnte, hatte Bruno bis dahin auch nicht gewusst.

Er hatte die beiden allein an der Bar sitzen lassen und sich mit Bettina an einen Tisch gesetzt.

Er hatte drei Frauen aufgefordert und alle drei hatten sich nach der ersten Runde lächelnd, aber entschieden bei ihm bedankt. Er brauchte sich nichts vorzumachen, seine Tanzkünste steckten immer noch in den Kinderschuhen. Bettina musste eine ähnliche Einsicht verkraften, und so hielten sie sich den Rest des Abends aneinander. Um Mitternacht gingen sie mit Norbert und Pauline hinaus, um sich das Feuerwerk anzusehen. Sie stießen an. »Auf eure Zukunft«, hatte Bettina zu Norbert und Pauline gesagt. »Und auf eure«, hatten die beiden geantwortet, und weder Bruno noch Bettina hatten versucht, da etwas richtig zu stellen. Als die Milonga zu Ende ging, hatte Bettina ihn gefragt, ob sie wieder mit zu ihm kommen dürfe. Jetzt schlief sie noch. Das hätte er auch gern getan, aber seit einer Stunde war er hellwach. Er hatte eine Weile ihr Gesicht betrachtet und festgestellt, dass ihn dieser Anblick mit Wärme erfüllte. Aber mit Bettina und ihm, das stimmte einfach nicht. Als sie sich ins Bett legten, hatte sie gesagt, sie wolle nur seine Nähe spüren. »Und ich glaube, das fällt mir leichter, wenn wir keinen Sex haben. Sex entfernt uns voneinander«, sagte sie und schmiegte sich an ihn.

Sein Körper war anderer Meinung gewesen. Einen Moment lang hatte Bruno sogar überlegt, sie doch noch nach Hause zu schicken, weil ihm das alles zu schräg war. Aber sie war schon eingeschlafen. Er hatte ihren Atem an seinem Hals gespürt, und dabei musste er selbst eingeschlafen sein.

Die Kaffeemaschine spuckte und fauchte, während Bruno seiner Erinnerung an die Nacht nachhing. Als das Telefon klingelte, schreckte er hoch. Es war Axel von *way of contact*, der Typ, der die Jobs verteilte.

»Hey, Bruno, gut ins neue Jahr gekommen? Na wie sieht es aus, magst du nicht gleich ein paar Euro verdienen?«

»Es ist Feiertag«, stöhnte Bruno.

»Genau. Das bedeutet vier Euro Zusatzhonorar pro Stunde.«

Bruno gähnte. »Wann soll's denn losgehen?«

»Um drei fängt die Einweisung an. Sei pünktlich, sonst kannst du gleich wieder gehen, aber das weißt du ja.«

Er konnte nicht ablehnen. Er war pleite, und wer ein paar mal ablehnte, der wurde auch nicht mehr gefragt. Bruno ging zurück in sein Schlafzimmer und suchte nach einer sauberen Hose.

»Was ist denn los?« Mit zerzausten Haaren sah Bettina eigentlich viel hübscher aus. Er sagte es ihr.

»Ja, ich weiß«, stöhnte sie. »Manche Leute gehen extra zum Frisör, um sich so stylen zu lassen. Aber ich kann es nicht leiden, wenn jemand Klebstoff in meine Haare schmiert. Und was ist nun los?«

»*WOC* braucht Leute. Jetzt gleich. Willst du mitkommen?«

Sie seufzte, schälte sich aber sofort aus dem Bett. »Das ist zumindest besser, als am Feiertag allein zu bleiben«, sagte sie und tapste barfuß an ihm vorbei Richtung Bad.

»Hab ich dir eigentlich schon erzählt, was mir neulich mit Daniel passiert ist?« fragte sie, als sie in der U-Bahn saßen.

»Nee«, sagte Bruno und war froh, dass er sich bis zum Ende der Fahrt keine Gedanken machen brauchte, was er sagen könnte.

»Also, neulich hat Daniel mich nach der Schicht aufgehalten. Ob ich mal kurz warten könnte, bis alle weg seien.«

»Ich dachte immer, der steht nicht auf Frauen.«

»Tut er auch nicht. Aber weißt du. Ich glaub, der ist besessen. Er hat sich bei jemandem einen neuen Schritt abgeguckt und wollte unbedingt kapieren, wie der ging. Ich hab wieder mal das Versuchskaninchen gemacht, verstehst du. Aber egal. Ich lern ja selbst was dabei. Jedenfalls sind wir grad am Üben, als plötzlich ein Typ im Studio steht. Einer von den Neuen. Der hatte seinen Disc-Man vergessen und war total froh, dass noch jemand da war. Und trotzdem, stell dir mal vor: Dieser Typ muss uns verpfiffen haben. Jedenfalls hat Daniel am nächsten Tag 'ne Abmahnung gekriegt. Von diesem Oberboss, Michael.«

»Der mit den Kapuzenshirts.«

»Genau. Der meint, Daniel hätte Betriebsräume und Personal für private Zwecke missbraucht. Stell dir mal vor«, sie fing an zu lachen. »Ich bin missbraucht worden.« Sie fand das wirklich lustig. Aber Bruno spürte nichts als Müdigkeit in seinen Knochen.

»Ich weiß echt nicht, wie lang ich's da noch aushalte«, murmelte er vor sich hin.

»Ach was, man muss doch nur begreifen, wie die Spielregeln sind«, sagte Bettina.

Kurz bevor sie ihre Station erreichten, stand sie auf. »Ich glaub, es ist besser, wenn wir nicht zusammen im Studio ankommen«, erklärte sie. Bruno stieg hinter ihr aus und sah ihr nach, wie sie die Treppe zur Straße hinaufstieg. Der Saum ihres Tangorocks flatterte über den hohen Stiefelschäften. Niemals würde das mit ihr gut gehen, dachte Bruno, niemals, auch wenn er zwischendurch manchmal ein anderes Gefühl hatte.

Michael wartete, bis die letzten einen Platz gefunden hatten. Bruno setzte sich so, dass er Bettina von weitem sah. Er lächelte ihr zu, und als er Michaels Blicke spürte, lächelte er noch ein bisschen deutlicher. Daniel thronte auf einem hochgedrehten Bürostuhl, die Beine übereinander geschlagen, die Spitze seines feinen Lederschuhs stach in die Luft. Während Michael die neue Studie erklärte, ließ er seinen Blick durch die Reihen gleiten.

In der Befragung ging es um die Beliebtheit von fünfzig Fernsehmoderatoren. Wozu hatte man denn Einschaltquoten? fragte sich Bruno. Und überhaupt, am schlimmsten waren Themen, die einen selbst am wenigsten interessierten.

Bruno hatte zum letzten Mal ferngesehen, als er noch bei seinem Vater lebte. Nachdem der Alte seinen Job bei der Zeitung verloren hatte, hatte er ganze Tage vor der Kiste verbracht.

Manchmal, wenn er völlig besoffen war, fing er an, mit den Moderatoren zu diskutieren. Talkshows waren seine Lieblingssendungen.

Als Bruno mit der Befragung anfing, stellte er fest, dass ein paar von diesen hauptamtlichen Nachbarn der Nation immer noch im Amt waren. In der ersten Runde, wenn die Leute sagen sollten, wer ihnen bekannt war, redeten sie von ihnen, als würden sie die jeden Tag im Supermarkt treffen. Und wenn sie ihnen im zweiten Teil eine Zensur geben sollten, fragten sie mehrmals nach, ob das Interview auch wirklich anonym bleiben würde. Als fürchteten sie allen Ernstes, so ein Moderator würde die Spur bis zur Negativ-Stimme von Frau Meyer aus Hamburg-Billstedt zurückverfolgen, um sie dann in seiner nächsten Sendung namentlich zu rügen.

Ohnehin verteilten die Leute ihre Noten derart harmlos, dass Bruno anfing, ihre Zweien und Dreien je nach Tonfall zu deuten, so dass er am Ende alle Noten von eins bis sechs ausgeschöpft hatte. So war die Arbeit für ihn selbst auch weniger langweilig. Die einzige Frage, die Bruno interessierte, war die, die er zwischen der ersten und zweiten Runde zu stellen hatte. »Sind Sie für oder gegen die Einführung des Euro?« Hier kamen auch die größten Langweiler in Fahrt. Kein Wunder, schließlich war es der erste Geltungstag der neuen Währung. Es gab Leute, die sofort auf Bruno einredeten, als könne er die drohende Verteuerung aufhalten. Andere freuten sich wie Kinder über ein neues Spielzeug. »Hier, schauen Sie mal, ich hab mir schon vor einer Woche die neuen Münzen geholt.« Wahrscheinlich hielten sie ihm tatsächlich das neue Geld an den Hörer. Aber egal, was ihm die Leute erzählten, Bruno hatte nur die Möglichkeit, bei Ja oder Nein zu klicken. Als Michael durch die Reihen ging, um zu fragen, ob sie klar kamen, hielt Bruno ihn an und fragte, ob man nicht ein Fenster zum Mitschreiben einrichten könne.

Michael guckte ihn an, als hätte er keinen blassen Schimmer, wovon Bruno redete.

»Ach so«, machte er endlich und lachte. »Nee du, mach dir keine Sorgen. An der Stelle kannst du anklicken, was du willst. Das wird sowieso nicht ausgewertet.« Er lächelte, als wäre damit Brunos Problem geklärt.

»Wieso wird das nicht ausgewertet?«

»Beim Testlauf wollten die Leute alle abspringen, als wir ihnen zum zweiten Mal mit den Moderatoren kamen. Aber mit dieser Euro-Frage kriegt man sie alle. Ist doch klar, dass die nur eine interaktive Funktion hat, oder nicht? Wozu soll jemand Geld für 'ne Befragung ausgeben, wo die Sache längst gelaufen ist.«

»Aha, und war das deine Idee mit dieser interaktiven Funktion?«

»Ja. Nicht schlecht, oder?« Er war richtig stolz auf sich und schlenderte weiter durch die Reihen.

Bruno zog seine Interviews durch und mit jedem stieg seine Wut auf Michael. Der musste sich die Geldnöte fremder Leute ja nicht anhören. Eine Stunde vor Feierabend verfluchte Bruno sich dafür, dass er den Telefonhörer heute Mittag überhaupt abgenommen hatte. Er wählte die nächste Nummer mit der Aussicht, dass ihm schon in wenigen Minuten wieder jemand die Ohren wegen seiner drohenden Pleite volljammern würde, als wäre Bruno der Erfinder des Geldes selbst, aber der Typ, der sich meldete, klang jung und intelligent, und das Erstaunliche war, dass er trotzdem in der Leitung blieb.

»Ich warte gerade auf jemanden, weißt du. Sie ist schon eine Stunde zu spät dran und vielleicht kannst du mich ja ein bisschen bei Laune halten.«

Dieser Typ war der erste, der die Sache schnallte. Als Bruno ihm mitteilte, dass er alle Moderatoren, die er kannte, nachher noch mal benoten müsse, erklärte er bei jedem Namen schlicht

»Kenn ich nicht.« Bis auf drei, denen er in der zweiten Runde ohne große Umstände eine Sechs erteilte. Über die Eurofrage lachte er nur und meinte, da könne er auch dagegen sein, dass der Winter im Dezember anfange.

Bruno wollte sich schon bedanken, als der andere anfing, ihm ein Gespräch aufzudrängen. »Sag mal, was treibst du eigentlich sonst so, wenn du nicht diesen Scheißjob machst.«

»Fotografieren«, sagte Bruno. »Das heißt, im Moment bin ich grad auf Motivsuche.«

»Hej, ich wusste, dass wir uns verstehen«, sagte der Typ. »Ich fotografiere nämlich auch, weißt du. Schon mal was von Action-Akt gehört?«

»Nee.«

»Also, Akt ist dir doch ein Begriff, oder? Nackte Menschen? Und Action Akt, das sind Nackte in Aktion, verstehst du? Aber kein Sex oder so.« Er kicherte blöde. »Wichtig ist nur, dass die Leute immer nackt sind«, quasselte er weiter. »Und am besten auch schön. Da wird alles zu einem guten Motiv, sag ich dir.«

»Kommt drauf an«, meinte Bruno und fragte sich, wie er den jetzt wieder loswurde.

»Also klar du hast recht«, sagte der Typ. »Man kann nicht alles machen. Manche Sachen sind einfach langweilig. Aber manchmal sieht man was und muss nur begreifen, dass das 'ne richtig große Nummer werden kann. Also neulich zum Beispiel, da hab ich Kornmühlen entdeckt. Die haben oben so einen Riesentrichter, wo das Korn aus einem Förderband reingeschüttet wird und dann langsam nach unten in das Mahlwerk rutscht. Verstehst du? Im Prinzip wie bei einer Kaffeemühle. Nur dass der Trichter viel größer ist und das Korn viel kleiner als die Bohnen. Und wenn es von diesem Förderband kommt, ist es auch total heiß.«

»Und was fotografierst du da?« fragte Bruno. Das wollte er nun doch zu Ende hören.

»Tja, ich musste natürlich ganz schön viel Schmiergeld zahlen, damit die mich das machen lassen. Aber ich kann's mir leisten, weißt du. Hab ein paar Reihenhäuser geerbt. In einem wohn ich selbst drin. Also, ich setz da mein Modell in so einen Trichter rein, wenn er noch leer ist, aber unten laufen schon die Mühlräder, das ist natürlich ganz schön gruslig für die. Sind ja auch meistens Frauen, die sehen einfach schöner aus, du verstehst. Also, die posieren dann da drin und sehen zu, dass sie ihre Füße nicht in das Mahlwerk kriegen.«

»Die ganze Zeit nackt.«

»Ja, klar. Keine Sorge, die verdienen gut dabei. Ich muss es nicht so genau nehmen, wie gesagt. Und außerdem gehe ich selbst ja auch ein Risiko ein. Ich sitz die ganze Zeit auf dem Rand von diesem Trichter und mach meine Bilder, verstehst du. Ich könnte da ja auch reinfallen. Aber der Clou kommt ja noch. Das ist der Moment, wo das Förderband anfängt zu laufen, und dann prasselt das ganze Korn über die Frau rein, total heiß, verstehst du, und sie hat überhaupt keine Ahnung, was das jetzt ist. Wie die da hochgucken – Wahnsinn! Und irgendwie haben es bisher alle hingekriegt, trotz der ganzen Panik nicht mit dem Fuß in die Mühle zu kommen. Ich sag dir, die Fotos, die sind so geil, die sind so unglaublich gut …«

Bruno hatte sich die ganze Zeit die Faust vor den Mund gehalten, aber für wen sollte er sich eigentlich zusammenreißen?

»Hör mal zu, du Idiot«, fiel er dem Typen ins Wort. »Ich finde es grad unglaublich gut, dass ich deine Telefonnummer hab. Sobald ich hier den Hörer aufgelegt habe, werde ich erst mal diese dreistellige Nummer wählen und denen einen kleinen Tipp geben. Und ich hoffe, dass die, die dich grad versetzt, eine von diesen Frauen ist und dass sie ihre Zeit jetzt nutzt, um eine kleine Bombe unter dein Reihenhaus zu legen.«

»Reg dich ab, Kleiner«, blaffte der Typ in seinem Kopfhörer und legte auf. Als Bruno sich die Nummer aufschreiben wollte, verschwand sie vom Bildschirm. Sein Telefon klingelte. »Ich glaube, wir müssen mal miteinander reden«, sagte Michael.

Mit seinem ewigen Lächeln erwartete er Bruno im Glaskasten. Daniel saß neben ihm und lächelte genauso. Als wären er und Michael die besten Freunde. Bruno hatte wirklich keine Lust auf ihre Auswertung. »He, der war kriminell. Der muss angezeigt werden, ihr wollt mir doch jetzt nicht im Ernst was anderes erzählen, ich meine ...«

»Die Befragten sind für uns tabu«, fiel ihm Daniel ins Wort und Michael fügte hinzu: »Selbst, wenn sie behaupten, dass sie gerade ihre Frau umgebracht haben. Das muss dir egal sein. Wir können den Laden dicht machen, wenn wir anfangen, persönliche Angaben weiterzuleiten.«

»Und wenn wir anfangen, unsere Testpersonen zu beleidigen, auch«, stimmte Daniel wieder ein. »Lieber Bruno Kirschberg. Du scheinst dir keinen Begriff davon zu machen, was für ein sensibles Gebilde die Marktforschung ist. Da kannst du nicht einfach wie ein Wilder mit deinen moralischen Einstellungen um dich werfen.«

Er ließ sein goldenes Zigarettenetui aufklappen. Nicht eine Tangostunde würde er noch bei ihm nehmen, dachte Bruno. Nicht eine. »Na ja, und man muss ja auch nicht alles glauben, was einem die Leute erzählen«, räumte Michael ein. »Und selbst wenn's stimmt, was dieser Typ dir erzählt hat, die Frauen können doch selbst zur Polizei gehen. Die brauchen deinen Beistand nicht. Dass du für dieses Interview nicht bezahlt wirst, ist dir wohl klar. Und für die vorherigen übrigens auch nicht.«

»Soll das ein Witz sein?«

»Ich will dir mal was sagen, wenn du das hier alles so lustig findest, dann ist das ja deine Sache. Aber versuch nicht, uns zu veralbern. Da kommst du nicht weit.«

Sie guckten ihn beide an, als müsste er über irgendetwas Bescheid wissen.

»Ist noch was?«

Michael rutschte auf seinem Stuhl vor und schlug seine ausgestreckten Beine übereinander. »Weißt du, nach unserem kurzen Gespräch vorhin habe ich mir gedacht: Der Bruno Kirschberg, das ist ja ein ganz Aufmerksamer, schauen wir doch mal, wie er seine Interviews macht. Nun ja, wie gesagt, verarschen können wir uns alleine. Von deinen Interviews sind neun von zehn ungültig, du weißt schon warum.«

»Du willst mir doch nicht erzählen, dass ich den ganzen Abend umsonst gearbeitet habe?«

»So kannst du das nicht sehen«, sagte Daniel. »Deine Produkte sind nicht in Ordnung. Da können wir sie dir eben nicht abkaufen. Aber wir können uns noch mal darüber verständigen, ob du den Feiertagszuschlag bekommst.«

»Wofür soll er den denn kriegen?« fragte Michael und zog die Brauen hoch wie ein Clown. Daniel machte es ihm nach.

Bruno atmete tief durch. Wenn er jetzt nichts tat, dann würde nichts anderes folgen, als ein jämmerlicher Abgang. Er drückte sich selbst die Daumen, dass ihm ein paar passende Worte einfielen:

»Habt ihr eigentlich eine Ahnung, wie wenig euch dieses komische Grinsen steht?« fing er an. Sie glotzten ganz baff und das brachte ihn in Fahrt. »Ja, ich finde, ihr beiden seht unglaublich doof aus, vor allem jetzt, wenn ihr versucht, weiterzugrinsen, weil euch eure beschissene Überlegenheit so gut tut. Aber wisst ihr was? Es gibt absolut nichts, worauf ihr stolz sein könnt. Dieser lächerliche Name *way of contact*, das ist, als wenn man Sirup über einen verschimmelten Kuchen gießt. Hier, hier ist jedenfalls alles krank, verseucht von eurer beschissenen Hinterhältigkeit, und ich, ich werd jetzt gleich das erste Mal in diesem Laden was machen, was ausnahmsweise mal nicht verlogen ist«, sagte er, drehte sich um, holte seine Klamotten vom Platz und stellte sich mitten ins Studio.

Die, die grad nicht telefonierten, guckten hoch und Bruno rief ihnen zu: »Ich wünsche euch allen ein schönes neues Jahr. Und denkt dran: Immer schön auf eure Schmerzgrenze aufpassen.«

Dann drehte er sich um und knallte, so laut es ging, die Tür hinter sich zu.

In der Raucherecke steckte er sich eine Zigarette an. Niemand kam. Nicht einmal Bettina. Vielleicht hatte sie grad ein Interview. Er wartete noch eine Viertelstunde, länger konnte das nicht dauern. Aber nichts geschah. Bruno wollte nicht darüber nachdenken, warum sie ihn jetzt allein hier stehen ließ. Er ging los. Draußen fegte ein heftiges Schneetreiben durch die Straße. Kein Mensch war zu sehen und Bruno hatte nichts weiter vor, als so schnell wie möglich in seinem Bett zu verschwinden.

Es war der Nachmittag des dritten Januar. Brunos Haut war verklebt, die ganze Wohnung miefte. Immer, wenn er in den vergangenen Tagen aufstehen wollte, hatte er überlegt, was er dann tun sollte, ihm war nichts eingefallen, und er hatte den Gedanken aufzustehen wieder verworfen.

Er hatte sich das Telefon ans Bett geholt, aber eigentlich war das überflüssig gewesen. Am ersten Januar hatte er kurz mit Norbert telefoniert. »Ja, lass uns bald wieder treffen, Bruno. Nur morgen und übermorgen, weißt du, da hatte ich jetzt schon was mit Pauline vor. Sie hat ganz schön viel versäumt, in der Zeit, wo sie nur Tango getanzt hat. Wir wollen ins Theater gehen und ins Kino.«

Bruno fragte nicht, ob er mitkommen könnte. Er hätte ohnehin Schwierigkeiten gehabt, die Eintrittskarten zu bezahlen. Und Norbert hatte auch einfach weitergeredet. »Sie ist wirklich eine klasse Frau. Gestern hat sie mir geholfen, den Brief an diesen Notar zu schreiben.«

»Ich freu mich für dich«, sagte Bruno, dann legte er auf.

Einmal hatte sein Telefon geklingelt, als er gerade im Bad war. Als er zurückkam, spielte ihm das Band eine Nachricht von Hansen vor. »Senor Bruno. Du willst doch nicht etwa mittendrin aufgeben? Du warst gerade dabei, dich zu einem wirklich guten Tänzer zu entwickeln. Also, ruf mich doch bitte ...« Die Maschine hatte ihn abgewürgt und Hansen hatte es dabei belassen. Dieser Knallkopf glaubte allen Ernstes, ihre Verabredung, Privates und Berufliches zu trennen, galt noch. Selbst nach Brunos Abschiedsnummer glaubte er das noch. Er war froh, dass der Zufall ihm das Gespräch mit Hansen erspart hatte.

Kurz darauf hatte er Bettinas Nummer gewählt, um sie zu fragen, ob sie sich mit ihm bei einem Kurs anmelden wollte. Aber da ging auch nur der Anrufbeantworter an. Mehr war nicht geschehen. Wenn Bruno nicht schlief, blätterte er in den Comics, die er neben seinem Bett gestapelt hatte, oder versuchte zu lesen. Schließlich musste er sich von dem Gedanken ablenken, dass es verdammt egal war, ob er aufstand oder liegen blieb.

Hinter dem Fenster fiel Schnee in großen Flocken herab. Bruno zog die Bettdecke bis zum Mund hinauf, die Fäuste angezogen, zusammengekauert unter einem weichen Polster, geschützt vor allem, selbst vor dem Gefühl der Einsamkeit.

Die Comics kannte er inzwischen alle und von den Büchern kannte er zumindest alle Anfänge. Nicht einer hatte ihn wirklich interessiert. Schon fielen ihm wieder die Augen zu, als er mit einem Mal ein Bild vor sich sah. Gestochen scharf. Das Ehrenmal im Treptower Park, die geometrische Ordnung der grauen Steine. Der schlammgrüne Rasen mit seinen linealgeraden Rändern. Dann ein Zoom auf einen einzelnen Block, das Relief der Armeesoldaten und die eingemeißelte Inschrift darunter. Diese innere Aufnahme vom November letzten Jahres, hing vor ihm wie das Bild einer Ausstellung. Er merkte, dass er es länger als sonst halten konnte. Als es wieder verschwand, versuchte er, sich auf einen anderen Zeitpunkt zu konzentrieren. Ein Abend in der Ankerklause, vor einem Jahr, wo er ein paar Bilder mit seiner Methode aufgenommen hatte, als Norbert auf sich warten ließ. Es funktionierte. Sein innerer Projektor zeigte ihm den Fuß einer Frau. Er steckte in einem roten Lederschuh mit Stöckelabsatz. Sie hatte einen grünlichen Fleck auf ihrer Wade gehabt und blaue Äderchen zogen sich über einen weißen Knöchel. Das nächste Bild zeigte das Gesicht dieser Frau. Beim Lachen entblößte sie zwei regelmäßige glänzende Zahnreihen, ihr Mund war breit und die Lippen, die diese Zähne umrahmten, waren fest. Dann schob sich das Bild von Michael und von Hansen darüber. Wie sie grinsten, während Bruno seine Rede gehalten hatte. Und dann, mit einem Mal, sah Bruno das Glas, das an Norberts Küchenwand zerschellte. Genau in dem Moment, wo es an der Wand aufprallte. Die weiße Tapete, ein Spritzer Rotwein, die Scherben, die scharfen Kanten des Glases in einem Rest Kartoffelkloß.

Bruno warf die Decke zur Seite und setzte sich auf. Es war früher Nachmittag. Er konnte seinen Apparat holen und versuchen, dieses Motiv zu fotografieren. Und auch die Steinquader im Treptower Park oder die Füße von Frauen in Kneipen oder im Tangosaal. Er wollte diese Bilder besitzen, er wollte sie in den Händen halten und anderen Menschen zeigen, Norbert zum Beispiel. Er ging in die Küche, setzte die Kaffeemaschine an und suchte nach seiner Kamera. Die Lederhülle hatte Staub angesetzt. Er strich mit der bloßen Hand darüber. Sie hatte es nicht verdient, dass er sie so lange in die Ecke gestellt hatte. Sie gehörte nach draußen und nicht in die hinterste Ecke seines Billigregals. Das Dumme war nur, dass er zum Fotografieren Filme brauchte. *WOC* ließ ihn garantiert auf sein Geld warten und bald war auch die Miete fällig. Zwei, drei Filme konnte er kaufen, aber für das, was er vorhatte, war das zu wenig. Er musste sich einen Job suchen. Ob ihm das passte oder nicht. Unten auf der Straße tobte der gewöhnliche Verkehrslärm. Die Zeit »zwischen den Jahren« war vorbei, das normale Leben hatte wieder angefangen. Und eigentlich war es gar nicht so schwer, den Kaffee auszutrinken und unter die Dusche zu gehen, sich anzuziehen und die Tür nach draußen zu öffnen, bereit, den kommenden Schwierigkeiten die Zähne zu zeigen. Er zog sich eine Mütze über die nassen Haare und lief die Treppen hinunter, immer zwei Stufen auf einmal.

Mit einem Packen Zeitungen unterm Arm ging er zu ›Habibi‹, wo er ein Baklava verlangte und Tee dazu bekam. Er graste die Anzeigen ab. Vor knapp zwei Jahren war er auf diese Weise an seinen Friedhofsjob gekommen. Aber solche Angebote gab es nicht mehr. Höchstens in Festanstellung und nur für Leute mit Ausbildung und Berufserfahrung. Freie Jobs gab es nur noch als Callcenter-Agent, Promoter, Marketingassistent. Der Kuchen war trocken. Bruno verschluckte sich. Als er sich ausgehustet hatte, warf er die Zeitung in den Mülleimer, trank seinen Tee aus und ging.

»He, Alter, auch mal wieder hier«, begrüßte ihn der Typ im Internetcafé. Während Bruno »Job-Vermittlung« in die Suchmaschine tippte, bekam er einen Kaffee, so wie er ihn mochte, schwarz und mit einem Löffel Zucker.

Auf einer Service-Seite konnte er eine Such-Annonce schalten. Es gab keine Rubrik für »Alleskönner«. Er klickte mehrere Spalten gleichzeitig an. Gärtner, Bauarbeiter, Kindergärtner, Tischlergehilfe und Koch. Das waren die Berufe, in denen er die meisten Erfahrungen hatte, aber das System streikte und wollte nicht, dass er mehr als drei Qualifikationen hatte. Er entschied sich für Gärtner, Kindergärtner und Koch, schickte die Daten ins Netz und glaubte nicht eine Sekunde daran, dass sein Gesuch wirklich von irgendeinem Personalchef gelesen wurde.

Er schlürfte seinen Kaffee, der Computer war immer noch

online geschaltet. Es war jetzt drei Wochen her, dass Klara sich von sich selbst verabschiedet hatte. In ein paar Wochen würden ihre Nachrichten die Speicherfrist überschreiten und automatisch gelöscht, für immer verschwunden im Bermudadreieck des World Wide Web. Wusste sie das eigentlich? Vielleicht war er dann der einzige, der ihre Botschaften an sich selbst besaß. Hatte er denn wirklich alle Nachrichten ausgedruckt? Er konnte noch einmal nachschauen. Er ging auf die Seite ihres Mail-Servers und gab ihr Passwort ein. Es funktionierte noch. Und es gab eine neue Nachricht. Sie war keine zwei Stunden alt. Bruno öffnete sie. Das Fenster war von Zeilen übersät. Zögernd begann er zu lesen.

Du. Du schreibst jetzt, weil … du musst etwas tun, irgendetwas, das einen Sinn haben könnte, da, wo nichts mehr Sinn hat. Ich dachte, es ist besser, das hier zu tun. Also gut. Hermann und ich in seiner muffigen Stube. Es stinkt nach Urin und Kampfer. Der Salat auf dem Tisch. Ich ekele mich und versuche unauffällig, durch den Mund zu atmen.

Gustavo kommt nicht. Er verschwatzt sich mit seiner Kundschaft, denkt ihr, er hat viele Kunden und alle sind in Silvesterlaune.

Hermann will mit dir über Politik reden, du gibst dir Mühe, aber du weißt nicht einmal, von welcher Partei der jetzige Präsident ist – inzwischen ist auch schon wieder ein neuer dran. Du denkst die ganze Zeit an Gustavo. Du willst dich bei ihm entschuldigen für den Streit. Du denkst, dass er nicht kommt, weil er keine Lust hat, sich mit dir und seinem Vater hinzusetzen. Zwei Menschen, die ihn als Spinner beschimpfen. Hätte er ein Handy, du hättest ihn längst angerufen.

Um zehn ist er immer noch nicht da. Hermann redet nicht mehr über Politik. Warten, mit einem Mal diese Phantasie. Handgemenge, Waffen, das leere Handschuhfach. Du entschul-

digst dich bei Hermann, gehst auf die Toilette, dort presst du dir die Hand vor den Mund. Die Bilder gehen nicht weg. Es war um zweiundzwanzig Uhr.

Ich kann nicht mehr.

Schreib weiter.

Einmal hab ich die Klingel gehört, bin zur Tür gegangen, aber da war nichts, einmal hat Hermann was gehört.

Als draußen die Raketen losknallen, sage ich: »Lass uns auf's Dach fahren, das Feuerwerk anschauen.« Aber Hermann will nicht, starrt nur aufs Telefon und schüttelt den Kopf. Wir trinken den ganzen Prosecco aus.

Als es wirklich klingelt, stehe ich auf, nehme den Apparat. Er klingelt in meinen Händen. Ich trage ihn zu Hermann.

»Gustavo?«, ruft er. Dann sagt er. »Si Señor. – ja, der bin ich.« Angst ist, wenn man überhaupt nichts mehr spürt. Du rufst ein Taxi. Hermann mit dem Fahrer ins Auto heben. Rollstuhl in den Kofferraum. Ihr fahrt durch die Stadt. Überall knallt es. Wenn es ganz nah ist, zuckst du zusammen. Sonst überhaupt kein Gefühl mehr. Hermann redet die ganze Zeit. Kann nicht sein. Nicht Gustavo. Ist er nicht. Du weißt es. Und trotzdem denkst du die ganze Zeit. Bitte nicht. Bitte! Nicht ihn! Du schiebst Hermann durch diesen grauenhaften Flur. In diesen grauenhaften Keller. Du stehst neben Hermann in diesem gekachelten Raum. Sie ziehen diesen Tisch auf Rädern raus und fragen, ob ihr den Mann kennt …

Manolo sagt, du sollst jetzt aufhören. Er sagt, du hast jetzt eine halbe Stunde lang auf deinem Stuhl gesessen und in den Computer gestarrt ohne zu schreiben. Er sagt, wenn du schreiben musst, dann sollst du morgen weiterschreiben. Du sollst jetzt nach Hause gehen. Aber ich will noch was schreiben. Egal was. Noch nicht diese Stille, die da ist, auch wenn ich die ganze Zeit Musik laufen lasse. In Gustavos Wohnung. Ich will da nicht sein. Ich weiß überhaupt nicht mehr, wo ich sein will.

Bruno bezahlte und ging hinaus. Er lief die Straße bis zur Kottbusser Brücke hoch. Schreiend kreisten die Möwen über dem Steg vor der Ankerklause. Ein einzelnes letztes Spaziergängerpaar tappte durch den Schnee. Es wurde schon wieder dunkel.

Er nahm eine Handvoll Steine auf und ließ einen nach dem anderen ins Wasser fallen. Dort, wo sie eintauchten, wuchsen Kreise. Stein um Stein ließ er hinunterfallen. Kleine Kreise überlagerten einander, dehnten sich aus und vereinten sich in großen Wellenkreisen. Klara musste erfahren, dass es ihn gab. Aber was sollte sie jetzt damit anfangen? Konnte sie die Nachricht, dass ein Fremder alles über sie wusste, überhaupt schon verkraften? Er musste warten. Er warf den letzten Stein ins Wasser und sah zu, wie die Kreise wuchsen. Die inneren verschwanden zuerst und nach und nach verebbten auch die äußeren in immer flacheren Wellen. Nur Brunos Gedanke, der blieb.

28

Jeden Morgen und jeden Abend ging Klara zu Hermann, um ihm beim Waschen und Umziehen zu helfen. Sie sprachen wenig. Klara wusste nie, wie sie ihn richtig anfassen sollte. Manchmal war es ihm zu lasch, manchmal zu fest. Er wurde ungeduldig und schimpfte mit ihr. Sie nahm seine Flüche hin. Sobald sie durch seine Tür trat, begab sie sich in eine Welt voller unausgesprochener Gedanken. Der Revolver, der nie in Gustavos Auto gelangt war, der Fünfzig-Dollar-Schein, den Klara genommen hatte, das waren die beiden Dinge, die unaufhörlich in ihrem Schweigen kreisten. Ihre Welt war von nichts anderem geprägt, als von Gustavos Abwesenheit.

Das Schweigen zwischen ihnen hatte schon auf der Polizeiwache begonnen. Nach der Identifizierung wurden sie von zwei Beamten über die Umstände des Überfalls aufgeklärt. Der Lieferwagen sei nicht mehr am Tatort gewesen, sagte der Ältere von beiden. »Aber Reifenspuren hat es gegeben«, hatte der Jüngere eifrig hinzugefügt. »Natürlich gab's Reifenspuren. Sie sind ja mit dem Wagen weggefahren«, fuhr der Ältere ihn an. Ehrenstein fragte, was sie tun würden, um die Mörder zu finden. Natürlich werde man versuchen, die Täter zu erwischen, hatte der ältere Beamte geantwortet. Aber viel Hoffnung sollten sie sich nicht machen, fast jeden Tag gäbe es einen Mord. Und jeden dritten einen neuen Präsidenten, hatte der junge Polizist hinzugefügt und gelacht. Der Ältere nickte. Es sei eben Ausnahmezustand. Und vielleicht zählen Überfälle von Brotlieferwagen ja auch zum Bürgerkrieg.

»Was quatschen Sie denn da?« hatte Ehrenstein die beiden angeschrien. »Tun Sie Ihre Pflicht!«

Der ältere Beamte hatte genickt. »Haben Sie noch Fragen?«

Der andere warf Klara einen ungeduldigen Blick zu. Für ihn war sie nichts weiter als die Begleitperson eines Behinderten, die sich mit einem merkwürdigen Reisepass ausgewiesen hatte. Und die jetzt viel zu lange darauf wartete, den Rollstuhl umzudrehen und zum Ausgang zu fahren. Als sie es tat, spürte sie Ehrensteins ganze Wut. Er musste denken, dass es ihr egal war, ob Gustavos Mörder gefunden wurden oder nicht. Und im Grunde war es das auch. Wozu sollte das gut sein? Damit sie ihnen nach Gustavos Tod noch einen Fünfzig-Dollar-Schein geben konnte? Ehrenstein und sie hatten in dieser Nacht kein Wort mehr miteinander gewechselt. Und seitdem hatte Klara das Gefühl, dass sie für jedes einzelne Wort, das sie aneinander richteten, ungeheure Kräfte aufwenden mussten.

Die Zeit zwischen ihren Besuchen bei Ehrenstein verbrachte Klara in Gustavos Wohnung. Den Rücken an die Wand gelehnt, saß sie auf der Matratze und starrte vor sich hin. Man kann sich an alles gewöhnen, hatte Hannah zu Weihnachten gesagt, sogar an den Tod. Aber wie sollte Klara sich daran gewöhnen, dass das letzte, was sie von Gustavo gehört hatte, das wütende Zuschlagen einer Autotür war. Die letzte Geste ein flüchtiger Kuss. Das letzte Wort ein ungeduldiges *Verstehst du?* Nein, sie verstand nicht. Und sie konnte nicht aufhören, sich vorzustellen, wie sie ihm zum Fahrstuhl hinterherlief, um ihm den Geldschein in die Hand zu drücken. »Nimm ihn mit. Ich werde schon klar kommen.« Eine Sekunde lang hatte sie es tun wollen, es aber dann doch nicht getan. Und dieser Gedanke war der schlimmste von allen.

Manchmal klingelte das Telefon. Nach dem vierten Klingeln schaltete sich dann der Anrufbeantworter ein und nahm die Stimme von Miguel oder Eduardo auf. Klara saß auf der Matratze, den Rücken an die Wand gelehnt, und sah zu, wie ihre Fragen aufgenommen wurden. *»Gustavo, estas ahi? Hola muchacho, veni, por favor, hola, porque no llamas?«*

Manchmal, wenn das Telefon lange nicht geklingelt hatte, schaltete sie das Tonband ein und hörte sich die gespeicherten Nachrichten an. Es war immer dieselbe Frage. »Gustavo, wo bist du?« Es war ihre Frage und sie hörte sie mit der Stimme von Eduardo oder Miguel.

Der letzte dieser Anrufe kam von Miguel. Als er auflegte, blinkte auf der Telefonmaschine die Zahl Neun. Klara wollte gerade den Wiedergabeknopf drücken, um sich alle neun Nachrichten noch einmal anzuhören, da klingelte das Telefon schon wieder. Diesmal war es eine Frau.

»Esta Sonja«, sagte sie. Und dann rief sie: »Klara?«

Klara kniete vor dem Telefon. Sie hätte bloß die Hand ausstrecken müssen, um abzunehmen.

Sonja bemühte sich um eine deutliche Aussprache. »Ich bin eine Freundin von Eduardo. Du hast mich schon auf der Milonga gesehen. Wenn du in Gustavos Wohnung bist und meine Nachricht hören kannst, ruf bitte zurück. Wir haben schlimme Gerüchte über Gustavo gehört. Wir hoffen, dass alles ein Irrtum ist. Wir machen uns Sorgen. Auch um dich.« Sie nannte eine Nummer und wiederholte sie zweimal. Dann schaltete sich das Gerät wieder ab.

Klara spulte das Band zurück und schrieb die Nummer auf. Dann stand sie auf und ging unter die Dusche. Es war schon wieder Zeit, zu Hermann zu fahren. Als sie zurück war, hielt sie den ganzen Abend den Zettel mit Sonjas Nummer in der Hand. Sie rief nicht an. Sie wollte nicht diejenige sein, von der Sonja erfuhr, dass Gustavo tot war.

Am nächsten Tag rief Sonja noch einmal an. Das Tonband setzte sich in Bewegung. »Klara, hörst du mich? Wir wissen jetzt, was Gustavo passiert ist. Es ist schrecklich. Bist du da, Klara?«

Klara nahm den Hörer ab. *»Si estoy.«*

Sie redeten nicht gleich.

»Wie geht es dir?« fragte Sonja.

»Es geht.«

»Wie lange wirst du noch bleiben?«

»Ich weiß nicht.«

Sie verabredeten sich für eine Milonga am Abend. Auf dem Weg dorthin ging Klara in Manolos Internetcafé.

Es interessiert mich nicht mehr, nach Deutschland zurück zu kehren, schrieb sie. *Die BRD war mir von Anfang an fremd. Diese Mentalität des Reichtums. Buenos Aires dagegen ist wie eine Stadt, die ich schon immer gekannt habe. Und es ist die einzige Stadt, in der ich mit Gustavo gelebt habe. Niemand in Berlin würde wissen, wer Gustavo war.*

Nacheinander nahmen Sonja, Eduardo und Miguel sie in die Arme. Sie saßen mit ein paar anderen Tänzern an einem großen Tisch und nahmen Klara in ihre Mitte. Gustavos Name fiel den ganzen Abend nicht ein einziges Mal. Es war gut so, dachte Klara.

Miguel erzählte von seinem Projekt. Er hatte im Boedo-Viertel eine alte Kneipe entdeckt, die der Besitzer für ein paar tausend Dollar losschlagen wollte. Eduardo entwickelte Pläne, wie man dort einen neuen Tangosalon gründen könnte.

»Ihr werdet sehen, jetzt, wo wir zum Billigland werden, strömen uns die Tangotouristen nur so ins Land. Einen Kredit haben wir in einem Jahr schon wieder drin«, behauptete er. Aber bisher waren alle seine Versuche, so einen Kredit zu bekommen, gescheitert.

Sonja glaubte fest an das Projekt. Sie war Künstlerin und entwarf schon Skizzen, wie sie die Wände des Salons gestalten konnten.

»Träumt weiter«, sagte jemand. »Welche Touristen sollen denn kommen, wenn sie an allen Ecken Angst vor Überfällen haben müssen? Hier hat es doch keinen Zweck mehr.«

»Der steht den ganzen Tag mit dem Pass seines Großvaters vor der italienischen Botschaft rum«, sagte Sonja zu Klara. »Und du? Wann wirst du zurückgehen?«

»Gar nicht«, antwortete Klara. »Ich bleibe.«

»Wirklich? Warum das denn?« Sonja sah sie mit hochgezogenen Brauen an.

»Aber warum nicht?«, mischte Miguel sich ein. »Ab jetzt kann es hier nur noch besser werden.«

Sonja lächelte schwach. In diesem Moment fing ein Walzer an und Eduardo stand auf, um sie zum Tanzen aufzufordern.

»Wie sieht es mit dir aus, Klara?« fragte Miguel. »Tanzen wir?«

»Ich weiß nicht. Ich will nicht jetzt schon anfangen, Gustavo zu vergessen.«

»Er würde es dir sicher nicht übel nehmen, wenn du dich auch mal ein bisschen ablenkst.«

Miguel nahm ihre Hand und führte sie auf die Tanzfläche. Sie lehnte sich gegen ihn. Das Gleichgewicht, das sie mit ihm fand, genügte zum Tanzen, das schon. Aber mit der perfekten Balance, die Klara mit Gustavo gefunden hatte, hatte dieser Tanz mit Miguel nichts zu tun.

29

Bruno beendete seine Drehung. Die Arme in Tanzhaltung, stand er seinem Spiegelbild wieder gegenüber. Er hätte nicht gedacht, dass ein Anzug so bequem sein konnte.

»Der sieht ja aus wie für Sie gemacht«, sagte die Frau mit den roten Locken. Sie war hinter ihm im Spiegel aufgetaucht.

Bruno erschrak. Er hatte sich unbeobachtet geglaubt. Der Verkäufer hatte hinter der Säule gesessen und sein Comic gelesen und Bruno war der einzige Kunde. Die rothaarige Frau bemerkte seine Verlegenheit.

»Sie wollen ihn zum Tanzen anziehen?« fragte sie freundlich.

»Ich wollte eigentlich nur mal ausprobieren, wie mir so etwas steht«, sagte Bruno. Sein ohnehin kläglicher Dispokredit war bis zum Anschlag ausgeschöpft. Bruno stand auf dem Boden eines sinkenden Kahns. Die Klippe »Sozialamt«, die er bis jetzt immer glücklich umschifft hatte, verwandelte sich immer bedrohlicher in das letzte rettende Ufer, das ihm blieb.

Seit Wochen zog er jeden Morgen los. Er hatte gehofft, er könnte die Suche nach einem Job und nach guten Bildern miteinander verbinden. Er klapperte die Cafés von Kreuzberg ab und bekam immer dieselbe Antwort. »Tut uns leid. Wir sind gut besetzt. Aber lass doch mal deine Nummer da.« Zurück auf der Straße achtete er auf alles, was ihm in den Blick geriet. Er registrierte Schatten im verdreckten Schnee, die Pappkartons in der Mauerecke, der Wollschal dazwischen. Und vor ein paar Minuten war ihm diese Schneiderpuppe im Schaufenster aufgefallen, ein kopfloses Exemplar, oben war nur der kahle Knauf des Huthalters. Auf dem hölzernen Torso saß ein Jackett. Darunter hingen leere Hosenbeine. Ein altmodisches Bild in unmittelbarer Nachbarschaft zu einer Serie schriller T-Shirts, die auf eine Leine geklammert waren. Auf der Straße war es kalt. Als er die Tür öffnete, bimmelte ein Glöckchen und abgestandene Wärme strömte ihm entgegen. Der Verkäufer, ein junger Typ in übergroßen Klamotten, fläzte sich auf einem Klappstuhl und blätterte in einem Comic. Bruno kannte es, das Heft lag auch im Stapel neben seinem Bett.

»Den Anzug da, ich würde ihn gern mal anprobieren«, hatte er gesagt.

Kommentarlos zerrte der Junge ihm die Sachen von der hölzernen Puppe und zeigte ihm wo die Kabine war. Bruno war an einer Tür vorbeigekommen, hinter der die rothaarige Frau gesessen hatte. Während er sich umzog, hörte er die ganze Zeit das leise Rattern ihrer Nähmaschine. Er hatte befürchtet, dass der Anzug reiben und drücken würde. Das erste und letzte Mal, dass er einen Anzug getragen hatte, das war zur Beerdigung seiner Mutter gewesen, und er hatte sich äußerst unwohl darin gefühlt. Aber diese Hose war bequem, und als er das Jackett anzog, hatte er das Gefühl, dass er sich wie von selbst so aufrichtete, wie es Hansen beim Training immer von ihm verlangt hatte.

Um sich anzuschauen, musste er in den Laden zurück, wo ein Spiegel an einer Säule lehnte. Überdeutlich trat sein Gesicht über dem Anzug hervor, die Kontur des Jacketts umrahmte ihn wie ein Passepartout, das einem guten Foto die endgültige Spannung verlieh.

Im Hintergrund des Spiegels sah Bruno immer noch die Schneiderin.

»Ich hab ausprobiert, ob man darin Tango tanzen könnte«, erklärte er seine Drehung.

Sie nickte. »Ich finde, Sie sehen perfekt darin aus.«

»Ja, vielleicht«, murmelte Bruno.

Plötzlich warf der junge Typ sein Comic auf ein Tischchen, stand auf und machte zwei Schritte in Brunos Richtung. Die Frau drehte sich weg und sortierte die Kleider an einer Stange neu.

»Wie teuer ist der denn?« fragte Bruno den Comicleser.

»Hundertfünfzig.«

»Mark oder Euro?«

»Na Eu, Mann.«

Bruno fing an zu rechnen, was von *WOC* noch offen und wann die nächste Miete fällig war, aber er konnte die Zahlen drehen, wie er wollte, er war blank bis auf den letzten Cent.

»Für diesen Preis bekommen Sie aber normalerweise keinen Anzug. Nicht mal ein Jackett«, sagte die Frau ohne sich umzudrehen.

Der junge Typ federte einen Schritt nach vorn und gleich wieder zurück.

»Hör mal zu, Kumpel. Entweder, du nimmst das Ding jetzt oder du lässt es bleiben. Du siehst gut aus. So wie dir hat das noch keinem gestanden. Also, gib mir die hundertfünfzig oder deine Kreditkarte und ich pack dir deine Schlumperklamotten ein. Dann kannste gleich so durch die Straße marschieren.«

»Es reicht, Lucien.« Sie hatte es gesagt, als wollte sie ihm mitteilen, wie spät es ist. Und diesen Tonfall behielt sie auch bei, als sie weitersprach. »Du kannst gehen. Wir sollten das einfach nicht mehr versuchen.«

Lucien federte in eine Ecke, schnappte sich einen Luftpolsteranorak und knallte die Tür hinter sich zu. Das Glöckchen bimmelte Sturm.

»Lassen Sie sich ruhig Zeit«, sagte die Frau und setzte sich auf den Klappstuhl.

Sie zog eine Zigarettenschachtel aus einer Tasche ihres Kleides. »Stört es Sie, wenn ich rauche?«

Bruno schüttelte den Kopf. Sie beugte sich vor, grub ihre Hände in die langen roten Locken und Bruno hörte ein unterdrücktes Stöhnen. Dann kam sie mit dem Gesicht wieder hoch und zündete sich die Zigarette an.

»Da hinten hab ich auch fabrikneue Sachen.«

Aber Bruno wollte sich gar nicht von ihr entfernen. Und er wusste nicht, wieso er sie am liebsten noch ewig betrachtet hätte. Ein unsicheres Lächeln flackerte in ihrem Gesicht.

»Tut mir leid, wenn Lucien Sie beleidigt hat, es ging nicht gegen Sie. Er wollte mich provozieren. Es hat einfach keinen Zweck, wenn eine Mutter ihrem Sohn Arbeit gibt.«

Auf dem Tischchen schaukelte eine Muschelschale, in die sie ihre Zigarettenasche stippte. Ihre Gedanken schienen sich weit weg zu entfernen. Nach einer Weile kehrten sie von dort wieder zurück und die Frau sagte: »Im Grunde ist er genauso wie ich. Er denkt, die Leute müssen selbst wissen, was sie wollen, er lässt sich ja auch nichts sagen.«

Sie guckte auf den Schneidertorso, der dunkel und nackt im Schaufenster aufragte.

»Jetzt muss ich mich wieder hier hinsetzen«, stöhnte sie. »Dabei wollte ich nur noch nähen und einkaufen.«

Seit sie auf diesem Klappstuhl saß, hatte sich ihr Gesicht ununterbrochen verändert. Ihre Falten, die gerade noch filigran aussahen, wirkten im nächsten Moment zerfurcht und verlebt. Und das Licht in ihren Augen wechselte immerzu.

Sie überraschte Bruno, als sie sich mit einem Mal zu ihm umdrehte und ihn genauso scharf musterte wie er sie.

»Sie sind auch so ein Beobachter«, stellte sie fest. »Alle Männer, die solche Anzüge kaufen, sind Beobachter. Wissen Sie, wenn man jahrelang in so einem Laden steht, dann kennt man sie irgendwann alle.«

Sie fing an zu lächeln, aber vielleicht war es nicht einmal ein Lächeln, was sich in ihrem Gesicht abspielte, es war etwas, für das es eigentlich keine Bezeichnung gab, dachte Bruno, denn obwohl sie lächelte, lag für eine Sekunde alle Traurigkeit der Welt in ihrem Blick.

»Suchen sie nicht zufällig einen Job?« fragte sie.

Er war gleich dageblieben. In der Stunde bis zur Schließzeit kamen drei Frauen in den Laden. Wenn sie vor den Spiegel gingen, erinnerte Bruno sich an den Moment, wo er selbst dort gestanden hatte und alles gegeben hätte, um den Anzug zu bekommen. Es kam darauf an, diesen Moment zu erwischen. Wenn es so weit war, machte er nur eine kurze Bemerkung. »Sieht gut aus.« oder »Steht ihnen«. Das genügte. Alle drei Frauen hatten etwas mitgenommen. Aber vielleicht lag ja auch alles an diesem Anzug, den er immer noch trug.

Regina jedenfalls war begeistert von seinen Verkaufserfolgen. Sie schlug ihm vor, den Anzug als Leihgabe zu behalten. Später könne er ihn zum Mitarbeiterpreis kaufen. Als Bruno nach Hause schlenderte, war der Himmel bleigrau und schwer, aber nicht einmal das hinderte ihn daran, einen Tango nach dem anderen vor sich hin zu pfeifen.

Schon von weitem sah er, dass jemand vor seiner Haustür stand. Es war trotz der Entfernung nicht schwer zu erkennen, um wen es sich handelte. Niemand sonst trug Stiefel mit solchen Absätzen. Wieso gab es eigentlich Tage, wo sich einem die ganze Welt zu Füßen legte, und dann welche, an denen man alles auf einmal verlor? fragte er sich. Konnte sich das nicht ein bisschen besser verteilen?

»Da hab ich ja Glück, dass ich nicht später gekommen bin«, begrüßte er sie. »Warum hast du denn nicht angerufen?«

Bettina steckte den Zettel ein, den sie ihm gerade schreiben wollte. »Wie denn, wenn du mir deine Telefonnummer nicht hinterlässt? Und aus Norbert ist ja nichts herauszukriegen. Hat er dir wenigstens gesagt, dass du dich bei mir melden sollst?«

Norbert musste da wirklich einen Komplex haben. Das letzte Mal, als sie sich getroffen hatten, hatte er Bruno erzählt, dass er nach Frankreich fahren wollte. Seine Frau und sein Sohn hatten einem Treffen zugestimmt. Von Bettina hatte er keine Silbe erwähnt. Als er losgefahren war, hatte Bruno eine Teekerze auf den Küchentisch gestellt. Gerührt sah Bettina das Flämmchen in der Wachssoße an.

»Machst du so was immer?«

»Na ja, weißt du, meine Mutter war aus Italien. Da haben sie so einen Brauch, wenn jemand für länger unterwegs ist. Mein Vater musste immer auf Pressereise fahren, da hat sie ihm jedesmal eine Kerze angezündet. Aber viel genützt hat es nicht.«

»Ist er bei einem Unfall gestorben?«

»Nee, ach, ich hab das nur so dahingesagt. Vergiss es«, sagte Bruno und zog seinen Mantel aus.

»Wow«, machte Bettina, als sie den Anzug sah. »Der ist ja wie für dich gemacht. Ein richtiger Tango-Anzug. Das passt ja. Weißt du, ich hab mir schon ein paar Gedanken um unseren Tangounterricht gemacht. Mit Hansen, das hat sich ja wohl erledigt.«

Er konnte nur nicken. Sie eröffnete ihm, dass sie einen Videokurs besorgt hatte, weil das viel billiger war, als sich bei einem richtigen Kurs anzumelden, und außerdem könne man das Band beliebig anhalten und vor- und zurückspulen.

»Und danach gehen wir ins ›Haus der Sinne‹«, schloss sie. »Guck mal, dein Anzug passt perfekt zu meinem Kleid.«

Erst jetzt erkannte er, dass das, was da unter ihrem Pullover hervorlugte und über ihrer Hose hing, ein Tangokleid war.

»Aber ich hab kein Videogerät, Bettina. Ich hab nicht mal 'nen Fernseher.«

»Weiß ich doch.« Sie grinste. »Meine Eltern sind in den Skiferien und haben mir ihr Auto ausgeborgt. Ich dachte, ich stell die Sachen einfach mal rein, damit wir gleich loslegen können, falls du da bist.«

Sie trugen die Geräte nach oben und räumten die paar Sachen aus Brunos Stube, bis der Boden so leer war wie die Tanzfläche auf dem Video. Darüber waren zwei Grafiken eingeblendet. Links die Schrittfolge für den Mann und rechts die für die Frau. Bettina drückte auf Stop und begann, den Blick fest an den Bildschirm geheftet, die Grafik mit ihren Füßen nachzuzeichnen.

»Na los, Bruno, links das ist dein Part. Mach schon.«

Bruno hörte Hansen sagen. »Schritte üben ist Unsinn. Der Tanz geht von der Umarmung aus.«

Aber Hansen konnte ihnen egal sein und Bruno hatte mit Bettina schon eine ganze Geschichte von allen möglichen Umarmungen hinter sich. Vielleicht war es ja gar nicht so schlecht, mit den Füßen Vokabeln zu lernen, um sich mit den Füßen der Frau unterhalten zu können. Die Linien auf dem Bildschirm erinnerten ihn an die Schnittmusterbögen, die seine Mutter in ihrer Boutique herumliegen hatte. Er fing an, sie so wie Bettina mit den Füßen nachzulaufen. Bettina sah ihn von der Seite an.

»Das ist doch viel zu langsam, was du da machst«, sagte sie. »Pass auf, ich mach uns Musik an und dann versuchst du es im Takt.«

Und dann ging es die ganze Zeit so weiter. Bettina war einfach schneller als er. Bruno war gerade dabei, eine Sache zu verstehen, da ließ sie den Film schon wieder weiterlaufen. Nach den Grafiken war ein Paar auf dem Monitor erschienen, das die Schrittkombinationen vortanzte. Brunos Blick raste zwischen dem Filmpaar und Bettinas Körper hin und her. Bettina hörte nicht auf, ihre Kommentare abzugeben.

»Bleib aufrecht Bruno.«

»Du musst dich mir zuwenden, sonst kann ich deine Impulse nicht spüren.«

»Jetzt bist du zu vorsichtig.«

»Bruno, du führst mich in die falsche Richtung.«

Er blieb stehen. »Hör mal, Bettina. Wenn ich führen soll, musst du mir die Führung schon überlassen.«

»Aber guck doch mal. Auf dem Video sieht der Mann doch ganz anders aus.«

Bruno musste zugeben, dass er völlig verdreht dastand. Er rückte sich neu zurecht und gab sich Mühe, die Aufmerksamkeit zwischen Bettina, dem Fernseher und nun auch sich selbst gerecht zu verteilen.

Er hatte das Gefühl, ganz nah dran zu sein, da unterbrach sie schon wieder. »Du machst es dir viel zu schwer, Bruno. Versuch, ganz einfach zu sein. Soll ich mal einen langsamen Tango einlegen? Wart mal, ich hab hier was.«

»Hör mal, Bettina. Wir haben jetzt in zwei Stunden das halbe Video durchgenommen. Ich finde, das reicht für heute.«

Sie wurde verlegen. »Ja, du hast recht. Aber lass uns trotzdem noch ein bisschen tanzen. Nur so, meine ich.«

Als sie anfingen, lehnte sie sich mit ihrem ganzen Gewicht gegen ihn. Warum hatte sie das nicht gleich so gemacht? So war es ganz einfach, sie zu führen. Er tanzte ein paar Schritte vorwärts und rückwärts und ab und zu eine halbe Drehung. Es war genau das, wovon Hansen gesagt hatte, mehr würde Bruno in acht Wochen nicht lernen. Er hatte es gelernt. Aber nicht, indem er sich auf dieses Wenige konzentriert hatte, sondern indem er versucht hatte, viel mehr zu lernen. Vielleicht war das immer so, dachte er. Vielleicht musste man immer erst alles Mögliche ausprobieren, bis man am Ende wieder auf das Einfachste kam. Mit einem Mal sah er ein Bild vor sich. Er, als Elfjähriger, saß mit seiner Mutter im Hinterzimmer ihrer Boutique. Er half ihr, die Schnittmusterbögen zu sortieren. Eine Kundin war gekommen und seine Mutter war aufgestanden und durch die halb offene Tür hinaus in den Laden gegangen. Er blieb allein zurück, ratlos über die großen Schnittmusterbögen gebeugt. Sah Regina seiner Mutter nicht sogar ähnlich? Bruno blieb stehen.

Zumindest war sie derselbe Typ, dachte er weiter, so scheinbar resolut, aber in Wirklichkeit hoffnungslos nachsichtig.

»Was ist los, Bruno?«

»Nichts, Bettina. Es ist wirklich gar nichts.«

»Dann tanz doch weiter. Es hat sich gerade so gut angefühlt.«

Er konzentrierte sich wieder auf Bettina, und mit einem Mal begriff er, worin die ganze Kunst lag. Er musste nur spüren, wohin Bettina gerade tanzen wollte, und am besten war es, sie genau dorthin zu führen, wohin ihre Bewegungen drängten. Sie zu führen, indem er ihr folgte. So schaffte er es sogar, eine doppelte Drehung mit ihr zu tanzen und sie dann mit einem Mal exakt auf die eigene Achse zu stellen und geradeaus weiter zu führen.

»Mein Gott, ist das toll«, schwärmte sie. »Das ist das erste Mal, dass dir das gelungen ist.«

Ein neues Stück von Piazolla begann, ein Bandoneon spielte eine unendlich langsame Melodie, die Streicher gaben nichts als einen dumpfen immer wiederkehrenden Seufzer dazu. Bruno gab Bettina einen leichten Schubs, aber sie blieb stehen. Sie zog ihre Umarmung fester. Er spürte einen Kuss auf dem Hals. Sie löste ihre rechte Hand aus seiner linken und legte sie auf seine Hüfte. Er sollte sie fragen, was das jetzt wieder sollte, dachte er, ja, das musste er tun, aber als sie ihm das Jackett von den Armen streifte und sein Hemd öffnete, war sein Mund wie zugeklebt. Sie fuhr mit beiden Händen fest über seinen Rücken und schob sie unter seinen Hosenbund, er spürte auf beiden Hinterbacken ihre Finger, die ihn in Richtung Schlafzimmer lenkten. Sie hatte die Führung einfach übernommen, und Bruno wusste sehr gut, dass ihm das nicht gefiel. Er wusste aber auch nicht, wie er dagegen ankommen sollte, und schaffte es gerade so, ihre Hände von seiner Hose zu streifen, um sie sich selbst auszuziehen. Sobald sie beide nackt waren, schlang Bettina ihre Beine um ihn. Er hielt die Augen geschlossen. Sie drückte und schob an ihm herum, ihre Hände begegneten sich, sie würgten ihn regelrecht hinein, und dann wollte Bruno nur noch drinbleiben. Er bewegte sich, er hörte sie seufzen.

»Mach die Augen auf, bitte, sieh mich an«, hörte er ihre Stimme aus weiter Entfernung. »Bitte, Bruno, schau mich an.«

Vorsichtig blinzelte er. Und sah ihr Gesicht. Warum war sie nur so unglücklich? Es ging einfach nicht. Er glitt neben sie. Sie drehte sich zur Seite.

»Es tut mir leid«, flüsterte sie. Er wunderte sich, warum sie das sagte. Er hätte das doch sagen müssen. Er sah ihre schmalen Schultern. Sie zuckten. Er nahm die Decke und zog sie bis zu ihrem Nacken hinauf.

Er sagte: »Manchmal stimmen die Dinge eben nur für einen einzigen Moment.«

Sie schob die Decke zurück und stand auf.

Bruno hörte, wie sie in sein Bad ging. Sie zog die Tür hinter sich zu. Sein Blick hing an der Zimmerdecke. Er hörte das Wasserrauschen aus der Dusche. Nach ein paar Minuten war sie wieder zurück und schlängelte sich vor seinen Augen in ihr schwarzes Kleid. Er war froh, in seinem Anzug verschwinden zu können.

»Weißt du«, sagte Bettina, als sie in ihre Mäntel gehüllt ins Auto stiegen. »Wir müssen einfach akzeptieren, dass wir nur Tango miteinander tanzen können.«

Sie gab Gas und kurze Zeit später betraten sie das Haus der Sinne und wurden von allen begrüßt wie ein Paar.

Von diesem Tag an schienen ihre Körper die Distanz zu akzeptieren. Obwohl sie zwei- bis dreimal in der Woche vor dem Videogerät trainierten und danach zu einer Milonga gingen, obwohl sie sich also mehrere Stunden hintereinander in den Armen hielten, spürten sie kein Verlangen mehr nach dem anderen. Als wäre dieses Verlangen an jenem Abend endgültig abgestorben wie eine Pflanze, die man auf den falschen Boden gepflanzt hatte.

Sie waren sich vertraut und beruhigten einander. Das Gefühl von Einsamkeit verwandelte sich beim Tanzen in eine sanfte Melancholie und ließ Bruno auch danach noch eine Zeit lang in Ruhe, bevor es wiederkehrte, aber dann war es auch schon wieder Zeit für die nächste Übungsstunde mit Bettina.

Dennoch, manchmal überfiel es ihn in Momenten, wo er am wenigsten damit rechnete. Wenn er im Laden saß und eine Frau ohne etwas zu kaufen wieder hinausging. Oder wenn Regina im Mantel aus dem Hinterzimmer kam, um zu sagen, dass sie etwas besorgen müsse und heute nicht mehr zurückkäme. Wenn sie die Tür hinter sich zuschlug und das alberne Glöckchen läutete, hatte er plötzlich wieder dieses flaue Gefühl im Magen. Und diesen Gedanken, dass es niemanden in seinem Leben gab, der wirklich zu ihm gehörte.

An einem dieser Tage hatte er einen Brief an Klara geschrieben. Jedes einzelne Wort verlangte ihm eine Entscheidung ab. Und am Ende hatte er wieder das Gefühl gehabt, dass es zu früh war, ihr zu schreiben.

Jeden Tag rief er ihre Mailbox ab. Sie schrieb nicht oft an sich. Jedes Mal, wenn eine neue Nachricht angekommen war, versuchte er, in die Stimmung zwischen den Zeilen zu dringen. Es gab Tage, wo er dachte, dass er den richtigen Moment längst verpasst hatte. Gleich am Anfang, als sie an sich geschrieben hatte, weil sonst niemand da war, da hätte er sagen müssen, dass es ihn gab. Jetzt musste er so viel gestehen. Vielleicht würde sie reagieren wie Norberts Frau, vielleicht hatte er seine Chance für immer verpasst. Egal, wann er schrieb, jede Nachricht von ihm war ein Risiko. Aber wenn man etwas riskierte, musste man trotzdem den besten Moment dafür erwischen, dachte er dann wieder. Er schrieb noch mehr Briefe an Klara. Am Ende zerriss er sie und warf sie weg. Manchmal notierte er sich vorher einzelne Sätze auf einem Extrablatt. Dieses Blatt war das einzige von all den beschriebenen Seiten, das er behielt. Er stellte sich vor, er und Klara wären miteinander verbunden wie ein Paar in einem Tango. Er wartete beim Lesen ihrer E-Mails darauf, dass er etwas spüren würde, eine Leerstelle, einen offenen Raum, in den er gehen konnte mit seiner Nachricht.

10. Januar
Gerade war ich bei Hannah. Sie wohnt im zwanzigsten Stock. Ihre Fenster gehen bis zum Boden, sie hat einen Panoramablick über die Stadt bis zu den Ufern des Rio de la Plata. Ihr Leben lang hat sie diese Aussicht gehabt, diese Weitsicht. Ich kann gar nicht anders, als alles ernst nehmen, was sie sagt. Aber warum sagt ausgerechnet sie das? Sie hat mir doch bisher immer nur Mut gemacht, bei allem, was ich tun wollte. Sie sagt, als Frau von Gustavo hätte ich mich hier anpassen können. Aber als alleinstehende Frau würde es zu schwer für mich werden. Ich wüsste wahrscheinlich nicht, wie konservativ die Leute hier seien. Aber gerade das gefällt mir doch, hab ich gesagt. Dass es hier noch so etwas wie einen Verhaltenskodex gibt. Eine Höflichkeit, die ich in Deutschland vermisse. Sie hat abgewunken. Das sei eine Illusion. Die Leute sind hinter ihren guten Manieren viel kindischer als bei euch, sagte sie. Sie musste zu einer Theaterprobe. Wir haben zusammen den Fahrstuhl genommen. Er ist rundum verspiegelt. Egal, wohin man schaut, man sieht sich selbst und meistens auch mehrfach und von mehreren Seiten. Ich mochte mich nicht ansehen in diesen Spiegeln. Die ganze Zeit hab ich mich gefragt, ob Hannah etwas Schlechtes von mir denkt. Dabei glaube ich, dass es überflüssig ist, sich solche Gedanken zu machen. Ich glaube, Hannah denkt von Menschen weder gut noch schlecht. Sie versucht nur jeden richtig einzuschätzen.

Mir fällt das total schwer. Ich weiß manchmal überhaupt nicht, warum die Menschen in meiner Nähe bestimmte Sachen sagen. Sonja zum Beispiel. Vorgestern hat sie behauptet, eine europäische Frau sei hier für einen Mann nur so lange interessant, solange er mit ihr nach Europa gehen könnte. Selbst Gustavo hätte so gedacht. Aber woher will sie wissen, was Gustavo gedacht hat? Vielleicht ist sie eifersüchtig wegen Miguel. Aber das wäre Unsinn. Ich kann mir überhaupt nicht vorstellen, dass es irgendeinen Mann auf dieser Welt gibt, von dem ich etwas will.

Gustavo ist nicht tot. Für mich nicht. Seine Sachen liegen neben der Matratze. Jede Nacht vergrabe ich mein Gesicht darin. Ich will da sein, wo er war.

13. Januar
Gestern war die Urnenbeisetzung auf dem Friedhof Chacarita. Hermann und ich waren zu früh da. Der Friedhofsangestellte hat uns erzählt, dass die Familien ihre Totenhäuser kündigen, weil sie die Miete nicht mehr bezahlen können. Oder befreundete Familien legen ihre Toten zusammen. Er hat uns ein Marmorhaus gezeigt, in dem die Särge bis an die Decke gestapelt waren. Früher sei so etwas undenkbar gewesen.

Gustavos Urne kam in das Schließfach, wo schon die Urne seiner Mutter steht. Während der Rede habe ich hinter Hermanns Rollstuhl gestanden. Plötzlich musste ich an die ersten Tage mit Gustavo denken, an den Spaziergang im Friedhof Recoleta, an Gustavos Lachen in der Gruft, das mir so unheimlich vorkam. Ich habe einen lauten Schluchzer ausgestoßen. Ich wollte ihn zurückhalten, aber es ging nicht. Er war furchtbar laut. Alle haben sich zu mir umgedreht. Und später, im Restaurant, hatte ich das Gefühl, dass niemand mit mir reden wollte. Ich habe in Gedanken mit Gustavo gesprochen.

16. Januar

Hermann hat sich ein Gestell liefern lassen. Es hängt über der Wanne und er kann sich vom Rollstuhl aus ohne Hilfe hineinhieven. Er kann sich jetzt allein waschen. Nur für die Füße und den Rücken braucht er mich manchmal. Ich soll nur noch einmal am Tag anrufen und fragen, ob ich ihm helfen kann. Ich muss mir morgens keinen Wecker mehr stellen. Gestern hat er mich gefragt, ob ich ihn bis an sein Lebensende betreuen will.

Ja, natürlich, sagte ich.

Er hat mich so misstrauisch angesehen. Dann hat das Telefon geklingelt. Es war Hannah. Er hat mir nie erzählt, dass sie so engen Kontakt haben.

Ich kann mich kaum noch daran erinnern, wie es war, als Hermann mich gemocht hat. Mir ist, als wäre das Jahre her. Jetzt ist er so zu mir, wie er früher zu Gustavo war. Ein »Stinkstiefel«. Eigentlich könnte ich froh drüber sein, dass er sich dieses Gestell besorgt hat.

20. Januar

Irgendeinen Job muss es doch für mich geben. Ich hab jetzt schon fast alle deutschen Firmen in Buenos Aires abgeklappert. Am Anfang hatte ich vor jedem Vorstellungsgespräch Lampenfieber. Jetzt weiß ich, dass man schon froh sein kann, wenn man überhaupt kommen darf. Wenn ich jetzt zu einem neuen Termin gehe, dann mache ich mir von vornherein keine großen Hoffnungen mehr. Vor einem Jahr hätten wir dich mit Handkuss genommen, sagen die meisten. Aber jetzt müssen wir erst einmal abwarten. Wer will schon in ein bankrottes Land investieren?

Ich hab mir mit Hermann die Kosten für die Beerdigung geteilt und der Vermieter von Gustavos Wohnung wollte zwei Monatsmieten im Voraus von mir. Er hätte mir sonst gekündigt.

Corazoncito, *was soll die Panik. Denk an Gustavo! Kein Geld zu haben, das ist ganz normal hier. Weißt du noch, wie dich Es-*

tela angestrahlt hat, als sie sagte: »Mein Leben ist hart. Aber ich kämpfe. Estoy luchando.« *Mit ihrer Putzerei ernährt sie drei Kinder und ihren Mann. Du musst ja nur für dich selbst sorgen.*

Als ob das ein Grund zur Freude wäre. Vielleicht wäre es sogar einfacher für mich, wenn ich jetzt schwanger wäre. Wenn ich wüsste, dass es nicht nur um mich geht. Aber ich bin es nicht. Leider.

26. Januar
Hermann ist im jüdischen Altersheim. Hannah hat ihm einen Platz besorgt. Sie behauptet, dass es besser für uns beide sei. Das Schlimme ist, dass sie Recht hat. Ich habe Hermanns Schweigen nicht lindern können. Im Gegenteil. Sein Schweigen wurde unerträglich für ihn, weil ich es nicht ertragen konnte.

3. Februar
Manchmal habe ich das Gefühl, ich müsste nur noch den Winkel finden, in dem ich verschwinden könnte. Wo mich niemand mehr sehen kann. Ich bin drei Tage zu Hause geblieben. Wie in einer Höhle. Ich habe Fotos von Gustavo gefunden. Gustavo als kleiner Junge und als Hippie mit langen Haaren. Sein ganzes Leben ohne mich. Dieser wunderbare Mann. Es wäre besser gewesen, wenn er mich niemals getroffen hätte. Manchmal denke ich, die anderen würden auch so etwas über mich denken. Aber das ist Quatsch. Die Geschichte mit dem 50-Dollar-Schein hab ich niemandem erzählt. Jeden Tag nehme ich mir vor, zum Tango zu gehen. Jeden Tag lasse ich es sein. Sonja ruft auch nicht mehr an.

8. Februar
Die letzten vier Tage war ich wieder tanzen. Ich hab gemerkt, dass etwas nicht stimmte. Eduardo und Miguel haben immer seltener mit mir getanzt. Mir war, als hätte ich in den Tagen, in

denen ich zu Hause geblieben bin, etwas verlernt. Ich wusste nur nicht, was das sein sollte. Gestern ist Sonja zu mir gekommen. Zuerst druckste sie herum. Dann sagte sie, Miguel hätte ihr was erzählt, was ich vielleicht wissen sollte. Sie fragte mich, ob ich es wissen will. Natürlich wollte ich das. Sie sagte, Miguel sei zu ihr gekommen, weil er nicht mehr wusste, wie er sich verhalten solle. Er habe ihr erzählt, immer, wenn er mit mir tanzt, würde er das Gefühl haben, dass ich nicht ihn, sondern Gustavo umarme. Dass ich die Umarmung im Tango mit einer anderen Umarmung verwechsle. Das würde er nicht aushalten. Ich wusste sofort, was Sonja meinte. Ich habe es selbst gespürt. Jeder Tango mit Miguel und Eduardo hat mich an Gustavo erinnert. Ich habe gedacht, wenn ich tanze, dann ist das meine Art, um Gustavo zu weinen. Ich hatte gehofft, die Männer merken es nicht. Ich werde gar nicht mehr tanzen. Ich werde zu den Milongas gehen ohne zu tanzen. Irgendwohin muss ich ja gehen.

30

Es war der zehnte Februar. Klara stand im Hof einer großen Einfahrt und prüfte noch einmal die Angaben auf ihrem Zettel. Alles stimmte. Und nun entdeckte sie auch die Hinweise für die Jobsuchenden. Sie hatte die Adresse von einem Tangotänzer. Aber er hatte ihr nicht gesagt, dass sich diese Agentur auf dem Gelände eines Fernsehsenders befand.

Mindestens hundert Leute saßen in dem großen Warteraum. Fast nur Frauen. Ein paar sahen Klara stumm entgegen, als sie eintrat. In einer Ecke schwatzten zwei Dicke aufgeregt miteinander. Von irgendwoher kam ein Mann in einem hellen Sommeranzug auf sie zu und schickte sie an eine provisorische Tafel aus Holztischen, hinter der fünf Männer saßen.

Einer von ihnen winkte Klara zu. Er notierte ihren Namen, Adresse, Telefonnummer. Dann fragte er ohne aufzublicken: »Und welche Geschichte werden Sie der Jury erzählen?«

Erst jetzt begriff sie. Sie hatte von dieser Fernsehsendung gehört. Ein Gewinnspiel, indem zwei Leute von ihrem Schicksal erzählten. Das Publikum konnte entscheiden, welches am ergreifendsten war, und der, der die meisten Stimmen sammelte, bekam einen Job. Klara war gerade dabei, sich für die Vorrunde zu bewerben.

»Sie müssen mir nur einen Stichpunkt sagen«, erklärte der Mann, während er sich irgendwelche Notizen machte. »Ich muss Ihre Story den Personalien zuordnen, verstehen Sie. Ach so, und Ihren Ausweis hätte ich gern. Reine Formalität.«

Klara gab ihm ihren provisorischen Reisepass. Zum ersten Mal sah der Mann auf.

»Wollen Sie sich über uns lustig machen?«

»Nein, wieso?«

»Sie sind Touristin.«

»Ich habe die Einbürgerung beantragt. Ich weiß auch nicht, warum das so lange dauert. Aber Sie können sich darauf verlassen, dass ich hier bleibe.«

Der Mann blätterte in ihrem Pass.

»Hören Sie zu, Senora Mangold. Was Sie mir erzählen, ist zwar die verrückteste Geschichte, die ich bis jetzt zu hören bekommen habe, aber bei uns können Sie trotzdem nicht mitmachen. Denken Sie doch an unsere Zuschauer.«

»Senor, ich habe meinen Mann verloren«, sagte sie. »Also, ich meine, wir waren kurz davor zu heiraten. Er ist umgebracht worden. Ich will hier bleiben. In seinem Land, verstehen Sie. Es ist mein Zuhause geworden.«

Der Mann hob die Hände.

»Senora, so leid mir das für Sie tut. Aber wir können unserem Publikum keine Arbeitssuchende aus Deutschland präsentieren. Ich darf Sie nicht einmal der Jury vorschlagen. Da würde ich ja meinen eigenen Job verlieren. Bitte gehen Sie.«

Er reichte ihr den Pass zurück.

»Hinter Ihnen wartet schon die Nächste. Sie halten den Verkehr auf. Und viel Glück, Kopf hoch, *che, linda.*«

Sie stieg in irgendeinen Bus. Es war ihr egal, wohin er fuhr. Als sie die Straßen von San Telmo erkannte, drückte sie auf den Knopf. Der Bus hielt in der Avenida Independencia. Am Ende der Straße, über den flimmernden Dächern der Autos, färbte der Himmel sich dunkelrot. Klara lief die Straße hinab, bis zu den Bahnschienen und hielt sich dann rechts, wo es nach La Boca ging. Das alte Hafenviertel, die Wiege des Tangos, wie es hieß.

Heute Abend wollte sie lieber nicht zur Milonga ins Palermo-Viertel. Im Bus hatte sie sich vorgestellt, wie sie Miguel, Eduardo und Sonja von ihrem Vorsprechen erzählen würde. Sie fürchtete, dass sich niemand entrüsten würde, dass niemand sie verteidigen würde. Wahrscheinlich hatte der Mann vom Fernsehen ausgesprochen, was sie alle dachten, sich aber nicht zu sagen trauten. Einmal hatte Klara versucht, Sonja zu erklären, warum sie blieb, warum eine Rückkehr nach Deutschland für sie nicht infrage kam. Aber wie sollte Sonja begreifen, dass man Angst vor Menschen haben konnte, denen es immer gut gegangen war? Angst vor Menschen, die nicht wissen, was Angst bedeutet. Wenn jemand eine große Angst überstehen musste, ist er hinterher klüger, hatte sie zu Sonja gesagt. Du kannst dir nicht vorstellen, wie viel Dummheit sich in gesicherten Verhältnissen hält. Aber Sonja antwortete nur, wenn sie wie Klara die Wahl hätte, würde sie die gesicherten Verhältnisse vorziehen. Und Dummheit gäbe es auch in Argentinien genug.

Sollte Sonja denken, was sie für richtig hielt. Klara ging nicht mehr nach Deutschland zurück. Sie hatte dort nichts mehr. Sie war schon zu viele Schritte in die andere Richtung gegangen. Sie dachte sogar schon auf Spanisch.

Die Gegend war ärmlicher geworden. Kleine ramponierte Häuser wurden in der Dämmerung grau. Auf den brüchigen Türschwellen hockten Kinder in abgerissener Kleidung und sahen Klara entgegen. Sie kicherten, wenn sie an ihnen vorbeiging. Aus einer Straßenecke kam ein Mann und lief auf sie zu. Sie überlegte, die Straßenseite zu wechseln, ließ es dann aber. Als sie auf gleicher Höhe waren, hielt der Mann ihren Arm fest. Ihr Herz fing an zu rasen. Sie verstand nicht, was er sagte. Er guckte sie abwartend an. Sein unrasiertes Gesicht hatte tiefe Falten, ein Gesicht wie aus Stein. Ihre Lippen begannen zu zittern, aber er spuckte nur aus und ging weiter. Als sie die Straße erreichte, aus der er gekommen war, sah sie die Frauen, die auf Kundschaft warteten. In der Ferne hörte sie das Brummen eines Busses. Sie rannte in die Seitenstraße, in der sie den Bus vermutete, und hatte Glück. Als sie nach ihm winkte, hielt er an. Klara setzte sich auf eine freie Bank und schaute aus dem Fenster. Inzwischen war es Nacht geworden. Sie dachte darüber nach, wie sie sich als Prostituierte fühlen würde. Ob sie sich das vorstellen konnte. Zur Not. Wenn sie gar nichts anderes fand. Dann erschrak sie darüber, dass sie diesen Gedanken überhaupt zuließ.

Es war elf Uhr abends, als sie in der Avenida Corrientes ausstieg. Von hier waren es nur noch ein paar Minuten bis zu Gustavos Wohnung. Aber so früh konnte sie nicht dorthin zurück. Seit einer Woche hielt sie sich nur noch zum Schlafen dort auf. Sie kannte jeden Gegenstand in dieser Wohnung, jeden Karton und auch den Inhalt von jedem Karton. Zuerst hatte sie gezögert, in seinen Sachen herumzuwühlen. Sie hatte seine Fotoalben betrachtet und immer wieder das Gefühl gehabt, Gustavo könne jeden Moment aus dem Bad kommen und sie ertappen. Irgendwann war dieses Gefühl verschwunden. Gustavos Tod war unumstößlich. Nach und nach hatte sie all seine Habseligkeiten durchstöbert. Sie hatte Noten gefunden und versucht, etwas davon auf der Gitarre zu spielen, die in einer Ecke gestanden hatte. Sie hatte in seinen Büchern gelesen, hatte Mitschriften entdeckt und auf diese Art erfahren, dass Gustavo ein paar Semester Philosophie studiert hatte. Er hatte ihr nie davon erzählt. Er war tot und sie hatte ihn mit jedem Tag besser kennen gelernt. Sie hatte jedes Kleidungsstück einzeln aus dem Schrank genommen und sich vorgestellt, wie und wo er es gekauft hatte. Sie erkannte die Hemden wieder, die er getragen hatte, als sie zusammen waren, und ihre Erlebnisse spielten sich in ihrer Erinnerung noch einmal ab. Gustavo war überall gewesen. In jeder Ecke, in jedem kleinsten Gegenstand. Sie hatte ihn gehört, gespürt, gerochen. Sie hatte die Tür nach außen verriegelt, sie hatte fast nur geweint in diesen Tagen. Dann hatte sie sich aufgerafft und war zum ersten Mal wieder Tango tanzen gegangen. Als sie zurück in Gustavos Wohnung kam, hatte sie mit einem Mal das Gefühl, sie nicht mehr betreten zu können. Zwei Tage später hatte sie aufgehört zu tanzen, weil es die Männer nicht mehr mit ihr aushielten.

Seitdem trieb sie sich vom frühen Morgen bis zum späten Abend in den Straßen und Cafés von Buenos Aires herum.

Manolos Locutorio war noch geöffnet. Warum hatte sie nicht gleich daran gedacht? Schreiben, das würde ihr jetzt gut tun. Manolo war der einzige Mensch auf dieser Welt, der glaubte, sie würde etwas tun, das eine gewisse Bedeutung hatte. Sie hatte ihm erzählt, dass sie Journalistin sei und in ihren E-Mails Artikel über die argentinischen Verhältnisse an deutsche Zeitungen schrieb.

»*Che Linda*«, rief er ihr entgegen. »Willst du so spät noch arbeiten?«

»*Portenos* schlafen nie«, zitierte sie den beliebtesten Spruch in der Tangoszene. Die Computer waren schon ausgeschaltet und Manolo musste erst ein Gerät hochfahren. Während er sich an der Tastatur zu schaffen machte, sah Klara in den kleinen Fernseher über seiner Theke. Dort lief gerade die Show um den Arbeitsplatz. Eine Frau erzählte, wie ihre Kinder vor Hunger heimlich Gras gegessen hätten und am nächsten Tag entsetzlichen Durchfall hatten. Der Moderator hatte ihr einen Arm um die Schultern gelegt und lauschte angestrengt in einen Kopfhörer, den er am linken Ohr trug. Er unterbrach die Kandidatin kurz, um ihr zu sagen, wie viel Stimmen sie inzwischen gesammelt hatte.

»Die Ärmste«, sagte Manolo, als er zur Theke zurückkam. »So weit zu gehen, bloß um einen Arbeitsvertrag für ein halbes Jahr zu bekommen. Das macht sie bestimmt nur für ihre Kinder.«

Klara setzte sich an den Computer und öffnete ihr Postfach. Eine neue Nachricht wurde angezeigt. Wahrscheinlich wieder ein Newsletter ihres Servers, der ihr billige Funktelefone oder Laptops anbot. Es war noch immer die einzige Post, die sie bekam. Nicht einer von ihren Tangofreunden hatte ihr in dieser ganzen Zeit geschrieben.

Sie öffnete den Posteingang, aber die neue Nachricht war nicht von ihrem Server. Sie selbst hatte sich geschrieben. So sah es jedenfalls aus. Vielleicht war es ein technischer Fehler, dachte sie, und ihre letzte Nachricht war versehentlich zurückgeschickt worden.

Sie klickte auf den Link und das Muster untereinander liegender Zeilen floss bis an den unteren Rand des Fensters.

Liebe Klara, las sie. *Kennst du die Geschichte von dem Schmetterling, der mit seinen Flügeln schlägt und auf der anderen Seite der Welt damit einen Sturm auslöst? Ich glaube, du bist so etwas für mich.*

Das musste eine von diesen E-Mails sein, die einem weismachen wollten, dass es irgendwo jemanden gab, der einen kennen lernen wollte. Wenn man darauf antwortete, war man im Verteiler für die nächste Virusattacke. Sie brauchte ja nicht zu antworten, dachte sie und las weiter.

Ich habe lange überlegt, ob ich dir schreibe. Dieser Brief, so wie ich ihn hier schreibe, ist mindestens die fünfzigste Fassung. Aber egal, wie ich die Worte auch drehe, es kommt immer auf dasselbe heraus. Zuerst muss ich dir etwas sagen, das dir sicher nicht gefallen wird. Ich bitte dich aber, lies trotzdem weiter. Kurz und gut: Ich bin Bruno, der Mann, der dir geholfen hat, deine Mail-Adresse einzurichten, und ich habe seitdem alle deine Nachrichten gelesen.

Klara zuckte zusammen. »Dieses Schwein«, sagte sie und sah sich erschrocken um. Sie hatte auf spanisch geflucht. Aber außer ihr war nur ein Mann in einer Telefonkabine, der heftig mit jemandem diskutierte, und Manolos Blick klebte am Fernseher, wo jetzt eine dicke Frau vor laufender Kamera schluchzte.

In Sekundenschnelle durchliefen Klaras Gedanken den Inhalt ihrer Nachrichten. Was hatte diesen Typen am meisten erregt, der Sex mit Gustavo, ihre Verzweiflung nach seinem Tod? Und was wollte er jetzt von ihr? Es interessierte sie nicht. Sie sollte diese Nachricht sofort löschen. Zumindest musste sie erst einmal raus hier.

»Gute Nacht, Manolo. Ich komme morgen wieder.«

»Si claro, como no.«

Sie lief die Corrientes zur Callao hinauf. Als sie an der Buchhandlung Ghandi vorbeikam, wäre sie fast mit Elias zusammengestoßen, der gerade den Laden abschloss.

»Wie schön, dich zu sehen. Und, hast du dich schon eingelebt?«

Er war einer der ersten gewesen, dem sie erzählt hatte, dass sie hier blieb. Seit Gustavos Tod hatten sie sich nicht wiedergesehen.

»Wegen der Krise musst du dir keine Sorgen machen«, sagte

Elias. »Krisen kommen und gehen. Das ist hier so üblich. Hauptsache, die Liebe hält sich, nicht wahr?«

Sie sagte ihm, dass Gustavo tot war.

Elias legte ihr seine Hand auf den Arm.

»Und nun?« fragte er. »Wirst du nach Hause zurückkehren?«

»Nein. Was soll ich dort!«, schrie Klara ihn an.

Sie zitterte. »Entschuldigung. Ich schlafe nicht gut zur Zeit.«

Als sie endlich die Tür zu Gustavos Wohnung öffnete, empfingen die Gegenstände sie, als hätten sie genug von einem ganzen Tag Alleinsein. Die Matratze, die sie schon lange nicht mehr hochklappte, nahm sie auf, und Klara drückte ihr Gesicht in Gustavos Hemd. Aber es roch inzwischen viel mehr nach ihr als nach ihm. Ihre Gedanken rasten. Viel zu gut konnte sie sich an diesen Bruno erinnern.

»Es interessiert mich nicht, was er schreibt«, flüsterte sie in Gustavos Hemd. »Es interessiert mich verdammt noch mal überhaupt nicht.« Dann schlief sie ein. Alle paar Stunden erwachte sie. Ungeduldig erwartete sie den Beginn des Tages. Um sieben stand sie auf, um sich Kaffee zu kochen. Dann wartete sie noch eine quälende Stunde, bis es halb neun war, bis sie wusste, dass Tortuga sein Frühstück beendet hatte. Sie wählte seine Nummer.

»Carlos, ich möchte dir etwas erzählen, was ich noch keinem einzigen Menschen erzählt habe. Nicht einmal Gustavo wusste davon.«

»Natürlich, Senorita. Komm vorbei. Ich bin da.«

Auf dem Weg zu ihm ging sie bei Manolo vorbei und ließ sich Brunos Nachricht ausdrucken.

Tortuga hatte Tee gekocht. Zusammen gingen sie in den Salon mit den Ledermöbeln. Er setzte sich vor sie.

»Was ist es?«

Ihr Herz schlug bis in den Hals, als sie ihm von ihren Nachrichten an sich selbst erzählte. Und von ihrer kurzen Begegnung mit diesem Bruno. Tortuga sah sie die ganze Zeit aufmerksam an und unterbrach sie nicht ein einziges Mal.

Als sie von Brunos Nachricht erzählte, holte sie die bedruckte Seite aus ihrer Tasche und reichte sie ihm.

»Aber du weißt doch, dass ich kein Deutsch kann«, sagte der Alte verwundert.

Es war wirklich komisch, dass sie daran nicht gedacht hatte.

»Erzähl mir, was drinsteht«, forderte Tortuga sie auf.

»Ich weiß es auch nicht. Ich hab nur den Anfang gelesen.«

»Dann lies es mir auf spanisch vor.«

Damit zwang er sie, über jedes Wort nachzudenken, das Bruno geschrieben hatte. Und das Schlimmste war, dass sie das alles mit ihrer eigenen Stimme vorlesen musste. Als sie die Zeilen, die sie schon kannte, geschafft hatte, warf sie das Papier auf den Tisch. Tortuga nahm es und gab es ihr wieder.

»Lies weiter, Klara. *Dale.*«

Seit wir uns getroffen haben, habe ich versucht, mich an dein Gesicht zu erinnern. Aber es gelang mir nicht. Dabei habe ich ein perfektes Bildgedächtnis. Einmal saß ich auf einer Milonga und konnte noch nicht tanzen. (Inzwischen habe ich es ein wenig gelernt.) Da habe ich dich mit einem Mal vor mir gesehen, nur wenige Sekunden. Ich glaube, noch niemals habe ich eine solche Nähe zu einer Frau gefühlt wie in diesem Moment. Und diese Nähe spüre ich auch, wenn ich lese, was du an dich selbst schreibst. Liebe Klara, seit du auf Reisen bist, ist auch in meinem Leben sehr viel geschehen. Ich würde dir gern mehr davon erzählen, aber das ist nicht der Grund, weshalb ich dir jetzt schreibe. Ich glaube aber, dass ich etwas Wichtiges gelernt habe. Das, was uns am nächsten sein könnte, davor haben wir am meisten Angst, Klara. Ich habe große Angst, dir zu schreiben. Und vielleicht ist es mir nur möglich, weil du am anderen Ende der Welt bist. Vielleicht würde ich dich niemals ansprechen, wenn du eines Abends in der Ankerklause auftauchen würdest. Ich weiß es nicht. Aber es gibt einen Grund, warum ich überhaupt den Mut finde, dir zu schreiben. Ich glaube, dass du Hilfe brauchst, und ich kann sie dir anbieten. Klara, wenn du darüber nachdenkst, nach Deutschland zurückzukommen, sollst du wissen, du könntest für die erste Zeit bei mir wohnen.

Bruno

Als Klara den Zettel zusammenfaltete, machte das Papier einen unglaublichen Lärm. Tortuga dachte nach. Sie selbst dachte gar nichts, zumindest wollte sie nichts denken. Sie sah den Schildkröten zu, die über ihre Kieselsteine krochen. Die Steine knirschten leise. Wäre das Terrarium nicht gewesen, sie hätte es wahrscheinlich keine zwei Sekunden ausgehalten, ohne dass Tortuga etwas sagte. Die Schildkröten beschwerten die Zeit.

»Wieso bist du eigentlich nie auf die Idee gekommen, dass jemand deine Nachrichten lesen könnte«, fragte Tortuga endlich.

Sie hatte alles andere als diese Frage erwartet. »Ich habe sie nicht mit dieser Absicht geschrieben«, sagte sie.

Tortuga schüttelte den Kopf.

»Wenn man etwas schreibt, wünscht man sich immer, dass jemand es liest. Selbst die Nachrichten, die wir in ein Tagebuch schreiben, richten sich an jemanden. Zumindest an den, den wir tief in unserem Inneren suchen. Warum konnte der junge Mann so leicht dein Passwort erkennen? Du hast es ihm doch gezeigt, Klara. Ich würde sogar noch weiter gehen. Die ganze Zeit, seit du hier bist, selbst die ganze Zeit, als du mit Gustavo zusammen warst, hast du heimlich gehofft, dass er deine Nachrichten liest.«

»Das geht zu weit!« Klara war aufgestanden. Sie bekam mit, wie die Schildkröten im Terrarium erstarrten, als sie sich vor das Glas stellte. Sie sah aus dem Fenster. Unter ihr rollten die armseligen Autos mit ihren lärmenden Motoren und stinkenden Abgasen die Straße entlang. »Das geht einfach zu weit, was du da sagst!« wiederholte sie. Der Verkehrslärm ging ihr auf die Nerven. Am liebsten hätte sie sich die Ohren zugehalten. Warum konnte es nicht einfach still in diesem Zimmer sein, und das einzige Geräusch das leise Klacken der Kieselsteine unter den lahmen Beinen der Schildkröten.

Nach einer Ewigkeit sagte Tortuga: »Weißt du, was mir an diesem Brief gefällt. Dass er dich mit einem Schmetterling vergleicht. Es gibt Schmetterlinge, die sich von den Tränen der Schildkröten ernähren. Wusstest du das?«

Klara schüttelte den Kopf.

»Würdest du zurückgehen, du würdest mir fehlen, Klarita. Aber ich glaube, du musst ernsthaft darüber nachdenken.«

Sie hörten einen Schlüssel, der sich im Schloss drehte. Tortuga blieb ganz gelassen, und Klara nahm an, dass es die Putzfrau war. Umso verwunderter war sie, als Hannah in den Salon trat. Wieso hatte sie einen Schlüssel von der Wohnung?

Tortuga stand auf, um sie zu begrüßen. Klara schloss sich an. Sie stand dicht daneben, als Tortuga und Hannah sich auf die Wangen küssten, und sie spürte, dass es da etwas gab, wovon sie vollkommen ausgeschlossen war.

»Klara, wie schön, dich zu sehen«, rief Hannah.

Dann setzten sie sich und Tortuga erklärte Hannah in wenigen präzisen Sätzen, worüber sie geredet hatten.

»Jedenfalls steht es fest, dass ich nicht nach Deutschland zurückgehe«, sagte Klara, als er fertig war.

»Dann frag dich, warum«, erwiderte er.

»Meine Eltern haben gerade erst begriffen, dass ich hier bleibe.«

»Es gibt Schlimmeres, was sie begreifen müssen, als die Tatsache, dass ihre Tochter zurückkommt«, sagte Hannah.

»Vielleicht«, überlegte Tortuga, »liegt es am Boden deiner Heimat. Weißt du, ich habe noch lange über den Abend mit euch allen nachgedacht. Ich war nie in Europa. Ich würde auch nie dorthin reisen. Ich habe einen Traum von der alten Welt, und ich weiß, dass die Wirklichkeit ihn zerstören würde. Aber ohne diesen Traum möchte ich nicht leben. Ich glaube, deshalb wollte ich von diesen beiden Kriegen nichts wissen. Aber nach unserem Abend habe ich mich noch lange gefragt, warum du so geschrien hast, Klara. Und dann dachte ich, vielleicht ist das so, weil sie ein Kind von verbranntem Boden ist. Sogar von zweimal verbranntem Boden.«

»Ach was«, sagte Klara. »Meine Mutter kommt gar nicht aus Deutschland. Sie ist in Tschechien geboren. Ihre Eltern mussten ihre Heimat verlassen, als der Krieg vorbei war.«

»Deine Mutter war als Kind auf der Flucht?« fragte Hannah.

»Na ja, Flucht kann man das wohl nicht nennen. Sie sind halt eine Weile herumgezogen, bis sie eine neue Bleibe gefunden haben. Ein Jahr glaube ich. Aber meine Mutter kann sich kaum dran erinnern. Sie war ja erst fünf.«

»Vielleicht glaubst du ja deshalb, dass du nur woanders glücklich werden kannst und nicht dort, wo du herkommst«, sagte Hannah.

»Du meinst, dass Heimatlosigkeit erblich ist?« fragte Tortuga und lächelte spöttisch.

»Das halte ich für wahrscheinlicher als die Tatsache, dass man Heimatgefühle essen kann«, gab Hannah zurück.

Klara starrte auf ihre Füße. Wovon redeten sie überhaupt? Gustavo kam in ihren Gedanken überhaupt nicht mehr vor. Sie wollte doch nur in seinem Land bleiben, nichts weiter.

Hannah nahm sich den Computerausdruck vom Tisch und begann zu lesen.

»Es ist doch sehr schön, was dieser Bursche schreibt«, sagte sie. »Möchtest du ihn denn nicht kennen lernen?«

Sie sagte das, als würde Bruno gleich um die Ecke wohnen. Würde Hannah sie überhaupt vermissen, wenn sie zurückgehen würde? Wohl kaum. Hannah hatte in ihrem Leben schon ein bisschen mehr verloren als eine nette Bekannte.

Tortuga räusperte sich. »Ich glaube, zu diesem Brief ist genug gesagt worden. Nicht wahr, Klara. Du wirst schon die richtige Entscheidung für dich finden. Lasst uns gemeinsam Mittag essen.«

»Solange es keine Schildkröte gibt, gern«, sagte Hannah.

Als Klara die beiden verließ, war die Siesta angebrochen. Die *Combate de los Pozos* roch nach Staub und Abgasen und auf dem Boden bebten die Blätterschatten im Licht des Nachmittags. Klara blieb stehen. Etwas war anders als sonst. Die Straße, die Klara zur vertrautesten Straße der Welt geworden war, kam ihr fremd vor. Die zerklüfteten Häuserfassaden und das löchrige Kopfsteinpflaster sahen nur noch schmutzig und alt aus. Selbst die Gemüsehändler, das asiatische Paar, das jeden Tag vierzehn Stunden auf seine Kundschaft wartete, sah ihr nicht mehr freundlich entgegen. Was hatte sie denn an sich? Sie erblickte den Zeitungshändler und lächelte ihm zu, aber er tat, als würde er sie gar nicht bemerken. Und später, als Klara im Bus durch die Callao-Straße fuhr, war ihr, als würde sich die ganze Stadt vor ihr zurückziehen. Und niemandem sonst, außer Klara selbst, konnte das auffallen.

31

Der März hatte begonnen und zum ersten Mal im Jahr kletterte das Thermometer über zehn Grad. Mit offenem Mantel saß Bruno zu Füßen des heldenhaften Sowjetsoldaten im Treptower Park. Er sah auf die Reihe der steinernen Denkmalsblöcke hinunter. Eine japanische Reisegruppe rückte von einem Block zum nächsten vor, wobei immer einer die Gruppe verließ und ein Foto machte, um kurz darauf wieder unter den anderen zu verschwinden.

Bruno drückte seine Hand gegen die Manteltasche, wo seine Kamera lag. Seit er bei Regina arbeitete, konnte er sich genug Filme kaufen, um jeden Tag zwei zu verknipsen. Er hatte eine Serie mit Glassplittern im Essen abgeschlossen. Aber sie hatte ihn nicht wirklich überzeugt. Mit Norberts Hilfe hatte er sich sogar an einem fliegenden Bierglas probiert. Aber sie kamen schnell zu dem Schluss, dass ihnen das Bier im Glas zu schade zum Wegwerfen war. Heute morgen war Bruno das Ehrenmal im Treptower Park eingefallen. Es war Sonntag, und er hatte beschlossen, ein paar Stunden hier zu verbringen. Er saß schon eine Weile auf der Treppe. Versunken in den Anblick der Steinquader. Im Grunde war die ganze Anlage doch nichts weiter als ein Fossil aus einer vergangenen Zeit. Feindschaft und politischer Wahn waren hier zu Tode erstarrt. Gestorbene Giganten. Und wenn man sich Mühe gab, konnte man darin sogar etwas Hoffnungsvolles sehen. Vielleicht würde man schon in wenigen Jahrzehnten in einem Museum ein Studio besichtigen können, das einst dazu gedient hatte, unschuldige Menschen mit zeitraubenden Telefonaten zu belagern. Wie leicht konnte aus einer Sache im Laufe der Zeit eine ganz andere werden. Sein Freund Norbert hatte das gerade zu spüren bekommen. Seit einer Woche war er aus Frankreich zurück.

»Ich hätte meine Frau viel früher wiedersehen müssen«, hatte er Bruno erklärt. »Viel früher. Sie konnte sich nicht einmal vorstellen, dass ich die ganze Zeit auf sie gewartet habe. Sie war der Meinung, wir hätten uns schon lange nicht mehr verstanden. Sie hat behauptet, sie hätte mir die ganze Zeit nur noch etwas vorgespielt und ich hätte das gar nicht gemerkt. Weißt du, was sie zu mir gesagt hat? Das, woran du dich erinnerst, ist eine Illusion. Aber gegeben hat es das nie. Sie irrt sich, Bruno. Ich schwöre es dir. Sie will sich nur nicht erinnern.«

Sie trafen sich jetzt oft zu viert auf einer Milonga. Bettina, Pauline, Norbert und Bruno. Norbert wollte zwar noch immer nicht tanzen lernen, aber ihm gefiel es mitzukommen. Auf einer Milonga herumzusitzen, sei ziemlich inspirierend, meinte er. Er konnte nicht aufhören, von seiner Ex-Frau zu erzählen. Er behauptete, sie hätte überhaupt nichts mehr mit der Frau zu tun, die ihn vor zehn Jahren verlassen hatte. Bruno und Pauline hatten da leichte Zweifel und Norbert hatte sich aufgeregt. »Glaubt ihr vielleicht, ich hätte mir meine ganze Vergangenheit nur ausgedacht? Ihr seid ja genauso bescheuert wie meine Ex!«

Bruno versuchte ihn zu beruhigen. »Ist ja gut. Vielleicht hat einfach nur jeder von euch beiden die Erinnerung, die er am besten gebrauchen kann.«

»Das ist mir zu billig«, meinte Norbert. »Was du da behauptest, gäbe Stoff für ein ganzes Essay.«

»Dann schreib's«, meinte Pauline.

Und Norbert hatte tatsächlich damit angefangen. Während er zusah, wie die anderen immer wieder dieselben Figuren tanzten, machte er sich Notizen für eine Schrift mit dem Titel: »Die Wiederholung und das Vergessen«.

Norbert war der einzige, dem aufgefallen war, dass mit Bruno etwas nicht stimmte. Nicht einmal Bettina hatte was mitgekriegt, obwohl sie jede Nacht mit ihm tanzte. Aber als Norbert fragte, was los sei, behauptete Bruno trotzdem, dass nichts wäre. Warum sollte er denn jetzt, wo alles vorbei war, seinem Freund noch erzählen, dass er heimlich die E-Mails einer fremden Frau gelesen hatte. In den ersten Tagen, nachdem er seine Mail abgeschickt hatte, hatte er Mühe, seine Aufregung zu verbergen. Dann wurde er wütend auf Klara. Sie hatte nicht einmal mit einer Ablehnung auf seinen Brief reagiert. Als wäre es nichts, als hätte er sich diese Zeilen mal eben so aus den Fingern geschüttelt.

Die japanische Touristengruppe holte Bruno aus seinen Gedanken. Sie standen jetzt nahe der Treppe und diskutierten über den letzten Inschriftenblock. Bruno zog seine Kamera aus der Tasche und hielt mit der Linse auf sie. Er suchte ein Zusammenspiel zwischen der Geometrie der Blöcke und der Ansammlung dieser Menschen. Er knipste los, aber seine Idee ging nicht wirklich auf.

Als die ersten aus der Gruppe die untersten Stufen betraten, ließ er die Kamera verschwinden. Sie gingen an ihm vorbei. Ein paar lächelten ihm höflich zu. Vielleicht glaubten sie, er sei eine Art Wächter für das ewige Feuer, das hinter einem Gitter im Sockel des Denkmals brannte. Sie drängten sich an dieses Gitter und einer von ihnen sagte etwas mit erhobener Stimme. Bruno musterte sie verstohlen. Es waren nur Männer und alle trugen sie Anzüge unter ihren offenen Mänteln. Vermutlich standen sie in höheren Positionen. Dennoch, unter den Füßen dieses riesigen Soldaten sahen sie so verloren aus wie alle anderen, die hierher kamen. Ihre Blicke kletterten an dem steinernen Riesen hinauf und zu dem Kind, das auf seinem Arm saß. Einer von den Männern sah sich nach Bruno um. Noch hielt sich ein Ausdruck von Ergriffenheit in seinem Gesicht, aber sein suchender Blick verriet schon den Organisator, der keine Ruhe kannte. Zielstrebig, und nicht ohne zu lächeln, ging er auf Bruno zu und reichte ihm einen sehr kleinen Fotoapparat. *»Excuse me, you can make foto?«* Dann rief er der Gruppe etwas zu und alle drehten sich um.

Es war ein gutes Gerät. Zehn Männer mit winzigen Gesichtern erschienen in einem hoch aufgelösten Suchbild. Bruno konnte sogar erkennen, dass sie lächelten. Er knipste und die Männer hörten zu lächeln auf.

»Once more«, rief er und sah, wie sich in ihren Gesichtern Überraschung zeigte. Der Apparat gab ein kurzes hohes Summen von sich, jetzt hatten sie ein ganz anderes Bild von sich auf dem Film.

Der Mann, der ihm die Kamera gegeben hatte, streckte seine Hand aus. Bruno gab ihm das Gerät zurück. Er sah das Gesicht des Mannes an. Es hatte sich schon wieder verändert. Ungeduld und Höflichkeit kämpften darin miteinander. Und mit einem Mal begriff Bruno, dass es nichts gab, was ihn mehr faszinierte, als Veränderungen wie diese.

»*Thank your very much*«, rief er. Es kam so laut aus ihm heraus, dass sein Gegenüber ihn noch unsicherer als zuvor anlächelte.

»*Yes, thank you very much. You helped me a lot, even you don't know why.*«

Die Japaner lächelten nun alle und Bruno konzentrierte sich auf den Unterschied zwischen höflichem und unsicherem Lächeln. Als sie die Treppe hinuntergingen, sah er den wehenden Mantelschößen nach. Diese Leute würden nie erfahren, was sie gerade in ihm ausgelöst hatten.

War es nicht ein Gesicht gewesen, das ihn seit Monaten beschäftigt hatte? So sehr, dass es ihm schon gar nicht mehr auffiel, wie oft er versucht hatte, sich daran zu erinnern. Jedesmal, wenn er eine Nachricht von Klara gelesen hatte. Jedesmal, wenn er über das, was sie schrieb, nachgedacht hatte. Und nun begriff er, dass sich in dieser Zeit seine Wahrnehmung für alle Gesichter geschärft hatte. Was tat er denn, wenn er seine Kunden beim Anprobieren beobachtete? Und was, wenn er in der U-Bahn saß oder in einer Kneipe oder in der Milonga, wenn er nicht gerade selbst tanzte? Bettina machte ihn manchmal darauf aufmerksam, dass er fremde Leute nicht immer so anstarren sollte. Überhaupt, Bettina, als erstes würde er ihr Gesicht fotografieren, mal war es glatt und hell wie Elfenbein, und dann gab es dieses Unglück, das von einem zum anderen Moment darin auftauchen konnte. Oder Regina. Ihr Gesicht war voller Spuren, so dass selbst ihr fröhlichstes Lachen noch die melancholischen Falten um ihren Mund hervorhob. Bruno könnte

Fotoserien von Gesichtern machen. Er könnte Porträtfotograf werden und Geld damit verdienen. Er sprang auf und lief die Treppe hinunter. Er hatte ein menschliches Gesicht auf dieser Welt aus den Augen verloren. Aber es war der Schlüssel zu allen anderen gewesen, dachte er.

Er kam noch einmal an der Touristengruppe vorbei und rief ihnen zu »*Good luck.*«

Auf der Straße rannte er einem Bus nach, der gerade kam, und fuhr bis zur Kottbusser Brücke. Er hatte Lust bekommen, an Klara zu schreiben. Es war ihm vollkommen egal, was sie von ihm dachte und ob sie diese Nachricht überhaupt jemals lesen würde. Es war der einzige Weg, es ihr zu sagen. *Liebe Klara,* formulierte er schon in Gedanken, als er das Internetcafé betrat und sich einen Platz suchte, *auch wenn du offenbar entschieden hast, dass wir uns nicht wiedersehen sollen. Ich möchte dir noch einmal schreiben. Ich möchte dir gern etwas erzählen, das mit dir zu tun hat, obwohl du im Grunde nichts dafür getan hast, außer dich von mir zu entfernen. Aber vielleicht gibt es dir ja ...*

Er überlegte, ob er an dieser Stelle *das Gefühl* oder *die Hoffnung* oder gar *die Gewissheit* schreiben sollte, als er ihre Mailbox öffnete und die neue Nachricht entdeckte. Sie war vor fünf Tagen geschrieben worden.

Komme am Sonntag, dem dritten März um 18 Uhr 50 in Tegel an.

Es war Sonntag und es war sechs. Bruno zog sich den Mantel auf der Straße an. Als er sah, dass sich auf den Hochbahngleisen eine Bahn näherte, rannte er los, drängelte sich an den Leuten vorbei und raste die Treppe hinauf. Oben wurde schon das Signal gegeben und er sprang im letzten Moment durch die Tür, die sich mit heiserem Stöhnen hinter ihm schloss. Er lehnte sich an eine Trennwand. Er sah sich im Spiegel an. Schade, dass keine Zeit blieb, um seinen Anzug anzuziehen, dachte er. Er schob sich die dunklen verschwitzten Strähnen aus der Stirn. Er sah nicht schlecht aus. Er arbeitete in einer Boutique. Er hatte eine Wohnung mit zwei Zimmern. Er kannte die wichtigsten Tangoschritte. Er hatte gerade seine Berufung entdeckt. Er hatte etwas zu bieten. Aber vor allem musste er gleich umsteigen.

32

Unter den grauen Wolkenfetzen lugten die ersten Konturen der Landschaft hervor. Klara versuchte zu denken, dass sie wirklich wieder über Deutschland schwebte und dass sie dabei das Gefühl hatte, zurückzukehren, aber sie merkte, dass sie das alles noch nicht wirklich begriff. Das Flugzeug senkte sich wieder ein Stück und die Wolkenfetzen, die zwischen ihr und diesem Land schwebten, rückten näher.

Seit dem Gespräch mit Tortuga und Hannah hatte Klara gewartet. Tag für Tag hatte sie gehofft, dass Buenos Aires wieder zu ihr zurückkehren würde. Aber die Vertrautheit, die sie so lange in dieser Stadt gespürt hatte, war verschwunden. Und mit jeder Ablehnung auf ihrer Suche nach einem Job war die Fremdheit gewachsen. Und auch die Tangoszene, ihr zuverlässiger letzter Trost, war von ihr abgerückt. Klara, die im Dezember noch eine von ihnen war, *Gustavos Chica y nada mas*, wurde zusehends zu einer kuriosen Type, *la chica que no baila*, die Deutsche, die zum Tango kam ohne zu tanzen. Nicht, dass jemand unfreundlich zu ihr war. Miguel und Eduardo begrüßten sie nach wie vor überschwänglich und hörten ihr mit besorgter Miene zu, wenn sie von ihrer Jobsuche erzählte. Und sie wiederum hörte Sonja zu, die ihr unermüdlich von ihrem Ärger mit den Banken erzählte. Durch die Entwertung war ihr nur noch die Hälfte ihres Vermögens geblieben, und seit Wochen kämpfte sie vergeblich darum, an diesen Rest heranzukommen.

Aber Klara machte sich nichts vor. Sie akzeptierten sie, wie sie war, aber das bedeutete nicht, dass sie ihre Entscheidung verstanden. Erst, als sie ihnen eröffnete, dass sie nun doch zurückfliegen werde, hatten alle verständnisvoll genickt. Auf ihrer letzten Milonga in Buenos Aires hatte sie dann noch einmal getanzt. Aber nach dem dritten Tango bat sie Miguel von selbst, dass er sie an den Platz zurückbrachte. Beim Tanzen hatte sie Gustavo gesehen. Zwischen allen anderen Paaren war er in ihrer Vorstellung aufgetaucht und wie zum Greifen nahe gewesen. Als sie wieder am Tisch saß, fing sie an zu weinen. Niemand schaute deshalb betreten weg. Sonja nahm sie in die Arme.

Später, als die Milonga zu Ende war, hatte einer nach dem anderen sie mit einer Umarmung verabschiedet. »Wir werden dich nicht vergessen«, sagten sie.

Sie war nach Hause gegangen, die Erinnerung von zwanzig Umarmungen auf der Haut, und hatte sich trotzdem leer gefühlt. Nicht ein einziger hatte gesagt: »Es ist schade, dass du gehst.«

Am Tag vor dem Abflug hatte sie Gustavos Wohnung aufgelöst. Sie war am frühen Abend auf die Straße gegangen und hatte gewartet, bis die Leute aus den Vororten kamen. Seit Wochen kamen sie jeden Nachmittag und sammelten den Müll auf, den die Bewohner des Zentrums auf die Straße stellten. Sie lebten davon. Es waren Hunderttausende, die während der Krise ihre Wohnung verloren hatten, und es wurden jeden Tag mehr. Als die ersten Müllsammler kamen, hatte Klara ihnen alles erklärt. Nach kurzer Zeit war ein LKW vorgefahren und ein Trupp dieser Leute war im Fahrstuhl hinaufgefahren und hatte Stück um Stück von Gustavos Sachen nach unten gebracht. Klara sagte ihnen, dass es der Besitz eines Toten war, und sie war froh über den Respekt, mit dem die Leute die Sachen behandelten.

Am Abend war sie zu Tortuga gegangen und sie hatten noch einmal für Ehrenstein und Hannah gekocht. Für die Vorsuppe hatte der Alte eine Taube genommen. Während des Essens erzählte Ehrenstein Geschichten von seinem Sohn. Sie hatten ihn vor sich gesehen als Kind, als Jugendlichen und als Mann. Der ganze Abend war ein Abend für Gustavo gewesen. Aber einmal kam Klara auch der Gedanke, dass sie diese drei alten Menschen wahrscheinlich gerade zum letzten Mal sah. Der Abschied von Tortuga fiel ihr besonders schwer. Gemeinsam mit einem Taxifahrer hatten sie Ehrenstein die Treppe hinuntergewuchtet. Hannah war bereits eingestiegen, als Klara und Tortuga noch voreinander standen. Es vergingen fünf Sekunden zu viel, dann beugte Tortuga sich vor und gab ihr einen Kuss auf die Wange. Sie wollte diesen Kuss erwidern, aber der alte Mann drehte sich um und zog die Tür des Hauses Nummer 484 hinter sich zu.

»Er wollte nicht, dass du ihn weinen siehst«, erklärte ihr Hannah im Auto.

In der Nacht hatte Klara wach gelegen. Die leere Wohnung hallte bei jedem Geräusch, das sie machte. Das also war alles, was aus der gemeinsamen Zukunft mit Gustavo geworden war. Sie hatte angefangen, sich schlecht zu fühlen. War es nicht scheußlich von ihr, ins sichere Deutschland zurückzufliegen, und die letzten Reste dieser Zukunft an Bettler zu übergeben? Sie hatte Angst vor der Rückkehr bekommen. Sie hatte sich auf das Fensterbrett gesetzt. Sie hatte das Fenster geöffnet. Sie hatte gedacht, dass sie sich in den Hof fallen lassen könnte. Einfach vom Fensterbrett kippen. Stundenlang war sie dort sitzen geblieben. Als es wieder hell wurde, war sie wieder heruntergestiegen und hatte sich noch einmal auf die Matratze gelegt. Der einzige Gegenstand, der noch da war.

Am Nachmittag hatte Klara sie auf die Straße gestellt. Hannah war mit dem Auto gekommen und hatte sie zum Flughafen gebracht. Sie kam nicht mit hinein, weil sie zu einer Probe musste.

In der Stunde vor dem Abflug fühlte Klara überhaupt nichts. Erst als der Flieger über die Piste raste, hätte sie am liebsten »Halt« geschrien. »Lasst mich raus. Ich hab noch nicht alles versucht.«

Die schwere Maschine löste sich vom Boden und etwas in Klara zerriss. Erst jetzt, so schien Klara, fing die Trennung von Gustavo wirklich an. Die Stunden vergingen im gleichmäßigen leisen Dröhnen der Maschine. Klara vergrub sich unter ihrer Wolldecke und starrte mit offenen Augen ins Dunkel.

In London, als sie auf den Anschlussflug wartete, hatte sie kurz an Bruno gedacht. Sie dachte daran, wie es war, als er neben ihr saß, und erinnerte sich dabei an ein bestimmtes Gefühl. Aber er hatte ja nicht zurückgeschrieben.

Nach ihrer Ankunft musste sie Horacio anrufen. Der würde ihr schon irgendwie helfen.

»Bitte bringen Sie Ihre Sitze in die Ausgangslage und schnallen Sie sich an.« Sie versanken in der Wolkenschicht, um sie herum wurde es grau, einen Moment lang gab es weder Zeit noch Raum. Plötzlich dachte Klara an ihre Eltern. Sie wussten noch nicht, dass sie zurückkam. Sie würden auf Erklärungen warten. Aber Klara würde ihnen nichts mehr erklären. Sie würde sich auch nicht rechtfertigen. Sie würde erzählen. Wenn sie das wollten. Sie würde sie einfach darum bitten, ihr zuzuhören.

Unter dem Flugzeug breitete sich Berlin aus. Ein endloses plattes Organ aus Gestein, von feinen Straßenadern durchzogen. Die Dämmerung setzte ein und überall flackerten Lichter auf.

33

Die Laternen entlang der Schnellstraße gingen alle gleichzeitig an. Aber die Leute sahen nicht aus dem Fenster. Nervös schielten sie nach ihren Sachen, die in der Mitte des Busses standen. Sie waren aufgeregt und schweigsam. Ganz gleich, wohin sie gerade flogen, dachte Bruno, das, worauf er jetzt zufuhr, war das größte Abenteuer, das er sich vorstellen konnte.

Er sah hinaus ohne die Häuser der Siemensstadt wirklich zu sehen. Würde sie denn wirklich kommen? Und wenn sie kam, würde er sie erkennen? Und wenn sie ihn langweilig fand? Und wenn sie sich in ihn verliebte, er aber nichts für sie empfand? Aber er wollte doch nichts weiter, als ihr für ein paar Tage eine Bleibe anbieten. Trotzdem. Er hatte Angst. Und er wusste nicht mal, wovor. Eigentlich war er sich nicht einmal sicher, ob es wirklich Angst war, was er gerade empfand, was dieses undenkbare Gefühl eigentlich bedeuten sollte. Nur dass es tiefer lag als alles gedanklich Fassbare, das war das einzige, was er dachte, aber dann wusste er nicht, was er mit diesem Gedanken anfangen sollte.

Er stieg aus. Es war zehn vor sieben. Er starrte auf die Leuchtanzeige. Hinter ihrem Flug blinkte ein Lämpchen auf. Gelandet. Gleich würde sie am Fließband stehen und auf ihr Gepäck warten. Und dann würde die Schiebetür sich öffnen und sie einen vollgepackten Wagen herausschieben. Wollte sie denn wirklich, dass er sie abholte? Vielleicht war es besser, sich zu verstecken und abzuwarten, ob sie sich nach ihm umsah.

34

»Willkommen in der Siemensstadt« stand über dem Durchgang am Ende der Brücke. Es ärgerte Klara, dass sie mit dem Namen eines Konzerns begrüßt wurde. Über einem schallschluckenden Boden ging sie durch einen langen Gang.

Und wenn Bruno doch kam? Sie hatte Angst vor Missverständnissen. Angst vor Stimmungen, aus denen sie nicht mehr herausfinden würden. Angst vor der Angst, die alles erst so schwierig machte. Aber was dachte sie da überhaupt? Er kam doch sowieso nicht.

Sie fischte ihren Koffer und den Rucksack vom Fließband, packte das Gepäck auf einen Rollwagen und schob los. Die Automatiktür öffnete sich. Eine Menge von Gesichtern, die sie anstarrten. Ihr Blick überflog die erste Reihe. Nicht da. Sie hatte es doch gewusst. Schnell rollte sie den Wagen zur Seite. Enttäuschung breitete sich in ihr aus. Und erst mit dieser Enttäuschung spürte sie, wie groß ihre Hoffnung gewesen war. Aber je länger sie dastand, umso geringer wurde die Wahrscheinlichkeit, dass er noch kam. Dennoch. Sie war unfähig, etwas anderes zu tun, als dazustehen und zu warten.

Und dann war alles ganz anders und doch genau so, wie es sein musste.

Er ging auf sie zu.

»Ich habe Angst gehabt, dass du nicht kommst«, sagte sie.

»Ich hab deine Nachricht erst heute gelesen«, sagte er.

Sie hob ihre Hand und diesmal nahm er sie gleich. Ihre Hände lagen ineinander. Sie sahen sich an.

»Hallo«, sagte sie. »Hallo, Bruno.«

»Hallo«, sagte er. »Klara.«

Er nahm ihren Gepäckwagen und schob ihn zum nächsten Taxi.

Der Fahrer machte das Radio an. »Ohne dich will ich nie mehr...«

»Würden Sie bitte das Radio ausmachen?« sagte sie.

Das Radio verstummte.

Er sah, wie sie Luft holte. Die Lippen geschlossen. Nur ihre Nasenflügel bebten. Als könne sie in tausend Teile springen, wenn sie sich jetzt nicht konzentrierte. Dieses Bild würde er niemals vergessen.

Noch nie hatte jemand so viel von ihr gewusst, dachte sie. Nun war sie es, die ihm zuhören würde. Er würde ihr Dinge erzählen, die er Frauen sonst immer verschwiegen hatte, dachte sie und er dachte das auch. Und er dachte, dass er ihr von seinen Bildern erzählen wollte. Vor allem von seinen Bildern.

Aber jetzt war es gut, dass sie schwiegen, dachten sie beide. Würden sie zu sprechen beginnen, dann würden sie von allem zugleich sprechen wollen. Jetzt, auf dieser Fahrt durch die Stadt, genügte die Stille im Taxi vollkommen.